BROOKLYN
布魯克林

柯姆・托賓——著

陳佳琳 譯

COLM TÓIBÍN

1.

艾莉絲．雷西坐在自家樓上的起居室，她從窗戶往下望著法院街時，注意到姐姐正步伐輕快地走回家。若絲走上陽光燦爛的街道，接著踏入樹蔭，在她手上的則是她從都柏林克萊里百貨打折時買下的皮革手提包，若絲肩膀上還披有一件奶油色的開扣羊毛毛衣。她的高爾夫球袋就放在門廊；艾莉絲知道幾分鐘內，電話鈴聲將響起，而她姐姐會等到這個夏夜結束前才會返家。

艾莉絲快上完她的會計課了；此時她腿上放了一本會計系統的手冊指南，她身後書桌上則有一本帳簿，裡面記載了某家公司的借貸細節與日常業務進出的詳盡資訊，這些全是她上週的回家作業。

一聽到大門打開，艾莉絲立刻走下樓。若絲站在門廊，對著手裡的小梳妝鏡左右端詳。她認眞打量自己，塗上口紅與一些眼妝，然後在大鏡子前整理儀容，一面撥弄自己的頭髮。艾莉絲默默看著姊姊抿濕嘴唇，最後一次檢查自己在小梳妝鏡裡的模樣，然後把小鏡折好。

她們的媽媽出現在門廊。

「妳看起來眞可愛，若絲，」媽媽說。「高爾夫俱樂部的大美女非妳莫屬。」

若絲說，「我好餓，但我沒時間吃東西了。」

「晚點我再替妳準備一壺好茶，」媽媽說，「艾莉絲跟我現在要來喝茶了。」

若絲伸手到手提袋，拿出錢包將它打開，把一先令放在門廊茶几上。「如果妳想看電影，錢拿去用，」她告訴艾莉絲。

「那我怎麼辦？」媽媽問。

「她回家後就會告訴妳電影在演什麼，」若絲回答。

「我命眞好啊！」她媽說。

三個人都大笑起來，此時有人敲門。若絲拿起高爾夫球袋，然後就離開了。

後來，當媽媽在洗碗，艾莉絲站在她身旁擦乾碗盤時，另一陣敲門聲響起。艾莉絲開門後，認出對方是大教堂旁邊「凱莉雜貨店」的店員。

「凱莉小姐要我來找妳，」女孩說。「她想要見妳。」

「見我？」艾莉絲問。「她有說是爲了什麼事情嗎？」

「沒有，只說要妳今晚去找她。」

「但她爲什麼想見我？」

「天啊，我哪會知道呢？小姐？我沒有問她。妳是想要我再回頭問她嗎？」

「不用了，沒事。但妳確定她是要找我？」

「是的，小姐。而且她要妳盡快去找她。」

由於艾莉絲原本就決定改天再去看電影，也對帳簿感到厭煩，因此她換了衣服，套上一件毛衣，沒有告訴媽媽自己要去哪裡就出門了。她沿著法院街和橡木街走上市集廣場，然後再爬上山丘走到大教堂。凱莉小姐的雜貨店已經打烊了，因此她敲了敲側門，知道門後面就是通往凱莉小姐樓上寓所的階梯。剛才那位到她家的女孩應了門，並要她在門廊等一等。

女孩下樓告訴她凱莉小姐會立刻下樓，就在此時，艾莉絲也聽見了樓上有人在走動。艾莉絲認得凱莉小姐，但她媽媽並不喜歡到這裡消費，嫌它的東西賣得太貴了。她也覺得媽媽不喜歡凱莉小姐，但她不知道為什麼。有人說凱莉小姐的店有城裡最好吃的火腿，最鬆軟的奶油，一切都是最新鮮的，連鮮奶油也是，但連艾莉絲自己都沒來過這間店，只在經過時偶爾瞥一眼內部陳設，也見過凱莉小姐站在櫃檯後面。

凱莉小姐慢慢走下樓梯，打開燈。「好的，」她說，然後又重複了一次，彷彿這就是她的問候語，而且她臉上沒有笑容。

艾莉絲原本打算解釋自己的來因，也想客氣請問凱莉小姐現在這種時刻來訪是否恰當，但凱莉小姐從頭到腳打量她，也沒有跟她寒暄，這讓艾莉絲當下決定不開口。凱莉小姐站在原地看著她的方式，讓她納悶凱莉小姐是否正跟某人鬧得不愉快，而她被凱莉小姐誤認成對方了。

「妳來了，」凱莉小姐說。

艾莉絲注意到門廊放了很多把黑傘。

「我聽說妳沒有工作，但對數字很在行。」

「是嗎？」

「是啊，我在城裡無人不知無人不曉，大小事我都掌握得一清二楚。」

艾莉絲不知道這句話是否暗指她媽從來不到凱莉小姐的雜貨店消費。凱莉小姐厚厚的眼鏡使人難以看出她的表情。

「我們每週日都忙翻了。當然，其他店也都沒開。所以三教九流的人都上門消費。我照例在七點彌撒後開門，一直到十一點的彌撒結束前整整五個小時，店裡連站的地方都沒有。我有瑪麗幫忙，但是她在最忙的時候動作也是慢得不得了。所以我要找機靈的人，不只能招呼顧客，還能找給顧客正確的零錢。但妳要注意，我只找妳週日過來而已。其他六天我們自己應付得來。有人推薦了妳，我也跟人四處打聽妳的背景，我會給妳七先令六便士，讓妳能幫妳媽負擔一點家計。」

凱莉小姐說話的方式，艾莉絲心想，好像是很不得已要施捨她這份工作，說完每一句話，凱莉小姐就緊閉雙唇。

「我話說到這邊。妳本週日就可以開始工作，但記得明天過來我這裡了解商品的價錢，我還要教妳使用磅秤和切肉刀。妳要把頭髮紮成髮髻，記得到丹博哲或柏克歐萊里去買一件像樣的店員外套。」

艾莉絲腦海謹記這段對話，準備回家重述給媽媽和若絲聽；她希望自己能想到幾句厲害的臺詞回應凱莉小姐，同時又不會冒犯到她。可是，她依然說不出口。

艾莉絲知道自己不能拒絕這份工作，至少聊勝於無，而且她目前的確是待業中。

「本週日妳可以參加七點彌撒。我們都是這樣，彌撒結束後再開店。」

「那很好，」艾莉絲回答。

「那妳就明天過來，如果我太忙，我就會讓妳回家，不然妳也可以一面等我，一面分裝砂糖，如果我不忙，我會教妳該怎麼做。」

「謝謝妳，凱莉小姐，」艾莉絲說。

「妳媽一定會很高興妳開始工作了，妳姊姊也是，」凱莉小姐說。「聽說她的高爾夫球打得很好。妳乖乖回家去吧，自己離開就好，不送了。」

凱莉小姐轉身緩緩走上樓。走路回家時，艾莉絲知道如果媽媽發現她終於可以賺錢維生，一定會很開心，但若絲可能會認爲在雜貨店的櫃檯工作不怎麼體面。而且艾莉絲不確定若絲是否當面這麼批評她。

在回家的路上，她去找了南西．拜恩，南西是她最好的朋友，結果她發現另一位好友安妮特．歐布萊也在。拜恩家的一樓只有一個房間，它兼具廚房、餐廳與起居室的功能，房間後方甚至有座小流理臺。然而南西顯然有事想與好友們分享，安妮特甚至已經知道了，南西便拿艾莉絲當出門散步的藉口，讓三個人可以偷偷討論大消息。

「發生什麼事了嗎？」她們一走上大街，艾莉絲便問。

「等到我們離家一哩遠再說啦，」南西說。「媽媽知道有事情，但我不肯告訴她。」

她們走下費瑞丘，過了米爾公園路走上河岸堤道，朝林塢德方向前進。

「她跟喬治．雪瑞登在一起了，」安妮特說。

「什麼時候?」艾莉絲問。
「週日晚上在雅典娜的舞會，」南西說。
「我以爲妳沒去。」
「本來不打算去，後來還是去了。」
「她整晚都跟他跳舞，」安妮特說。
「我沒有啦，只有最後四支舞，然後他陪我走回家。但是大家都看到了。妳竟然還沒聽說，我眞是太驚訝了。」
「妳還要跟他見面嗎?」
「我不知道耶。」南西嘆氣。「也許只能在大馬路看到他吧。昨天他開車經過我身旁，還按了喇叭。如果當時舞廳還有別的女孩，我是指他看對眼的那種女孩，我想他應該也會找她跳舞吧，但是他沒有。他是跟吉姆·法瑞爾來的，那傢伙就站在原地瞪著我們。」
「如果他媽發現了，可眞不知道她會說出什麼話來，」安妮特說，「她超恐怖的，有一次我媽要我去她店裡買兩份培根，她狠狠回答她店裡的培根不這樣賣。」
艾莉絲告訴她們凱莉小姐找她每週日到雜貨店上班。
「妳最好跟她說清楚自己的想法，」南西說。
「我告訴她我會去。沒什麼大不了的。而且這表示我終於可以用自己賺的錢跟妳去雅典娜跳舞，免得讓妳被人家佔便宜。」
「才不是這樣，」南西說。「他人很好。」

「妳到底還要不要跟他見面？」
「妳週日要不要跟我一起去？」南西問艾莉絲。「也許他根本不會去，安妮特也不能去，如果他去了，卻沒有邀我跳舞，或甚至看都不看我，我會很需要有人陪伴的啦。」
「我可能會因爲工作而累得不想動。」
「但妳還是會去吧？」
「我好久沒去雅典娜了，」艾莉絲說。「我討厭那群鄉下人，都市人更糟。喝得半醉不醒，一副想把妳拉到皮革巷的模樣。」
「喬治不是這種人，」南西說。
「他已經醉到連皮革巷都走不到了，」安妮特搭腔。
「也許我們可以問他，如果他媽不在的話，能不能賣我們兩份培根。」艾莉絲說。
「不用跟他說話啦，」南西說。「妳眞的要去凱莉小姐那裡工作？她那裡也是一次只能賣一份培根呢。」

接下來的兩天，凱莉小姐帶著艾莉絲認識她店裡五花八門的商品。當艾莉絲想要拿紙記下不同品牌的茶葉與茶包尺寸時，凱莉小姐告訴她記筆記只是在浪費時間，最好的方式還是全部將它牢記在心。香菸、奶油、茶、麵包、牛奶、餅乾、煙燻火腿與醃牛肉罐頭都是週日最熱門的商品，凱莉小姐說，接下來則是沙丁魚或鮭魚罐頭、甜橘及水梨罐頭、水果沙拉、雞肉與火腿罐頭，還有三明治抹醬與沙拉醬。她先讓艾莉絲認識這些商品，然後一一告訴她價錢。當她自認艾莉絲已經背好價錢後，她又繼續介紹鮮奶油、檸檬汁、番茄、萵苣、新鮮水果以及冰淇淋。

「還有一種週日會過來的顧客，也不管別人怎麼想，就是堅持要買平日就該買的日常用品。那又能怎麼辦？」凱莉小姐不以爲然地抿起嘴唇，指出肥皂、洗髮精、衛生紙與牙膏，告訴艾莉絲價錢。

有些人，凱莉小姐補充，還會在週日買糖和茶，或鹽巴，甚至胡椒，但只是偶爾爲之。而且竟然還有顧客想找糖漿或蘇打粉或麵粉，這些物品通常是週六的暢銷貨。

小朋友是一定會出現的，凱莉小姐說，他們都是想買巧克力棒、太妃糖、雪酪或是軟糖，男士們也會來零買幾根香菸和火柴，不過這些人瑪麗都能處理，因爲瑪麗無法應付大量購買的顧客，價格數字更是記得一塌糊塗，凱莉小姐還說，顧客一旦人數眾多，瑪麗常常礙手礙腳，反而不能當個好幫手。

「她老是呆呆看著顧客，」凱莉小姐說，「連對常客也如此。」

艾莉絲看得出來，這家店存貨豐富，有各種品牌的茶葉，有些相當昂貴，比起法院街的海恩雜貨店或是橡木街的L＆N或市集廣場的雪瑞登店鋪，這裡的價錢明顯高出許多。

「妳要學著打包砂糖，還有包裝麵包與吐司，」凱莉小姐說。「還好，這一件事瑪麗還算做得來，眞是謝天謝地了。」

在艾莉絲受訓時，也有顧客上門購買商品，她注意到凱莉小姐對待不同的顧客，口氣也完全不一樣。有時候，她什麼也沒說，只是繃緊下巴，站在櫃檯後面，顯然是完全不贊同某位顧客竟然出現在自己店裡，也很不耐煩地盡快打發對方。對其他顧客，她則皮笑肉不笑，眼神陰沉監視對方，接過人家付的錢時，還彷彿自己給了對方莫大的恩惠。另外還有幾位顧客她會熱情招呼，喚出對方的名字，這些貴客在這裡似乎都有固定的記帳戶頭，所以不用現場交易，一切都記在帳簿。凱莉小姐還會與貴客們噓寒問暖，討論火腿或培根的品質，甚至詳加介紹架上的麵包風味，如黑莓麵包與鴨肉吐司等等。

「我打算訓練好這位年輕小姐，」她對一位似乎特別重要的顧客解釋，對方看起來才剛燙好頭髮，讓艾莉絲好奇極了。

「我打算把她教好，讓她比瑪麗更進入狀況，瑪麗乖是乖，但乖巧可派不上用場。我希望她可以機靈俐落又可靠，這年頭這種人不好找了，給再多的錢也訓練不來。」

艾莉絲聽著她們的對話，注意到站在櫃檯旁的瑪麗也在認真傾聽，侷促不安。

「一樣米養百種人。」凱莉小姐說。

「妳說得沒錯，凱莉小姐，」燙捲髮的女士說，一面將買來的東西放進手提袋。「而且抱怨也沒有用，對吧？我們也需要掃街工人啊。」

週六，艾莉絲跟媽媽借了錢，到丹博哲女裝店買了一件深綠色的店員外套。當晚她請媽媽設定好鬧鐘，她知道，如果自己還想吃到早餐，她最好六點前就起床。她不覺得凱莉小姐店裡會有時間讓她吃東西或喝茶。

自從三位哥哥到英國伯明罕工作後，艾莉絲就搬進他們男生住過的房間了。這讓若絲可以有自己的臥室，而且媽媽每天早上還會精心打掃。由於媽媽的退休金不多，全家人都仰賴若絲在戴維斯磨坊辦公室工作的薪水；這份薪水幾乎得負擔所有家用，其他額外的開銷則得仰賴哥哥們從伯明罕寄來的工資。若絲每年會趁百貨清倉折扣時到都柏林購物兩次，一月時她會買新外套和服飾回來，八月則會帶回新洋裝、開扣毛衣、短裙、襯衫等等，這些都是若絲認為不會退流行，第二年還可以繼續穿的衣服。若絲現在的朋友多半是已婚婦女了，有些是年長的女士，孩子們都已經長大；要不就是夫婿在銀行上班的家庭主婦，她們都有時間在夏日傍晚或週末結伴出門打高爾夫球。

艾莉絲認為，如今已經三十歲的若絲，每一年看起來都益發成熟亮麗，儘管她也曾經結識過幾位男朋友，但若絲似乎過得比她那群推嬰兒車的老同學更開心。艾莉絲很為她感到驕傲，因為若絲在外表打扮下了很大的工夫，也更仔細挑選自己的高爾夫球伴。艾莉絲知道若絲很想為自己在城裡的公司找工作，她在職校的初級會計與帳務管理課程的學費也由若絲全額支付。但艾莉絲很清楚無論學歷高低，目前城裡的工作確實一職難求。

艾莉絲並沒有馬上告訴若絲她即將到「凱莉小姐雜貨店」工作；相反地，雖然她已經開始受訓，她還是只告訴媽媽所有的工作細節，有些讓媽媽聽了大笑不已，還要她重述一次。

「那個凱莉小姐啊，」她媽說，「就跟她媽一樣惡劣，真是很過分耶，以前有個替她工作的人告訴我，說凱莉小姐她媽簡直是惡魔的化身，結婚前，她也不過是在洛賀百貨跑腿的而已。『凱莉小姐雜貨店』最早是寄宿公寓，也有雜貨店的功能。但曾經在那裡工作的職員或投宿的房客，或甚至只是去買東西的顧客，都說凱莉她媽是魔鬼化身。當然，除非你是有錢人或是神職人員。

「我只是把那裡當作暫時工作的地點，」艾莉絲說。

「我也是這樣告訴若絲。」她媽媽回答。「如果她唸了妳什麼，不要管她就好。」

然而，若絲提也沒提艾莉絲準備到凱莉小姐那裡工作的事情。她只是給了妹妹一件自己不太穿的淡黃色開扣毛衣，堅持艾莉絲比較適合那個顏色。她還給了艾莉絲一些唇膏。因爲她週六晚上很晚才出門，所以沒看見艾莉絲早早上床就寢，但那時南西與安妮特才準備去看電影呢。總之，艾莉絲只希望自己到凱莉小姐那裡上班的第一個週日就可以神清氣爽。

她這輩子只參加過一次七點鐘的彌撒，那是好多年前了，那一天是耶誕節清晨。當時她父親依然在世，哥哥們也尚未離家工作。她記得她與媽媽躡手躡腳走出家門，其他人都還沒起床，她們將禮物留在樓下起居室的耶誕樹下，趕在哥哥們、爸爸和若絲剛起床時回家，然後全家人一起拆禮物。她記得那天清晨的昏暗寒冷，以及美麗的無人街道。而今天，她在清晨六點四十分的鐘聲響起後便連忙出門，手中的提袋裝了店員外套，頭髮紮成一條馬尾，她走過大街朝教堂前進，確保自己時間依然充裕。

就在多年前的那個耶誕節清晨，她依稀記得，大教堂中間的座位都滿了。一早就在廚房忙碌的女士們前來參加早場彌撒，想有個好的開始。但今天教堂幾乎沒人。她轉頭想找凱莉小姐，直到領聖餐時，才發現她的身影，這才意識到原來從頭到尾凱莉小姐就坐在她前面。她望著凱莉小姐走上走道，雙手握在胸前，視線低垂，後面是覆著黑色面紗的瑪麗。她們兩人今天都沒有領聖餐，應該是在禁食期吧，艾莉絲納悶她們什麼時候才會開始吃早餐。

彌撒結束後，艾莉絲決定不要在大教堂廣場等待凱莉小姐。她在書報攤前徘徊，看著老闆把一捆捆的報紙打開，然後她走到店門前等她們。凱莉小姐見到她時，既沒打招呼也沒有微笑，而是匆匆忙忙走進側門，命令艾莉絲與瑪麗在外面等候。等到凱莉小姐打開店門，把燈點亮後，瑪麗便走到店後面，開始將一條條麵包放上櫃檯。艾莉絲知道這些是昨天的麵包；週日是不送麵包的。她站著等凱莉小姐打開一張黏呼呼的蒼蠅紙，看她命令瑪麗站上櫃檯，將它貼到天花板上，同時把舊的蒼蠅紙取下，它的每一個角落都沾了黑色的蒼蠅。

「沒有人喜歡蒼蠅，」凱莉小姐說，「特別是週日。」

很快地，兩三個人走進店裡要買菸。雖然艾莉絲已經穿上她的店員夾克，凱莉小姐還是找了瑪麗應付顧客。這些人離開後，凱莉小姐要瑪麗到樓上沏一壺茶，然後送到報攤，後來艾莉絲才知道，這是在跟報攤要一份免費的《週日新聞報》。報紙拿回來後，凱莉小姐把它折好放在一旁。艾莉絲注意到凱莉小姐或瑪麗到現在都還沒有吃東西或喝水。凱莉小姐催促她走到後面。

「那裡的麵包，」凱莉小姐指向一張桌子，「是最新鮮的。昨天晚上才從『史坦佛麵包』送來，但只有最尊貴的顧客才能買。無論如何，妳都不要碰那些麵包。其他顧客買外面的麵包就好了。而且，我們已經沒有番茄了。除非我有特別指示，否則角落的番茄不可以拿出來賣。」

九點彌撒後，第一批顧客抵達了。想要買菸和糖果的顧客，似乎早就知道直接找瑪麗就好。凱莉小姐站在櫃檯後面，她只專注在店門和艾莉絲身上。她檢查艾莉絲寫下來的每一項價錢，當艾莉絲記不得時，迅速提醒她價錢，而儘管艾莉絲已經算好金額，她還是親自計算價錢，並且堅持要艾莉絲給她看見手裡已收到了錢，才讓艾莉絲找錢給顧客。除此之外，凱莉小姐甚至撥空熱情招呼那些她直呼名字的貴客，要他們不用排隊，還示意要艾莉絲停下手邊的工作，服務對方。

「喔，潘德葛思太太，」她說，「新來的女孩會幫妳把東西全放進紙箱，瑪麗會幫妳抬上車。」

「我得先把這些處理完，」艾莉絲說，她就只剩幾件商品，就可以幫眼前這位顧客結帳了。

「哎，瑪麗可以替妳完成，」凱莉小姐說，一面指揮瑪麗過來處理艾莉絲的顧客。

此時櫃檯前面的顧客已經排了五圈了。

「我才是下一個，」凱莉小姐拿著麵包走回櫃檯時，一位男人大吼。

「我們都很忙，大家都要慢慢等，才能輪到你。」

「但我就是下一位，」男人說，「結果妳們先讓那個女子結帳了。」

「你到底想買什麼？」凱莉小姐問。

男子手上拿了一份購物單。

「艾莉絲現在就會幫你，」凱莉小姐說，「但要等莫非太太結完帳。」

「我剛才也排在她前面啊，」男人說。

「恐怕你是搞錯了，」凱莉小姐說。「艾莉絲，動作快一點，這位先生在等。我們沒有那麼多時間，接下來就輪到他了。妳那分茶葉算多少錢啊？」

直到下午一點左右，店裡差不多都是這樣忙亂。沒有休息時間，也沒有東西可吃可喝。顧客的服務都不照規矩來。對一些顧客，其中包括兩位艾莉絲熟識的若絲友人，凱莉小姐告訴他們店裡有新鮮漂亮的番茄，甚至親自爲她們秤重，顯然她對於艾莉絲認識這幾位貴客感到驚訝；對其他顧客，凱莉小姐則斬釘截鐵地說番茄早就賣完了，一顆不剩。對她喜歡的顧客，凱莉小姐立刻送上新鮮麵包。對某些人，她則很直接了當地不帶情面。總之，她對每位顧客的態度都不一樣。問題就是，艾莉絲意識到，城裡沒有一間商店有像「凱莉小姐雜貨店」這麼豐富的存貨與選擇，更不用說週日早上還開門營業。同時艾莉絲也認爲，上門的顧客好像都習慣到凱莉小姐的店來購物了，他們不介意等著排隊結帳，這些人似乎就是喜歡這種熱鬧擁擠的感覺。

她原本打算除非若絲問起，否則她不會在晚餐時提到在「凱莉小姐雜貨店」的新工作，但一坐下來，她就忍不住想要跟她們分享自己當天早上的經歷。

「我去過一次，」若絲說，「剛好做完彌撒走回家，她先招呼瑪麗·狄拉韓才來應付我。我轉身就走。店裡有種我說不出來的味道。她不是還有一個小奴隸嗎？她把小女孩從修道院接出來的。」

「凱莉的爸爸是個大好人，」她們的媽媽說，「但她無法選擇自己的母親，我不是告訴過妳嗎？艾莉絲，那可怕的惡魔化身。有一次我聽說她家佣人被嚴重燙傷，她竟然不准人家看醫生！凱莉她媽從奈莉學會走路後，就要她在店裡幫忙了。她從來沒看過陽光，這就是奈莉的毛病所在。」

「奈莉．凱莉？」若絲問。「這不會眞的是她的名字吧？」

「學校的同學還另外替她取了綽號。」

「是什麼？」

「大家都叫她『蕁麻』凱莉。連修女也無法控制我們。她爸媽一定是因爲這樣才早早就讓她離開學校。每回她從『恩惠修道院』放學，就有五六個女孩跟在她後面大叫『蕁麻！』。怪不得她這麼生氣。」

若絲與艾莉絲聽到這一段，安靜了好久。

「眞不知道該哭還是笑，」若絲說。

艾莉絲一面用餐，一面發現自己會模仿凱莉小姐，逗得姊姊和媽媽捧腹大笑。她想知道，是不是只有她還記得傑克也精通模仿。傑克是她年紀最小的哥哥，他會模仿神父、電臺體育評論員和學校老師，還有鎭上許多人物，家人常因此大笑不止。她納悶其他兩個人是否也意識到，這是她們在傑克跟著兩位兄長到伯明罕後，首度在餐桌上笑得這麼開心。艾莉絲很想提起傑克，但她很清楚這會讓媽媽傷心。就算他寫一封信來，她們也總是沉默傳閱。所以她繼續仿效凱莉小姐，一直到友人在外面叫若絲的名字，帶她去打高爾夫球時才停止，留下艾莉絲和媽媽收拾餐桌洗碗。

當晚艾莉絲在九點到了南西拜恩家，心知肚明自己沒怎麼認眞打扮。她洗了頭髮，穿了一件夏日洋裝，但她覺得自己看起來寒酸極了，她暗自盤算萬一南西跟喬治・雪瑞登跳了不只一支舞，她就準備自己回家。她很高興若絲沒看見她出門，否則她姊姊一定會逼她頭髮還要梳成某種髮型，甚至還會要她化妝，看起來才會更聰明美麗。

「我們先說好，」南西說，「妳不要刻意去看喬治・雪瑞登，他可能會跟一大群橄欖球隊友來，搞不好根本不會出現。他們這群人週日晚上常去考敦玩。總之，我們忙著聊天就好。我也不打算跟其他人跳舞，萬一他進來看見我跟別人跳舞就不妙了。如果有人走過來邀我們跳舞，我們就站起來去化妝室。」

南西的媽媽與姊姊大力參與今晚的活動，因爲她終於對她們坦承自己與喬治・雪瑞登跳了舞，母女三人費盡心力打扮南西。她前一天就已經把頭髮吹好，現在它整齊地往後梳。南西今天還穿了一件艾莉絲只看過一次的藍色禮服，她現在正在浴室鏡子前仔細上妝，她的媽媽與姊姊則在房間忙進忙出。

艾莉絲與南西默默從法瑞耳街走上教堂街，然後轉過城堡街到雅典娜舞廳，兩人走上階梯走進大廳。艾莉絲對南西的緊張一點也不驚訝。南西被前男友拋棄是一年前的事情了。就在這裡，他帶著另一位女孩出現，一整晚都只與對方跳舞，對南西視而不見。後來，那位前男友就去了英國，中間只短暫回來一次，就爲了跟那晚的那一位女孩結婚。喬治英俊瀟灑又有車，他家在市集廣場還擁有一間生意興隆的百貨店；一旦他母親過世，他就會繼承那間百貨。對於在「布特有機飼養培根店」櫃檯工作的南西而言，與喬治·雪瑞登約會簡直等於掉進一場自己永遠不想清醒的美夢，當艾莉絲這麼想時，她也與南西掃視全場，假裝自己並不是特意尋找某人身影。

舞池上有幾對男女在跳舞，另外門邊也站了幾位男士。

「他們看起來眞像是在牛市挑牛，」南西說，「天啊，他們頭上的髮油眞噁心。」

「如果有人走過來邀舞，我就馬上站起來，」艾莉絲說，「妳就告訴他們要陪我去衣帽間。」

「我們應該戴上厚厚的眼鏡，還要暴牙，頭髮也不用洗了，」南西說。

大廳的人越來越多，卻依舊不見喬治·雪瑞登的蹤影。雖然有男士走過來邀女士跳舞，卻沒人對南西或艾莉絲有任何表示。

「我們快被人當成壁花了，」南西說。

「還可能更糟啊，」艾莉絲說。

「對啊，妳啦，搞不好會有人叫妳什麼科拿卡迪公車，」南西回她。

當兩人停止大笑，看向舞池時，她們之一還是嘻嘻哈哈，然後另一個人也會跟著忍不住狂笑。

「我們看起來就像瘋子，」艾莉絲說。

她身邊的南西突然嚴肅起來。艾莉絲朝賣飲料的吧檯看去，望見了喬治．雪瑞登、吉姆．法瑞爾以及一群橄欖球隊的男生剛剛抵達，另外還有幾位年輕女孩跟著他們。吉姆．法瑞爾的父親在椽木街有一間酒館。

「夠了，」南西低語。「我要回家了。」

「等一下，不要這樣嘛，」艾莉絲說。「等這首曲子結束，我們再去化妝室，討論該怎麼做。」

她們等了一會兒，然後走過無人的舞池；艾莉絲覺得喬治應該看見她們了。在化妝室裡，她告訴南西按兵不動，等到下一首曲子演奏正熱烈時，再回到外面。她們走出去時，艾莉絲看向剛才喬治與朋友站著的地方，她與喬治的眼神短暫交接。在她們找座位要坐下時，南西的臉早已漲紅；她看起來就像是被修女叫到教室外面罰站的女學生。兩人坐著靜靜等舞曲結束。艾莉絲腦子裡想到的話都很荒謬可笑，所以她什麼話也沒說，但她知道凡是注意到她們的人，一定會覺得她們看起來很可悲。艾莉絲決定，一旦南西稍微暗示她們在這首曲子之後就離開，她一定立刻舉雙手贊成。其實她早就想離開了；她知道走路回家時，她們一定會找樂子逗自己開心的。

然而，在舞曲結束之際，喬治在下一首曲子尚未開始前便走過大廳，開口邀南西跳舞。當南西站起來時，喬治對艾莉絲微笑，她也報以笑容。兩人開始跳舞後，喬治開始閒聊，南西似乎也努力想讓自己享受當下。艾莉絲看往別的地方，就怕自己的眼神會讓南西不自在，她望著地面，希望不會有人過來邀舞。艾莉絲心想，如果喬治繼續邀南西跳下一支舞，那麼她就比較容易在舞曲結束時，偷偷溜回家了。

跳完舞的喬治與南西走過來找她，說他們要到吧檯旁喝檸檬汁，喬治也想請艾莉絲喝一杯。艾莉絲站起身跟著他們走過舞池。此時，吉姆．法瑞爾就站在吧檯旁，替喬治佔了一個位子。艾莉絲知道他們那群朋友某些人的名字，但有些人她只認得臉孔，不記得名字，當她們走近時，吉姆．法瑞爾轉身，一隻手肘還擺放在吧檯上。他上下打量南西與艾莉絲，沒有點頭也沒說話，然後挪過去跟喬治咬耳朵。

音樂再度響起時，他們的朋友有幾位走上舞池，但吉姆．法瑞爾動也不動。喬治將檸檬汁遞給南西與艾莉絲，準備正式介紹兩人讓吉姆．法瑞爾認識，但吉姆只是短暫點頭，連跟她們握手都沒有。喬治站著喝飲料時感覺有點失落，他對南西說了幾句話，南西也回答他，接著喬治又啜了一口飲料。艾莉絲心想，喬治下一步不知該怎麼做了；顯然他的這位好友不喜歡南西和艾莉絲，也完全不打算跟她們交談；艾莉絲眞希望自己沒有跟著喬治走過來。她喝喝飲料，低頭看著地板。當她抬起頭時，只看到吉姆．法瑞爾冰冷地觀察南西，等到他發現艾莉絲在注意他時，他換了換重心，面無表情地看向她。她看到他身穿一件昂貴的獵裝外套及一件襯衫，還打了領結。

喬治將玻璃杯放在吧檯上，然後轉向南西邀她共舞；他對吉姆示意，好像是建議他也照做。南西對喬治微笑，再對艾莉絲和吉姆笑了笑，把飲料放在吧檯，隨著喬治走上舞池。她看起來開心，也輕鬆多了。艾莉絲四處張望，注意到吧檯旁只剩她與吉姆．法瑞爾兩個人，舞池另一端女士們站的角落也沒有空間了，此時除非她再去化妝室一趟，或是直接回家，要不然眼前她是無處可逃了。有那麼一秒鐘，吉姆看起來像是想跨前一步邀她跳舞。艾莉絲知道自己已毫無選擇，心裡也準備好要接受他的邀約，因爲她不想對喬治的朋友無禮。就在她準備開口接受時，吉姆顯然又重新考慮了，他往後退，同時帶著不馴的眼神掃視大廳，刻意忽略她。他至此再也沒有多看她一眼，等到舞曲結束後，艾莉絲立刻走到南西身邊，小聲告訴她自己準備回家，她與喬治握握手，托辭說自己有點累了，然後帶著僅剩的尊嚴走出雅典娜。

第二天傍晚喝茶時，她告訴媽媽與若絲這一段經歷。她們一開始對於南西連續兩個週日的晚上都與喬治．雪瑞登共舞大感興趣，但當艾莉絲告訴她們吉姆．法瑞爾的無禮舉動時，兩人卻非常激動。

「不要再接近雅典娜了，」若絲說。

「妳爸跟他爸很熟，」她媽說。「很多年前，他們都一起去賽馬。妳爸也常到法瑞爾酒館。那裡打點得很好。他媽媽人也不錯。她是葛蘭布恩的度根家族成員。一定是參加橄欖球隊才讓他變成這個模樣，他爸媽很可憐耶，養了一個嬌生慣養的小鬼。大概因爲他是獨生子。」

「聽起來眞像長不大的小鬼，」若絲說。

「總而言之，他昨天晚上心情超差的，」艾莉絲說，「我只能做出這種結論。我猜他可能認爲喬治應該跟比南西更體面的女孩在一起。」

「話不能這樣說，」媽媽說，「南西．拜恩是鎮上最美的女孩之一了。喬治運氣好才能跟她約會。」

「就不知道他媽媽會不會同意了。」若絲說。

「鎮上有些店老闆，」她媽說，「特別是那些買進廉價物品又高價賣出的傢伙，他們店裡的櫃檯不過是比別人長了幾碼，整天還得坐在那裡等顧客進門。眞不知道爲什麼他們自以爲比別人高尙。」

雖然凱莉小姐一週只付七先令六便士給艾莉絲，卻常常在其他時候派瑪麗來找艾莉絲——有一次是凱莉小姐想去做頭髮，卻又不肯關門休息；另一次是她想要把所有的罐頭下架清理。每一次她都會另外給艾莉絲兩先令，還一面抱怨瑪麗什麼事情都做不好，可是那些工作都得耗上艾莉絲好幾個小時。凱莉小姐另外還會塞給艾莉絲一條麵包，要她帶回去給媽媽，但艾莉絲知道那些麵包都是前一天的。

「她一定認爲我們是乞丐，」她媽說。「這些隔夜麵包該怎麼辦？萬一若絲知道一定會很生氣。下一次她找妳，妳就甭去了吧。跟她說妳很忙。」

「但是我不忙啊。」

「總會出現更好的工作的。我每天都這樣祈禱。」

媽媽用那些麵包做了豬肉派內餡。她沒有告訴若絲麵包是哪裡來的。

有一天吃午餐時，平常中午一點會從辦公室走路回家，一點四十五分再回去上班的若絲提到，她前一晚曾與一位福樂德神父打高爾夫球，神父表示自己認識她們的爸爸，也認識當時還是小女孩的媽媽。他是從美國返鄉過節的，這是戰後他首度返家。

「福樂德？」媽媽問。「莫若澤那裡有一大堆人姓福樂德，但是我不記得有人當了神父。我也不知道其他人後來做了什麼，都沒再見過面了。」

「有一位莫非・福樂德，」艾莉絲說。

「不是同一家族的人，」她媽媽回答。

「總而言之，」若絲說。「當他說什麼時候拜訪妳方便時，我建議他下午茶的時間，明天他就要來了。」

「喔，天啊，」媽媽說，「美國來的神父要喝什麼啊？我得去買水煮火腿了。」

「凱莉小姐那裡有最高級的水煮火腿。」

「沒有人到凱莉小姐那裡買東西的，」若絲回答。「我們準備什麼，神父就吃什麼。」

「水煮火腿配上番茄和萵苣怎麼樣？還是烤牛肉，也許他會想吃炸的。」

「什麼都好，」若絲說。「最好有很多黑麵包與牛油。」

「我們在餐廳吃好了，」媽媽回答，「還要把家裡最好的瓷器拿出來。如果我能買到鮭魚更好。他應該有吃魚吧？」

「他人很好，」若絲說。「妳端什麼上桌，他就吃什麼。」

福樂德神父很高；他的口音綜合了愛爾蘭語調與美國腔。無論他怎麼解釋，都無法說服艾莉絲的媽媽她以前曾經見過他或他的家人。他媽媽的娘家姓氏是洛契福。

「我好像不認識她，」媽媽說。「我們唯一認識姓洛契福的是老斧頭。」

福樂德神父認眞地看著她。「老斧頭就是我舅舅，」他說。

「眞的嗎？」媽媽問。艾莉絲看得出來她緊張得快大笑出來了。

「當然我們不會這樣叫他啦，」福樂德神父說。「他的名字是西孟思。」

「他是個好人，」媽媽說。「當時叫他綽號，眞是殘忍。」

若絲倒了一些茶，艾莉絲靜靜離開餐廳，怕自己再坐久一點，就會大笑出聲。

當她回到餐廳時，她注意到福樂德神父聽說了她在凱莉小姐那裡的工作，也知道她的薪水，更爲它如此低廉感到震驚。他問起她的背景。

「在美國，」他說，「有妳這種背景學歷的人有很多職業可以選擇，而且薪水不錯。」

「她有想過去英國，」她媽媽說，「但是我兒子說再緩一緩，他們說現在時機還不夠成熟，她搞不好只能在工廠當女工。」

「我的教區在布魯克林，在那裡只要受過教育，勤奮又誠實的人，就可以找到坐辦公室的工作。」

「但是太遠了，」她媽媽說。「就只有這個缺點。」

「布魯克林有些地區，」福樂德神父回答，「與愛爾蘭一模一樣。整區住的全是愛爾蘭同鄉。」

他交叉雙腿，從瓷杯喝了一口茶，好一會兒沒有開口。眼前的靜默讓艾莉絲頓時看清了在場其他人的思緒。艾莉絲望向坐在對面的媽媽，她刻意避開艾莉絲的眼神，而是盯著地板瞧。通常在顧客來訪時很會轉移話題的若絲同樣什麼話也沒說。她轉轉戒指，然後玩弄手腕上的手環。

「這會是大好的機會，特別是年輕人，」福樂德神父終於說話了。

「可能會很危險，」她媽媽回應，眼神仍看著地板。

「我的教區不會，」福樂德神父說。「那裡的住戶都很善良。他們的生活與教區的互動很密切，比在愛爾蘭時還要頻繁。只要肯努力，就會有工作。」

艾莉絲感覺好像回到童年時期，當醫生來訪時，母親帶著謙卑的尊敬態度傾聽對方。若絲的沉默倒是很新鮮；她看著姊姊，希望她能問問題或發表評論。但若絲看起來宛如陷入夢境。當艾莉絲凝視她時，才發現自己從沒見過若絲如此美麗動人。然後她發現自己好像正無意識地感覺有需要牢記眼前的場景，家裡的餐廳，她的姊姊，彷彿她的人早已身在遠方異鄉。久久不散的沉默讓艾莉絲體認到原來這一切是暗地裡安排好的，艾莉絲即將前往美國工作。她相信福樂德神父是受若絲邀請前來她家，因爲若絲知道他可以做出適當的安排。

過去她媽媽非常反對她去英國，因此這突如其來的頓悟讓艾莉絲不知所措。她在想，如果自己沒有接下凱莉小姐的工作，沒有告訴她們自己每週在凱莉小姐那裡的羞辱待遇，也許這段談話就不會出現。她後悔自己告訴姊姊與媽媽太多了；她的原意只想要逗若絲和媽媽開心，讓她們的用餐時間注入一些歡樂，因爲從父親過世，兄長們離家後，她們已經好久沒有這麼愉快了。她到現在才發現，原來若絲和媽媽完全不覺得她替凱莉小姐工作有任何樂趣可言，當福樂德神父不再讚美他在布魯克林的教區，而繼續提到他相信自己能爲艾莉絲在當地找到適合的工作時，若絲與她媽媽竟然完全沒有表達異議。

隨後的幾天，沒有人提起福樂德神父的訪問，或是他的造訪讓艾莉絲有可能到布魯克林工作之類的話題，姊姊與媽媽的沉默更使艾莉絲相信若絲與她媽媽早已討論，並贊成這個做法。她自己從來沒有考慮到美國工作。她知道鎮上有很多人去了英國，只在耶誕節或夏天時返鄉。這已經成了小鎮生活的一部份。她有朋友會定期收到美國寄來的美金或衣服，但那些都是她們的叔伯或阿姨寄來的禮物，這些人早在戰爭之前就已經移居美國。艾莉絲完全不記得這些人在假期時曾經出現在鎮上。她知道那是一趟漫長的跨大西洋航程，至少得在船上待一週，而且船票一定很昂貴。她多少也清楚，鎮上的年輕男女到英國不過是做很尋常的工作，薪水也不怎麼樣，但到美國可能會賺大錢。她還想搞懂的一件事是，她總深信前往英國的鄉親會思念恩尼斯科西，但那些去了美國的人顯然未曾思念故鄉，相反地，他們似乎非常自得其樂，更以自己爲榮。她納悶這會不會是眞的。

福樂德神父沒有再來訪；但他回到布魯克林後，寫了一封信給她媽媽，信裡提到他回國之後，曾與一位來自義大利，目前從商的教區居民討論過艾莉絲，神父告訴雷西太太當地目前已經有職缺，但那不是他原本希望的辦公室工作，而是在這位先生擁有的一間大型百貨部門擔任職員。但是，神父又補充，他很確定只要艾莉絲的第一份工作表現令老闆滿意，未來很有升遷機會，前景也極為看好。神父還提到他可以提供合適的文件證明給越來越不容易申請工作簽證的美國大使館，他也確定自己能為艾莉絲在教堂與她工作地方附近找到合適的住所。

她媽媽將信拿給她。若絲已經出門去工作了。廚房鴉雀無聲。

「他這人感覺很誠懇，」她媽媽說。「這一點我能肯定。」

艾莉絲又讀了一次關於百貨部門那一段的敘述。她認為神父指的就是在櫃檯工作。福樂德神父沒有提到她大概能賺多少錢，或是她該怎麼負擔船票。總之，他建議她盡快與都柏林的美國大使館連絡，確認她到美國需要哪些文件，才能盡快準備。她將信看了又看，媽媽背對著她，在廚房忙著手邊的雜事，依然什麼話也沒說。艾莉絲坐在桌邊同樣沒開口，想著媽媽不知道什麼時候才會回頭跟她說點什麼，她決定坐著等，靜靜數著每一秒，知道她媽媽其實沒那麼忙。艾莉絲很清楚，媽媽只是假裝手邊很忙，這樣就不用回頭看她了。

最後，媽媽終於轉身，嘆了一口氣。

「把信收好吧，」她說，「等若絲回來，我們再把信給她看。」

在幾週內，若絲便讓一切就緒，她甚至與都柏林美國大使館某位職員混熟了，讓對方寄來所有必要的表格，以及可以授權艾莉絲健康報告的醫生名單，還有一份大使館方面要求的項目清單，包括未來工作的聘書，內容必須準確解釋艾莉的資格背景與工作內容，外加一份保證書得證明她抵達美國後財務無虞，另外也需要幾份推薦函。

福樂德神父寫了一封正式書函，表示自己會贊助艾莉絲與她未來的住宿，而她的財務及日常生活他也會照顧妥當。另外還有一封來自布魯克林富爾頓街芭托奇企業的信，內容表示將提供她一個永久職位，地點就在同一個地址，同時還提到該公司正需要她的帳務管理技能與一般事務經驗。簽署者是蘿拉方提尼；艾莉絲注意到對方的筆跡精確整齊，甚至信箋本身的淡藍色澤以及最上方的建築物浮雕圖樣都象徵了一種艾莉絲從未體驗過的承諾與保證。

她在伯明罕的哥哥將分攤她到紐約的船票費用。若絲會在艾莉絲工作穩定之前提供她生活費。她已經告訴幾位朋友這件消息，也請她們先保守祕密，可是她知道若絲有幾位同事早就聽到若絲上班時打電話到都柏林；她更清楚媽媽也不可能獨享這個天大的消息。因此她覺得自己應該先通知凱莉小姐，免得她從別人那裡聽到這件事。艾莉絲覺得自己最好在平日前往，那時店裡比較沒這麼忙。

她看到凱莉小姐站在櫃檯後面。站在梯子上的瑪麗正在將豌豆罐頭堆上最高的貨架。

「唉，妳來的眞不是時候，」凱莉小姐說。「我們還以爲終於能有休息時間呢。妳不要打擾瑪麗手邊的事情。」她頭側向梯子。「如果她看妳一眼，可能就會從梯子摔下來。」

「是這樣的，我是來通知您，我再過一個月就要去美國了，」艾莉絲說。「我要到那裡工作，想先提早通知您。」

凱莉小姐往後站一步。「是嗎？」她問。

「但我離開前，每週日還會過來幫忙。」

「妳是要找我寫推薦函嗎？」

「沒有，不是的。我只是來通知您一聲。」

「眞是好心啊，那麼以後只有假期才看得到妳，如果到時妳還肯跟我們交談的話。」

「我週日還會過來啊，」艾莉絲說。

「喔，不用了。我們不需要妳了。如果妳打算離開，現在就可以走了。」

「但是我可以過來啊。」

「不行，妳不能過來。大家都會對妳議論紛紛，這樣太讓人分心了，我們週日又特別忙，不需要妳過來。」

「我本來想在離開前繼續工作。」

「妳就是不能來這裡。妳可以離開了。我們今天很忙，有人要送貨，還要整理。沒時間閒扯。」

「好吧，謝謝您了。」

「也謝謝妳。」

凱莉小姐走到店後面時，艾莉絲看了一眼瑪麗，希望她能回頭看她，讓她能跟她說再見。但瑪麗完全沒有這麼做，艾莉絲只好靜靜離開店鋪走路回家。

凱莉小姐是唯一提到她未來只有可能在假期返鄉的人。其他人完全沒說過這樣的話。直到此刻，艾莉絲一直以爲自己會在這個小鎮終老，就像媽媽，她認識所有人，彼此都有共同的朋友與鄰居，在同一條街過著一成不變的人生。艾莉絲原來期盼自己會在鎮上找到工作，找個人結婚，然後在家帶小孩。現在，她覺得自己彷彿被孤立了，這讓她毫無心理準備。但是，儘管整件事件隨著某種恐懼，卻讓她有一種感覺，或甚至錯綜複雜的一些感覺：她知道自己在結婚前，即將有截然不同的體驗，就算手邊的雜事匆促忙亂，但眾人看著她時，眼底會帶著某種光采，連她自己也暈頭轉向，不敢太認眞思考未來幾週自己將面對的人生，就怕自己會精神崩潰。

接下來的她每天都有事情要忙。大使館的文件抵達了，塡好之後還得立刻回寄。她搭火車到韋斯福接受她自己認爲非常敷衍的身體檢查。醫生聽到她說家裡沒人罹患肺結核時似乎相當滿意。福樂德神父又寄了一封更詳細的信來，解釋她抵達後即將入住的公寓，那裡離她的工作地點很近等等；她從利物浦前往紐約的船票也到了。若絲拿錢給她買衣服，還答應要帶她去買鞋和內衣。家裡洋溢著一種非常不自然的愉悅氣氛，至少艾莉絲是這麼認爲。母女三人用餐時總是開心聊天，開懷大笑。艾莉絲想起在傑克出發到伯明罕的前幾週，他們也是這樣，讓彼此不至陷入傑克即將離去的悲傷思緒。

某一天有位鄰居來訪，大家坐在廚房喝茶，艾莉絲才發現若絲與媽媽其實費盡心思掩飾自己的情緒。鄰居只是不經意地說：「她離開後，妳一定會很想她吧。」

「喔，她走後我大概也活不了了，」她媽媽回答，臉上帶著一種艾莉絲父親過世好幾個月後，依然會有的陰鬱神情。好一陣子大家都沒說話，鄰居也被媽媽的口氣嚇到了。此時媽媽的臉色變得更陰沉，然後站起來默默走出廚房。艾莉絲知道媽媽應該是要哭出來了。但是她很訝異自己竟然沒追著媽媽走到走廊或餐廳，而是繼續坐在原位與鄰居閒聊，她心裡希望媽媽趕緊回來，大家才能恢復談話。

即使她在夜裡驚醒，想到這一段畫面，艾莉絲依然不讓自己斷下不願出國的結論。相反地，她重新檢視自己所有的準備，也擔心到時沒人幫她，自己該如何搬動那兩只沉重的行李箱，還得注意千萬不要搞丟若絲給她的手提袋，因為護照、布魯克林工作地點的地址與福樂德神父的連絡方式都在裡面。更不用說錢。還有她的化妝包。屆時她手肘上可能還會掛著一件大衣，雖然她有可能會穿在身上，除非天氣太熱。有人警告她紐約在九月底還是非常炎熱。

她已經將一只行李打包完畢，當她心裡盤算自己放在裡面的物品時，暗自希望什麼都沒有遺漏，她可不想再把它打開了。有一晚她輾轉難眠，突然想到自己下一次打開那只行李箱時，已經是在另一個國家，另一座城市，截然不同的臥室。此時，艾莉絲腦海蹦出一個不受控制的想法，如果是另一個人打開行李箱，穿上那些衣服和鞋子，她會更開心。她想待在家裡，睡在這間臥室，住在這棟房子裡，不去管那些新衣服和鞋子。一切的安排，所有的談話，如果有另一個女孩來應付會更好的。一個就像她的女孩，年齡相仿，身形類似，甚至與她長得一模一樣；只要她，現在正在思考這一切的艾莉絲本人，依然可以每天早上在這張床醒來，在熟悉的街道走動，每晚回到她媽媽和若絲身旁，那一切就太完美了。

即使她讓這些想法飛快運行，但她還是逼迫它們停下，告訴自己要面對眞正的恐懼或疑懼，接受自己即將永遠失去眼前的一切，她未來的日子與人生已不再平凡。因爲她的餘生就要與陌生的未知世界奮戰。然而下樓面對若絲和她媽媽時，艾莉絲選擇討論實際的問題，口氣依然保持快活。

有一晚，若絲邀請她進房，讓她挑走一些珠寶首飾，當下，艾莉絲震驚地發現一件事：若絲現在三十歲，她們的媽媽也不可能獨自居住，不只因爲她的退休金不多，更因爲她可能沒有任何孩子在身旁，實在太孤單了。儘管若絲安排讓艾莉絲離去，但同時這也意味著若絲不可能結婚了，她得與媽媽住在一起，就像現在一樣，在戴維斯磨坊辦公室工作，週末和夏天晚上出門打高爾夫球。艾莉絲意識到，若絲雖然輕鬆面對妹妹的離去，但同時，她更放棄了讓自己有離開這棟房子的任何機會，也失去了成家的可能性。艾莉絲戴上項鍊，坐在若絲的梳粧檯前，看見了未來。媽媽會變老，身體會越來越虛弱，若絲得花更多時間照顧她，端著食物托盤走上陡峭的階梯，在媽媽沒有辦法時，接手打掃和烹飪等家務雜事。

艾莉絲試戴耳環時，想到若絲其實對這一切早已心知肚明，她很清楚她或艾莉絲必須遠渡重洋，並決定讓艾莉絲離開。她轉過身看著姊姊，想開口提議兩人交換，若絲是隨時準備擁抱生活的人，她總是在認識新的朋友，去美國會讓若絲更自在，而艾莉絲也會心滿意足地留在家鄉。但若絲在鎮上已經有一份工作，她卻沒有，因此若絲寧可犧牲自己，因爲艾莉絲還有其他選擇與機會。若絲另外給了她一些胸針帶走，此時的艾莉絲願意付出一切，開口清楚表達不想走的意願，她要讓若絲出國，她會坦承自己會甘願留在家裡照顧母親的意願，她們會過得很好，而且也許艾莉絲還在鎭上找到其他的工作。

艾莉絲納悶媽媽是否也認爲出國的人應該是姊姊，而不是她。媽媽了解若絲的動機嗎？她想，媽媽早就知道了。媽媽與姊姊什麼都清楚，而且知道得太多了。艾莉絲知道，媽媽和若絲除了大聲說出自己眞正的想法，什麼事都肯做。艾莉絲回到房間時，她下定決心將盡力假裝自己期待眼前即將展開的偉大冒險。她會讓她們信服自己期待前往美國，也準備好首次離開家鄉。艾莉絲對自己發誓絕對不要讓媽媽與若絲有任何窺伺她內心眞實感受的機會，她會等到離開她們之後，才表達自己的眞正想法。

艾莉絲知道家裡的悲傷已經積累太多太深了，甚至遠超過她能理解的程度。她將不再爲它添加任何痛楚與哀傷。她很確定媽媽和若絲很難被唬騙，但她更有理由在離家前不讓大家流下一滴眼淚。她們最不需要的，就是淚水。艾莉絲當下決定在離家前幾天與她離開的那天早晨，母女間只會有微笑，這才讓媽媽和若絲牢牢記住她的笑容。

若絲請了一天假，陪她前往都柏林。她們到格雷欣酒店共進午餐，然後搭計程車前往碼頭搭船到利物浦，傑克已經答應會在當地與艾莉絲會合，並在她展開前往紐約的漫長航程前，陪伴她一天。在都柏林時，艾莉絲突然意識到前往美國工作不只是搭船到英國那麼簡單。美國更遙遠、更陌生，它的運作方式與行爲模式與她熟悉的完全不同，但這也是它令人難以忽視的魅力所在。某位神父安排艾莉絲到紐約布魯克林工作，而且住在離上班地點幾條街的公寓，這一切都讓艾莉絲與若絲感覺浪漫迷人極了。她們在格雷欣吃完午餐後，將行李留在火車站。相較之下，在伯明罕、利物浦、科文崔或甚至倫敦的商店工作，便顯得既無趣又沉重。

若絲今天很動人，艾莉絲也盡可能裝扮莊重。但若絲只是對飯店小弟微笑，就讓他心甘情願站在歐康納街爲她們攔計程車，還堅持要姊妹倆在大廳等。到了碼頭，沒有買船票的送行人員只能送乘客到某個地點；但若絲硬是找到收票員的幫忙，他甚至還要同事一起來替小姐們提行李。他告訴若絲她可以在開船前半小時再下船，同時他本人還能護送若絲回碼頭，也會請人特別照料艾莉絲。連頭等艙的乘客都沒有這種特殊待遇，艾莉絲這麼告訴若絲，若絲微笑點頭。

「有些人很熱心，」她說，「如果妳很客氣地問對方，他們會更樂意幫忙。」

姊妹倆大笑了。

「我到了美國，會把它當座右銘，」艾莉絲說。

船在清晨抵達利物浦，一位來自愛爾蘭的挑夫幫她提行李。當她告訴他自己要搭晚一點前往美國的船班時，他建議她將行李放進他朋友工作的小屋棚，那裡離越洋船班的碼頭很近；她只要告訴對方這位挑夫的名字，就可以放心自由活動一天了。艾莉絲發現自己開始用若絲的口氣向這位先生道謝，一種溫暖親密，給彼此留點距離卻也不羞怯的語氣，這是能完全掌控自己未來的女性才有會的語氣。艾莉絲在有家人朋友的小鎮是絕對不會這樣說話的。

她一下船就看見傑克，一開始，她不知道自己該不該擁抱他。他們以前從來沒擁抱過彼此。當他伸手出來打算與她握手時，她停下腳步看著他。他看起來有點尷尬，然後他微笑了。她靠向前想要抱他。

「這樣就好了，」他輕輕將她推開。「別人會以爲……」

「怎樣？」

「眞高興看到妳，」他臉紅了。「眞的好開心。」

他從船員手上接過行李，謝謝對方時稱呼他爲「兄弟」。在他轉身的那一秒，艾莉絲原本打算再抱住他，但是他阻止了她。

「不要這樣啦，」他說。「若絲有寫信告訴我得做什麼，其中包括妳不能又親又抱。」他大笑。

他們一起走過忙碌的碼頭，人們正忙著卸貨與上貨。傑克已經看到艾莉絲準備搭乘的越洋輪船，他們把行李放進剛才提到的小屋棚後，兩人便走過去看那艘大船。巨大潔白的船身讓旁邊的貨輪相形見絀。

「它要帶妳去美國，」傑克說。「這需要時間和耐性。」

「時間和耐性？」

「時間和耐性就能帶一隻蝸牛去美國，妳沒聽過嗎？」

「喔，別傻了，」她微笑戳戳他。

「爸爸都是這樣說的，」他說。

「一定是我不在的時候，」她反駁。

「時間和耐性能帶蝸牛去美國，」他重複。

今日天氣大好；兄妹倆靜靜從碼頭走到市中心，艾莉絲卻希望自己能回到自己在家鄉的小房間或甚至橫渡大西洋的船艙。由於她只需要在傍晚五點前登船，她不確定該怎麼渡過這一天。兄妹看見了一間小餐館，傑克問她是否餓了。

「我想吃個麵包，」她說。「也許喝杯茶。」

「享受妳的最後一杯茶吧，」他說。

「美國沒有茶嗎？」她問。

「妳在開玩笑嗎？美國人都吃自己的小孩啊。他們講話時，滿嘴塞得都是食物。」

當一位侍者過來時，艾莉絲注意到傑克幾乎是謙卑地要求一張桌子。他們坐在窗邊。

「若絲交代要讓妳好好吃一頓晚餐，免得船上食物不合妳胃口，」哥哥告訴她。

點好餐之後，艾莉絲觀察小餐館。

「他們是什麼樣子？」她問。

「誰？」

「英國人。」

「他們講求公平，又很高尚，」傑克說。「如果你認眞工作，他們會感謝你。他們最在乎的就是這個。馬路上有時候會有人對你大吼大叫，但通常都是週六晚上。不要管那些人就好了。」

「他們吼什麼啊？」

「準備前往美國的好人家女孩不需要知道這些。」

「告訴我嘛！」

「我才不要。」

「髒話？」

「沒錯，但久了你就能學會不用管它，我們也有自己固定去的酒館，只有走路回家時才會遇到那種人。原則就是不要回嘴，假裝沒事就好。」

「工作也是這樣？」

「沒有，工作完全不同。我在零件倉庫工作。裡面是來自全英國的舊車零件或是故障的機械。我們把它們拆解，然後再賣出去，金屬鉚釘什麼都賣。」

「你到底做些什麼？你什麼都能跟我說啊。」她微笑看著他。

「我負責庫存品。一輛車被拆解後，我得登記每一樣零件，古董車有些零件非常稀少。我得知道它們放哪裡，賣出去了沒有。我發明了一種系統，可以很快地找到我要的零件。只有一個問題。」

「公司大多數的員工都認爲朋友需要時，就可以隨意拿這些零件給別人或帶回家。」

「那你怎麼解決呢？」

「我說服老闆讓員工以半價買走他們需要的零件機械，情況有一點改善，但是還有人隨便亂拿。我負責庫存就是因爲老闆推薦我，我不會偷東西，不是因爲我誠實，我只是不想冒著丟掉工作的風險。」

他說話的表情誠摯認眞，她心想，但也有點緊張，彷彿他被放在展示櫃內，很擔心她對他的看法以及他現在過的生活。她想不出來該怎麼讓他表現正常一點，更像他自己。此時的她只能想到更多問題。

「你常見到派特和馬丁嗎？」

「妳好像考官。」

「你們寫來的信都很好看，但從來沒提過我們想知道的事情。」

「沒什麼好說的。馬丁工作換來換去，但是最近這個工作應該可以穩定下來了。我們每週六都固定會見面，先去酒館再去跳舞，而且我們會梳洗得整整齊齊。可惜妳不來伯明罕，週六晚上妳一定會引起暴動。」

「好可怕喔。」

「很棒的，妳會很喜歡。那裡的男孩比女孩多太多了。」

他們在市中心閒晃，又說又笑。有時，她感覺他們的對話就像負責任的成年人——他告訴她工作上的趣聞與週末的經歷——然後，他們會突然回到童年或青少年時期，彼此嘲笑對方或講講笑話。若絲和媽媽卻無法在這種時刻走進來要他們安靜一點，感覺眞是奇特，但同時，艾莉絲也意識到他們正身處一座大城市，不需要應付任何人。雖然下午五點前，兄妹倆無事可做，但時間一到，她就得領取她的行李，在船艙門口掏出她的船票。

「你有沒有想過回家住呢？」當他們漫無目的走在市中心，還沒找到餐館用餐時，她這麼問。

「唉，我回去什麼也做不成，」他說。「前幾個月我根本找不到工作，絕望地想回家。那時的我會不顧一切找到回家的路。但是現在我習慣了，我喜歡我的薪水，也喜歡這種獨立感。我欣賞老闆的做事態度，甚至我的前老闆人也很不錯，他從來不多問；他們心裡知道我是怎麼樣的人，因爲從我工作的態度就看得出來了。他們不會來煩我，如果我跟他們提出建議，或是比較可行的做法，他們都會採納。」

「英國女孩如何？」艾莉絲問。

「有一個還不錯，」傑克回答。「其他人我就不知道了。」他又臉紅了。

「她叫什麼名字？」

「我才不要告訴妳。」

「我不會告訴媽媽啦。」

「以前妳也這樣保證過。我說太多了。」

「希望你週六不會找她去你的跳蚤窩。」

「她的舞跳得很好。她才不介意，而且，我那裡才不是跳蚤窩。」

「派特和馬丁也有女朋友嗎？」

「馬丁經常被放鴿子。」

「派特的女朋友也是英國人？」

「妳就是來蒐集資訊的對吧？怪不得她們叫我來接妳。」

「她也是英國人嗎？」

「她是穆林加人。」

「如果你不告訴我你女朋友的名字，我就要讓大家知道。」

「告訴她們什麼？」

「說你週六晚上都只請她去你的跳蚤窩。」

「我什麼都不要告訴妳了。妳比若絲還難搞。」

「搞不好是那種時髦的英國名字喔。老天，媽媽知道你就完了。媽媽的寶貝兒子。」

「妳什麼都不准告訴她！」

艾莉絲拉著行李，因此郵輪狹窄的階梯變得寸步難行，沿著走廊指標朝艙房走時，艾莉絲還得側身才能前進。她知道今天郵輪客滿，可能得跟人分享艙房了。

房間非常迷你，床鋪分成上下鋪，沒有窗戶，甚至連氣孔都沒有，另外有一扇門是通往同樣袖珍的浴室，有人告訴她浴廁必須與隔壁艙房共享。門上有張布告提醒乘客不使用浴廁時，得將與隔壁艙房相通的門鎖打開，讓隔壁房間的乘客知道浴廁無人使用。

艾莉絲將一只行李箱放上行李架，另一只行李箱則靠在牆上。她覺得自己該利用這段時間更衣，否則離開航到三等艙乘客用餐時間，其實還有一段時間。若絲為她準備了兩本書，但艾莉絲發現燈光太昏暗，很難閱讀。她躺在床上，雙手枕在後腦勺，很高興自己的第一趟旅程終於結束，但是眼前還有七天無所事事的航程。如果這七天能跟前兩天一樣輕鬆就好了！

傑克的話有部份在她腦海縈繞不去，他似乎很少如此激動地表達情緒。他說一開始抵達英國時，他願意拋棄一切只爲了能回家。眞是奇怪，因爲傑克寫回家的信啥也沒提。她這才發現也許傑克根本沒有告訴任何人他的心情，連哥哥們也不清楚他當時眞正的感受。也許，她想，她的三位哥哥都經歷了同樣的心情起伏，並彼此扶持，感覺對方有思鄉愁緒時，陪著兄弟渡過最艱困的時光。然而，萬一這發生在她身上，她將孑然一身，但事到如今，她只希望自己到了布魯克林後，能作好萬全準備，無論發生任何事，都能冷靜面對。

突然間艙門打開了，一個女子拉著一只超大的行李箱進來了。艾莉絲馬上站起來問她需不需要幫忙，但那女子完全沒理她，兀自把龐大無比的行李箱拉進狹窄的艙房，設法關上門，但是空間太小了。

「眞是見鬼了，」女子開口就是英國腔，一面努力讓行李箱豎起來擺放。擺好後，她站在床鋪與艾莉絲旁邊的牆壁之間。這裡根本擠不下她們兩個人。艾莉絲發現豎起來的行李箱幾乎把門口全擋住了。

「妳睡上鋪。一號表示下鋪，我就是一號，」女子說，「搬上去。我是喬治娜。」

艾莉絲沒有檢查自己的船票，她向對方自我介紹。

「這是最小的房間了，」喬治娜說。「連貓咪都不能養，更不用說抱著貓甩來甩去。」

艾莉絲得努力克制自己不要笑出來，她眞希望若絲在場，這樣她就能告訴若絲自己很想開口問對方是不是要一路坐到紐約，或是打算要中途下船。

「我需要一根菸，但是他們不准我們在這裡抽菸，」喬治娜說。

艾莉絲爬上小樓梯到上鋪。

「再也不要這樣了，」喬治娜說，「我再也不幹了。」

艾莉絲忍不住了。「再也不要帶這麼大的行李箱了，還是再也不要去美國了？」

「再也不要搭三等艙了。再也不要帶那只行李箱了。再也不要回利物浦了。什麼都不要了。這回答妳的問題了嗎？」

「但妳喜歡睡下鋪？」艾莉絲問。

「是的，沒錯。妳既然是愛爾蘭人，我們去抽根菸吧。」

「很抱歉，我不抽菸。」

「眞是運氣太好了。我的室友竟然沒有壞習慣。」

喬治娜慢慢貼著牆壁，閃過行李箱走出艙房。

稍後，當那似乎離她們近得不能再近的郵輪引擎開始發動，汽笛聲也開始尖銳呼嘯時，喬治娜回到艙房拿外套，她到浴室梳梳頭髮，然後邀請艾莉絲一起到甲板，欣賞利物浦的夜色。

「我們也許會遇到喜歡的人，」她說，「搞不好他會請我們到頭等艙的酒館。」

艾莉絲找到外套和圍巾，跟著喬治娜困難地擠過行李箱與牆壁間的縫隙。她無法理解喬治娜是如何將它拉下階梯的。一直到她們站上甲板，艾莉絲才終於能在昏黃的夜色下好好看清楚這位與自己共享艙房的女子。她覺得喬治娜的年紀應該介於三十到四十歲之間，但也許更年長。她有一頭閃亮的金髮，髮型幾乎媲美電影明星，舉手投足充滿自信，而且她抽菸時，煙霧會緩緩從鼻孔流洩而出，感覺更是穩重世故，迷人極了。

「妳看那些人，」喬治娜指著一群站在柵欄邊的人們，他們也在欣賞越變越小的利物浦。「他們是頭等艙乘客。他們的船艙有最棒的景致。但是我知道怎麼混進去。跟我過來。」

「我待在這裡就好，」艾莉絲說。「反正等會就什麼也看不到了。」

喬治娜轉身看她，然後聳聳肩。「隨便妳。但是，就我聽來的以及從天氣看起來，今天晚上會很糟糕，非常難熬。幫我提行李的船員說今天晚上不好過了。」

甲板很快就暗了下來，風勢越來越強勁。艾莉絲找到三等艙的餐室，一個人找了張桌子坐下，有位侍者在她旁邊的餐桌擺餐具，最後他終於注意到她，連菜單也沒拿給她看，就給她端了一碗牛尾湯過來。接著送上桌的，艾莉絲心想，應該是煮羊肉和馬鈴薯吧。她一面吃，一面四處張望，卻沒有看到喬治娜，空蕩蕩的餐室也讓她很訝異。她想郵輪其他乘客或許都是頭等艙或二等艙的乘客，也許三等艙乘客只有她現在在餐室看到的小貓兩三隻，或者他們還在甲板上。但她覺得那不太可能，那些人到底上哪了？又吃了什麼？

侍者拿果凍和卡士達給她時，餐室只剩她一個人了。由於船上沒有其他三等艙的餐室，她想喬治娜該是溜到頭等艙或二等艙了，但艾莉絲又覺得機率不高。吃完餐點後，艾莉絲無事可做，由於船上沒有三等艙乘客的活動室或酒館，她只能回到艙房準備過夜。她累了，也希望自己能早早入睡。

回到艙房，艾莉絲準備刷牙洗臉就寢，但卻發現隔壁房間的人把浴廁鎖住了；她相信他們一定是在用浴廁，所以站著等對方結束，打開門鎖。她傾聽了一會兒，除了引擎隆隆巨響，她什麼也沒聽見。過了許久，她走到外面走廊，站在隔壁艙房門口，也沒聽見裡面有任何動靜。她不確定房內的人是不是睡著了，因此她又站回走廊，希望喬治娜能出現。艾莉絲心想，喬治娜、若絲或媽媽應該會知道這時該怎麼做，連凱莉小姐的臉龐也浮現她腦海了。但是艾莉絲真的不知道自己接下來該怎麼辦。

又等了一下，艾莉絲輕輕敲對方門，沒得到任何答覆後，她使勁用指關節敲門，就怕對方聽不到她。但依舊沒人應門。艾莉絲知道郵輪今天客滿，剛才餐廳也沒有人用餐，甚至可能根本關門了，艾莉絲更確定所有乘客應該都在艙房內；其中可能還有人已經就寢了。她又急又氣，更突然意識到她不只需要刷牙洗臉，她更得立刻清空她的膀胱和腸子，而且越快越好。她再次走進自己的小艙房，企圖打開浴廁的門，但它還是緊緊鎖上。

艾莉絲再次走上走廊，一路走向餐室，她的需要更迫切了，但她找不到廁所。她又爬了兩層樓走上甲板，但發現通往甲板的門也鎖上了。她走過幾道走廊，看看走廊末端會不會有浴室或廁所，但什麼也沒有。引擎的聲音更巨大了，郵輪開始猛然前進，她必須小心翼翼扶著手把走下樓梯，更得注意平衡。

艾莉絲已經絕望至極，她想，在找到廁所前，自己應該是撐不住了。她注意到她自己艙房走廊的兩端盡頭，都有一個小工具間，裡面放了幾根拖把、幾把刷子和一桶水。她知道自己剛才一個人影也不見，所以如果她走運，不會有人瞥見她走進右邊的小工具間。當她看到桶底有一些水時高興得不得了，艾莉絲迅速動作，儘快解放自己，而且將身體盡可能完全塞入小工具間，因此除非走廊有人刻意經過小工具間否則，不會有人看見她的。完事後，艾莉絲用乾淨拖把擦拭自己，然後踮腳走回艙房，期盼喬治娜很快就能回來，她會知道如何叫醒她們的鄰居，讓對方打開浴廁門。這時她才想到自己不能去跟船方抱怨這件事，否則第二天早上萬一他們在小水桶發現她留下的證據，就知道一定是她搞的鬼。

艾莉絲走回船艙換了睡衣，在她爬到上鋪前把燈關上。不久後，艾莉絲感覺自己應該是睡著了。她不知道睡了多久，但醒來時，艾莉絲發現自己全身冒汗。她很快就知道哪裡不對勁。她快吐了。在黑暗中，艾莉絲幾乎是踉蹌摔下床鋪，當她急忙想保持平衡，伸手要找電燈開關時，卻早已無法克制自己，把她當晚豐盛的晚餐全吐了出來。

開燈後，她跨過喬治娜的行李箱衝出艙門，她一走上走廊，便不斷劇烈嘔吐。此時的她跪在地板上；由於郵輪搖晃厲害，這是她唯一能保持平衡的姿勢。她知道自己應該把該吐的全吐出來，以免被其他旅客或船上員工發現，但每次她覺得自己應該吐完了，一站起來後，那噁心反胃的感覺卻也跟著回來。她準備走回艙房，希望能躺回床鋪蓋上毯子，不讓別人發現走廊上的一團糟就是她闖的禍。但想吐的衝動甚至比先前更強烈，它逼著她趴在地上，吐出濃稠惡臭的液體，每次她抬起頭，就忍不住顫抖。

郵輪的運行節奏猛烈，現在感覺它似乎不再前進，反倒有種她剛剛驚醒時那種往後退的感覺，郵輪彷彿正與某種不斷阻擋它前進的巨大力量奮力對抗。撕裂的噪音比引擎聲更響亮。但當艾莉絲回到船艙靠在浴廁門時，她又聽到另一種聲音，聽起來很微弱，那吸引她將耳朵貼著門板，沒錯，那是有人在嘔吐的聲音。她繼續傾聽，那是對方劇烈的嘔吐聲。她砰砰用力敲門，很生氣地知道它爲什麼鎖得死死的：另一邊的人一定知道今晚非常難熬，他們會不斷需要使用廁所。嘔吐聲斷斷續續傳過來，她這邊船艙的門鎖是不會被對方打開的。

艾莉絲現在似乎沒那麼虛弱了，她檢查自己吐在船艙哪個角落。她在睡衣外披了一件外套，套上鞋子走上走廊，然後前往左側的工具間，那裡也有拖把、刷子和水桶。她走路非常小心，就怕失去平衡。她不知道是否三等艙乘客都知道今晚的惡劣海象，所以沒到餐室用餐，便把自己鎖在船艙，靜待最糟的狀況過去。她不確定從利物浦開往紐約的船班是否都會遇上這種海況，但她想起喬治娜提過今天晚上會很難熬，想必一定比大家想像中的更嚴重吧。她猜現在郵輪大約在愛爾蘭南方海面，但是她不是很肯定。

艾莉絲將拖把和刷子拿回艙房，希望把若絲給她的香水倒在她嘔吐過的地板和床單後，那噁心的穢物臭味能消散。但拖地似乎讓味道更強烈，拿刷子刷洗也沒有任何幫助。她決定將它們放回原位。走出工具間後，艾莉絲又突然噁心反胃，她再一次克制不住自己，在走廊大吐特吐。現在她的胃幾乎已經排空了，酸酸的膽汁讓她口腔有股臭味，她大聲哭叫，用力敲著隔壁艙房的門，甚至用腳踢它，但還是沒有人開門。此時郵輪震了一下，往前努力推進，然後再次抖動。

艾莉絲不曉得她離海平面多遠，只知道自己的艙房位於船腹深處。她的胃開始翻攪，很清楚自己將永遠無法告訴任何人她有多難受。她想起媽媽站在家門口，對著她與若絲揮手，望著她們搭車到火車站，臉上表情擔憂緊繃，但車子轉出費瑞丘時，她仍勉強擠出微笑。艾莉絲希望媽媽永遠不會知道自己現在的遭遇。如果郵輪只是來回搖晃，她或許能說服自己這只是一場夢，或安慰自己它不會持續太久。但每一刻都太眞實了，眞眞切切存在於她清醒的每一秒鐘，包括她嘴裡的臭味、引擎的摩擦聲與炙熱的夜晚。讓艾莉絲感覺這全是自己的不對，喬治娜到別的地方也是自己的錯，鄰居鎖了浴廁門也與她有關，她更不該把船艙吐得到處都是，她甚至無法好好收拾殘局。

艾莉絲用鼻子呼吸，專心控制自己蠢蠢欲動的胃部，她用盡僅存的意志力爬上床鋪，躺在黑暗中。艾莉絲想像這艘船正在努力推進，即使船身依然不斷顫動，感覺它在抵禦一道更猛烈的洶湧巨浪。有那麼一段時間，她想像自己就是外面的大海，奮力抗拒龐大的郵輪。然後，她陷入沒有夢境的淺眠。

一隻柔軟的手放上她前額。她睜開眼睛，立刻就想起自己身在何方。

「喔，可憐的小寶貝，」喬治娜說。

「他們不肯打開浴廁門，」艾莉絲說。她讓自己聽起來非常虛弱。

「混蛋東西！」喬治娜說。「每次都這樣，先進來就把門給鎖了，看我怎麼對付他們。」

艾莉絲坐起來，慢慢爬下階梯。嘔吐物的味道可怕極了。喬治娜早已經從手提包拿出指甲銼刀，忙著打開浴廁門鎖，而且輕而易舉就把它給撬開了。艾莉絲跟著她走進浴廁，隔壁房間的旅客連馬桶都沒沖。

「現在我們一定要把他們的門鎖起來，因爲晚上會越來越難過，」喬治娜說。

艾莉絲發現原來門鎖不過是一道簡單的金屬門，怪不得指甲銼刀很快就把它解決了。

「眼前只有一個辦法，」喬治娜說。「如果我把行李放進來，我們就不能關門了，我們還得側身坐在馬桶上，但這樣他們也進不來了。妳這可憐蟲。」

她同情看了艾莉絲一眼。今晚的怒海蹂躪完全沒有破壞喬治娜的妝。

「妳晚餐到底吃了什麼？」喬治娜準備把行李搬到浴廁時，一面問她。

「我想應該是羊肉吧。」

「還有豌豆，一大堆豌豆。妳現在感覺怎麼樣？」

「從來沒這麼難過。我把走廊弄得很髒嗎？」

「是的，但整艘船都是一團糟。連頭等艙都一樣。他們馬上就要開始清理，不過得等好幾小時才會打掃到我們這裡。妳爲什麼吃這麼多晚餐？」

「我根本不知道。」

「妳上船時沒有聽說嗎？今晚是多年來最強烈的風暴。這趟航程本來就不好走，三等艙會更難受，不過這一次的暴風雨眞的很厲害。妳應該只要喝水就好，什麼都不要吃，特別是固體食物。」

「對不起把房間弄得這麼臭。」

「他們會下來打掃的。如果聽見他們下樓，我們再把行李箱挪開，等他們走了，我再把它放回去。我在頭等艙被人發現了，他們警告我直到船靠岸，都不准再上去，否則到了美國我就會被逮捕。所以恐怕妳有伴了，而且，親愛的，當我想吐的時候，妳會知道的。」

接下來幾天，妳會吐個不停。然後大海應該就會平靜了。」

「我感覺糟透了，」艾莉絲說。

「這就叫暈船，小女孩，妳會吐到臉色發綠。」

「我看起來很糟糕嗎？」

「喔，是的，船上的每一位乘客都一樣。」

她話聲未落，隔壁艙房有人用力敲擊牆壁。喬治娜走進浴廁。

「滾開啦！」她大聲喊道，「你們聽見了沒有？很好，滾啦！」

艾莉絲穿著睡衣光著雙腳，站在喬治娜身後。她笑了。

「我現在需要上廁所，」艾莉絲說。「希望妳不介意。」

那天稍晚，她們提了幾桶裝了清潔劑的水，清洗走廊和房間的地板。她們抽起弄髒的床單與毯子，鋪上新的床單，也領來乾淨毛巾。喬治娜儼然成了兩人之間的指揮者，她把行李箱推回本來放置的地方。艾莉絲後來第一次看見了她們的隔壁鄰居，那是兩位美國老太太。當老太太們對清潔人員抱怨浴廁被鎖上時，對方只有聳聳肩，繼續自己手邊的工作。等到清潔人員一走開，喬治娜和艾莉絲二話不說，立刻將行李箱推回浴廁，讓鄰居沒有機會從隔壁將浴廁門鎖上。當她們猛敲浴廁門和艙門時，艾莉絲與喬治娜大笑起來。

「她們錯失機會啦。這可給了她們一點教訓！」喬治娜說。她到餐室提了兩壺水回來。

「那裡只有一位服務生，」她說，「所以想拿什麼就拿什麼。這就是妳今天的晚餐。什麼都不准吃，只能喝水就好，這就是祕訣。雖然喝水也不會讓妳不再暈船，但至少不會那麼嚴重。」

「我感覺船好像不斷被推回原位，」艾莉絲說。

「從我們艙房的感覺就是如此，」喬治娜回答。「但妳盡量不要移動，萬一妳覺得想吐了，就吐個痛快，明天早上妳又會煥然一新了。」

「妳好像已經搭過這艘郵輪好幾千次了。」

「沒錯啊，」喬治娜說。「我一年回家一次看看我媽媽。一週的航程眞的很難熬，等到我身體恢復後，又得回美國了。但我很開心看到家人。我們大家都不年輕了，所以能跟家人相聚一週，感覺眞的很棒。」

經歷了另一晚的痛苦嘔吐後，艾莉絲簡直筋疲力竭；郵輪與惡浪的搏鬥感覺像是挖掘隧道，而不是在大海上航行。然而，大海緩緩平靜了。經常在走廊走動的喬治娜終於遇到隔壁艙房的老太太們，雙方協議不再將浴廁門鎖上，風暴已經結束，大家也同意和平共享浴廁。喬治娜將行李箱搬出浴廁，並警告不斷喊著肚子餓的艾莉絲什麼都不准吃，只能喝大量的水。此外，無論瞌睡蟲有多誘人，儘量不要在白天睡著。如果可以整整一夜好眠，喬治娜說，艾莉絲的精神會更好。

艾莉絲無法置信自己還得在這種空氣悶熱，燈光昏暗的狹小空間待上三四晚。只有在她走進浴廁梳洗時，她昏沉的腦子和強烈的飢餓感才能得到片刻的解脫。每次喬治娜將她獨自留在船艙時，她的密室恐懼症似乎越來越嚴重。

由於愛爾蘭的家只有一座浴缸，所以艾莉絲從來沒有淋浴過，她花了一段時間才弄清楚如何調到正確的水溫。她將肥皀塗滿全身，用洗髮精滴上她的濕髮，她不知道自己使用的是否爲加熱的海水，如果不是的話，那麼這艘大船又該如何裝載這麼多淡水？也許是存放在貯藏槽吧，她想，或也可能是雨水。無論是什麼水，自從船駛離利物浦之後，現在站在蓮蓬頭下方的她，首度有了平靜輕鬆的感覺。

就在她們即將靠岸的前一晚，她與喬治娜到餐室用餐，喬治娜告訴艾莉絲她看起來精神渙散，如果不好好打點自己，艾莉絲可能在愛利斯島就會被攔下來強制隔離檢疫，或者被迫進行徹底的身體檢查。回到艙房，艾莉絲讓喬治娜看了自己的護照和文件，證明她進入美國應該不會有任何問題。她告訴喬治娜福樂德神父也許會來接她。喬治娜很驚訝艾莉絲竟然有完整的工作許可證，而非暫時的打工證。喬治娜說，現在要拿到這類文件已經很不容易了，即使有神職人員幫忙也不太可能。總之，喬治娜還要艾莉絲打開行李箱，讓她看看艾莉絲有什麼衣服，讓她幫忙挑選合適的衣著，這樣等到艾莉絲上岸時，衣服就不會皺得太嚴重。

「不用太花俏，」喬治娜說。「我們可不想把妳打扮得跟蛋糕一樣。」

她挑了一件有紅花圖案的白色洋裝，那是若絲送給艾莉絲的。另外還有一件簡單的開扣羊毛毛衣及素色圍巾。喬治娜看了艾莉絲帶來的三雙鞋，選了最簡單的一雙鞋，但鞋子要擦亮。

「到時候把外套掛在妳的手臂，看起來就是一個知道自己未來方向的年輕女孩，妳也不要再洗頭髮了，船上的水讓妳的頭髮捲得跟鋼絲球一樣，妳還得花好幾個小時讓它恢復原狀。」

早晨來臨，喬治娜一面安排讓人搬她的行李上甲板，一面開始化妝。同時她要艾莉絲好好把頭髮梳直，讓它往後紮成髮髻。

「收起妳無辜的表情，」她說。「等我替妳畫上眼線，抹點胭紅和睫毛膏，他們就不敢攔住妳了。妳的行李箱帶錯了，但是來不及補救了。」

「行李箱怎麼了？」

「看起來太愛爾蘭了，他們總是會把愛爾蘭人攔下來。」

「眞的嗎？」

「妳要裝作自己什麼都不怕的樣子。」

「我好餓。」

「大家都餓了。但是，親愛的，妳不准一副餓壞了的模樣。假裝妳吃得很飽。」

「我在家鄉幾乎從來沒化過妝。」

「是嗎？妳即將踏上自由者和勇士的樂土了。我不知道妳的護照是怎麼蓋上戳記的，妳那位神父一定有通天本領。現在他們唯一可能把妳攔住的理由就是懷疑妳有肺結核，所以無論如何都不要咳嗽，妳還有可能因爲某種怪異的眼睛毛病被攔下來，但我忘記那種病叫什麼了。總而言之，把妳的雙眼睜開。有時，他們也不會要妳停下來，除非要檢查妳的文件。」

喬治娜要艾莉絲坐在下鋪，將她的臉轉向光線，閉上雙眼。喬治娜足足畫了有二十分鐘之久，她將一層薄薄的粉底塗上艾莉絲的臉龐，再加上腮紅、眼線與睫毛膏，她還將艾莉絲的頭髮往後梳，結束之後，她要艾莉絲拿著口紅到浴廁，告訴艾莉絲只要輕輕點綴在唇上就好。艾莉絲驚訝地看著鏡中的自己。她看起來年長了一些，她想，但也更迷人了。她早該跟若絲或喬治娜學習化妝的。如今，她心想，化了妝的她要融入自己不熟悉的人群，或甚至跟自己不會再見到的人打交道，應該會比較簡單吧。艾莉絲覺得自己這樣就不會過於緊張，但也許適得其反，因爲她想，萬一布魯克林的人看她天天這樣打扮，想必也會對她這個人有錯誤的看法吧。

2.

艾莉絲在夜裡醒來，將毯子推到地板，她還想回去睡覺，所以只在身上蓋了一條床單，但還是好熱，她已經滿身大汗了。人們告訴她，炎熱的天氣大概就剩最後這一週了；接下來氣溫將逐日下降，到時她睡覺就會需要毯子，但目前天氣依然悶熱潮濕，街頭人們總是疲憊緩步地移動。

她的臥室在房子後方，廁所就在走廊對面。地板會吱吱作響，她想門板應該是用輕型材質製成，水管管線更是大聲得不得了，因此她能聽到其他房客在夜裡上廁所或週末很晚進門的聲響。這些她並不介意，只要外面依舊漆黑一片，她知道自己仍可以蜷曲在小床上，再睡個回籠覺，同時讓自己腦子放空，不去想白天忙碌的工作。但若她醒來時天空早已明亮一片，她就知道大概一兩小時後，鬧鐘即將響起，她的一天又將開始了。

屋主吉霍太太是韋斯福人，很愛跟她討論家鄉，例如週末到可拉荷耳及羅仕拿渡假，或是鎮上各類型的比賽，或是韋斯福大街的商店，甚至是她記得的鄉親。艾莉絲一開始以為吉霍太太是寡婦，她還開口問候了吉霍先生，以及他在愛爾蘭的家鄉，結果吉霍太太帶著悲傷的微笑，告訴她吉霍先生來自基爾莫爾灣，其他什麼也沒多說。後來，當她對福樂德神父提起這件事時，他才告訴她最好多問吉霍先生的事，因為他拿了所有的錢跑到美國西部，把債務與克林頓大街的房子留給妻子，從來沒有寄錢回家。福樂德神父說，因此吉霍太太才將屋子其他房間對外出租，除了艾莉絲，另外還有五名年輕女孩也是房客。

吉霍太太自己的起居室、臥室和浴室都在一樓。她有自己的電話，但是她對艾莉絲清楚表示，她無論如何不會爲房客留任何電話留言。地下室住了兩名女孩，樓上住了四名女孩；她們六個人可以使用一樓的大廚房，吉霍太太每晚會提供晚餐。女孩們可以隨意在廚房喝茶或泡咖啡，但必須使用自己的茶杯和碟子，用完之後必須自己清洗，放在一旁晾乾。

吉霍太太立下規定：每週日她都不會出現，所以女孩們得自己烹飪，並確保結束之後要收拾乾淨。吉霍太太告訴艾莉絲她每週日都會參加晨間彌撒，然後晚上會找朋友來家裡玩老式的撲克牌。艾莉絲在寫回家的一封信提到，吉霍太太把撲克牌遊戲視爲每週日必須實踐的義務與責任，只因爲她已經向女孩們立下了規矩。

每天晚餐前，她們必須鄭重起立，手牽著手，讓吉霍太太帶領大家說飯前感恩。進餐時，吉霍太太不喜歡女孩彼此交談，或討論她一無所知的話題，她更不鼓勵女孩提及男友。她主要對服裝及鞋子感興趣，想知道何時何地可以用哪種價錢買到什麼好東西。吉霍太太每天的話題就是不斷變化的時尚與新的流行趨勢，雖然連她自己也說她已經太老，不適合穿什麼流行的色調和款式。然而，艾莉絲注意到吉霍太太對穿著打扮的用心，房東太太更會觀察女孩們的外表，也喜歡找人討論皮膚保養以及不同膚質產生的問題。吉霍太太一週做一次頭髮，每週六她都找固定的髮型師，耗費好幾小時整理髮型，讓自己一整週都光鮮亮麗。

艾莉絲那一層樓的第一間臥室住了一位來自貝爾法斯特的邁亞當小姐。她是一名祕書，很少參與餐桌上的時尚話題，除非大夥討論到衣服的價錢。邁亞當小姐拘謹嚴肅，艾莉絲寫信回家時提到，她還曾經要求艾莉絲不要跟其他女孩一樣，將自己個人的衛浴用品放在浴室。住在她們樓上的女孩年紀都比邁亞當小姐輕，艾莉絲在信中寫道，而且經常被吉霍太太及邁亞當小姐糾正生活習慣。其中一位是出生在上紐約州的帕蒂．麥奎爾。帕蒂跟艾莉絲說自己也在布魯克林的大型百貨公司工作。艾莉絲發現這女孩是個花痴。帕蒂最好的朋友則住在地下室，那是一頭紅髮的戴安娜．莫提妮，她媽媽也是愛爾蘭人，戴安娜跟帕蒂都有美國口音。

戴安娜經常抱怨吉霍太太準備的餐點，堅稱它們的口味太偏向愛爾蘭人了。她與帕蒂每週五和週六晚上總是花好幾小時打扮出門尋歡，可能是跳舞或看電影，總之，邁亞當小姐尖酸評論，只要有男人，她們哪裡都肯去。住在樓上的希拉．赫弗南和帕蒂總對夜裡的噪音爭執不休。希拉比帕蒂和戴安娜年長，她來自史凱利，也擔任祕書。當吉霍太太對艾莉絲解釋希拉和帕蒂之間的糾紛時，在現場的邁亞當小姐打岔表示，她認爲這兩人惹出來的爛攤子全都半斤八兩，她太傻曾經把東西留在浴室，結果她們拿了她的肥皂、洗髮精甚至牙膏來用。

邁亞當小姐無時無刻都在對帕蒂、希拉以及吉霍太太抱怨樓上走路的噪音。

在地下室與戴安娜同住的是來自哥爾威的基根小姐，她的話一向很少，除非話題轉到愛爾蘭共和黨與德瓦萊拉總統，或是美國的政治體制，但女孩們鮮少提及這類議題，因為吉霍太太曾經清楚表達自己對政治的厭惡。

艾莉絲剛入住時，帕蒂和戴安娜連續兩個週末問她要不要跟她們一起外出，但當時艾莉絲還沒拿到薪水，連週六晚上她都寧可在廚房待到就寢時間。在第二週的週日下午，艾莉絲還自己出門散步；因為前一週她犯了一大錯誤，就是跟著邁亞當小姐出門。結果邁亞當小姐一路對任何人都沒好話，在她認為是義大利裔或猶太裔的路人走過時，她不贊同地嗤之以鼻。

「我可不是大老遠來美國，聽人們在大街講義大利文或是看戴著可笑小圓帽的猶太人的。」她說。

在她寫回家的另一封信中，艾莉絲描述了她們在吉霍太太家洗衣服的一套系統。吉霍太太規矩並不多，她告訴媽媽和若絲，但其中卻包括不得有訪客，不可以出現骯髒的餐具或杯盤，也不能在屋內洗衣服。每週一會有一位住在附近的義大利太太和她女兒來收待洗衣物。每位房客都有一只洗衣袋，上面必須記載清楚衣物內容，每週三時，裝好乾淨衣物的洗衣袋會歸還房客，袋內會註明當週清洗衣物的費用，吉霍太太會先墊錢，房客回家後再將錢付給吉霍太太。房客會在衣櫥或抽屜看到自己已經折疊好的衣物。同時吉霍太太也固定提供乾淨的床單與毛巾。艾莉絲寫道，那位義大利太太總是將每一件衣物熨燙得整整齊齊，也會為她漿好洋裝和襯衫，她很喜歡這樣。

艾莉絲已經打了好一陣子的瞌睡，不過她醒了。她看了看時鐘：已經七點四十分了。如果她立刻起床，艾莉絲心想，自己應該可以搶先帕蒂或希拉一步走進浴室。她知道邁亞當小姐早已出門上班。艾莉絲很快地走到門邊，拿了梳洗包走過階梯頂的小空間。她戴上浴帽，因爲她不想毀了髮型，每次它一碰水就會跟她在船上一樣變得蓬亂不堪，接著就得花上好幾小時梳理。她當下決定只要一領到薪水，第一件事就是要剪頭髮，讓它更容易整理。

到了樓下，艾莉絲很高興發現廚房裡只有她自己。由於她不想說話，所以她也沒坐下來，這樣萬一有人進來了，她便可以趕緊抽身離開。她替自己泡了茶，烤了麵包。到目前爲止，她還沒有找到自己喜歡的麵包店，美國的茶跟牛奶嚐起來也很怪異。她也不喜歡美國牛油，它有種難以言喻的潤滑油氣味。有一天她下班回家時，注意到大街有位賣果醬的女士。對方不會講英文；艾莉絲雖不認爲她是義大利人，卻也猜不透她是哪裡來的，但那位女士在她品嚐各種不同風味的果醬時，不斷對她微笑。她挑了其中一種口味，付了錢，以爲自己買的是醋栗果醬，但回到吉霍太太家時，她才發現這是一種全新的口味，她不確定究竟是哪種果實，但她很喜歡，因爲它蓋過了麵包與牛油的怪味，而且她每次多加了三匙糖後，牛奶與茶的味道也好多了。

她拿了若絲給她的錢買鞋。她買的第一雙鞋看起來舒服，但穿了幾天後，卻已經開始磨腳。第二雙是不怎麼起眼的平底鞋，但穿起來很舒適；她將它放在手提袋，一到公司就穿上它。

她很討厭帕蒂或戴安娜過度注意她的一舉一動。她是新住進來的女孩，也是最年輕的。她們不斷對她發表意見，提供建議或作出批評。她納悶這兩個人對她的熱度會維持多久，每次她們對她說了些什麼，她的回應總是淡淡一笑，想讓她們知道自己並不特別感激她們的意見。甚至有幾次早晨，她茫然地望著她們，裝作自己完全聽不懂她們所說的一切。

吃過早飯，把茶杯和碟子清洗乾淨後，艾莉絲佯裝自己沒看見剛走進來的帕蒂，悄悄溜出房子，這讓她自己有充份的時間走路上班。這是她開始工作的第三週，雖然她寫了幾封信給媽媽和若絲，也曾寄了一封信給她在伯明罕的哥哥們，她仍然沒有收到他們的來信。當她過馬路時，她意識到自己當晚六點半回家時，她又有許多新鮮事可以向家人報告了；每一刻似乎都充滿了全新的視野和體驗。到目前爲止，她的工作還沒有讓她感到厭煩，她總是愉快地度過上班的每一個小時。

然而，等到她回家用完晚餐躺在床上時，她又感覺自己剛過完的那一天宛如人生中最漫長的一日，她會逐步回憶當天的每一幕場景，每一項細節。當她刻意挪開自己的心思，或讓自己放空，白天發生的一切卻又迅速回到腦海。艾莉絲總覺得她得花一整天回顧反思自己前一天的經歷，透過這種過程，她才能把它拋在腦後，讓自己不至於在夜裡輾轉反側，或做著與白天各場景相關的夢境。然而有時她的夢卻盡是她不熟悉的內容，充斥繽紛的色彩，甚至還有腳步忙亂的人群。

她喜歡早晨清新的空氣及這幾條綠樹成蔭的安靜街道，這裡主要是住宅區，只有街角散落了幾間商店，每棟房子大約有三四間公寓，因此她常看見陪伴孩子上學的幾位媽媽。然而，當她走近自己的工作場所時，她知道自己也離現實越來越近了；那裡的街道更寬敞，車子更多。一旦她走到大西洋街，布魯克林就會開始給她一種奇特陌生的感受。在這裡，建築物彼此之間的距離更遙遠，還有幾棟廢棄建築物。等到她一抵達富爾頓街，就會有好多人簇擁著要過馬路，當初她第一天上班就置身於擁擠可怕的人潮，她還以為有人打架，或某人受了傷，而人們正圍觀準備看好戲。大多數的早晨她總是選擇往後站一步，寧可多等一兩分鐘，讓人群慢慢散去。

到了芭托奇百貨得先打卡，這並不難。接著艾莉絲必須下樓到女士化妝間的置物櫃換上櫃檯小姐專用的藍色制服。她經常在其他女孩尚未抵達前就已經到了，有些人甚至等到最後一秒才出現。她的主管是方提妮小姐，對這種現象極度不以為然。艾莉絲上班的第一天，福樂德神父帶她到總公司，讓她與老闆女兒伊莉莎白·芭托奇會面。艾莉絲認為老闆女兒是她見過穿著最完美的女子。她寫信給媽媽和若絲描述芭托奇小姐鮮紅醒目的服飾：她身穿一件簡單的白色襯衫，腳蹬著亮紅色高跟鞋，一頭長髮黑得發亮。連口紅也鮮紅耀眼，她還有一雙艾莉絲所見過最烏黑的眼眸。

「布魯克林每一天都在改變，」芭托奇小姐說，福樂德神父聽了也點點頭。「這裡總有新移民抵達，可能是猶太人、愛爾蘭人或波蘭人，甚至黑人。我們的老顧客都慢慢搬到長島了，百貨公司當然不可能跟著他們離開，因此我們每週都需要新的顧客。我們對人一律平等。我們歡迎大家到店裡惠顧。他們身上都有滿滿的荷包等著要花錢。我們的貨品價格低廉，但是提供最頂級優質的服務品質與禮儀。如果人們喜歡我們，他們就會回來。把顧客當作新朋友就對了，懂嗎？」

艾莉絲點點頭。

「讓他們看看妳燦爛的愛爾蘭微笑。」

芭托奇小姐找主管過來時，福樂德神父要艾莉絲觀察在辦公室工作的員工。

「他們很多人一開始都跟妳一樣，在百貨櫃檯上班。不過他們還上了夜校，認真唸書，因此現在都在辦公室工作了。其中一些人還是不折不扣的會計師。」

「我想要研讀帳務管理，」艾莉絲說。「我已經上過基本課程了。」

「這裡的系統不同，」福樂德神父說。「但我幫妳看看附近開課的機構有沒有名額。就算沒有名額，我們也可以說服對方加開名額，可是妳先不要告訴芭托奇小姐，就她而言，目前妳應當專注在這份工作才對。」

艾莉絲點點頭。芭托奇小姐很快就帶著方提妮小姐回來。方提妮小姐對芭托奇小姐所說的一切言聽計從，什麼都回答「好」，而且說話時幾乎沒有張嘴。她的眼神不斷掃視辦公室，然後，彷彿自己做錯了事般，迅速回到芭托奇小姐的臉上。

「方提妮小姐要教妳如何使用我們的收現系統，一旦妳學會了，就非常容易上手。如果妳有任何問題，就先找她，即使是最細微的疑問也沒關係。讓顧客開心的唯一法則就是員工也要快樂。妳每週一到週六的九點到六點上班，每天有四十五分鐘的午餐時間，每週能休息半天。我們鼓勵員工上夜校——」

「剛才我們還討論到這件事，」福樂德神父打岔。

「如果妳想上夜校，我們會支付部份的學費。當然不是全額補助。如果妳想買店裡的任何商品，只要告訴方提妮小姐，大多數的商品都有員工優惠價。」

方提妮小姐問她是否準備好開始工作。福樂德神父隨即告辭，芭托奇小姐走向她的辦公桌，動作迅速地拆開當日郵件。當方提妮小姐帶領艾莉絲走到百貨部門，教導她使用收現系統時，艾莉絲沒有開口說家鄉橡木街上的丹博哲百貨也有一模一樣的作業系統。現金與送貨單放入一只金屬罐，接著透過收現系統的管路送往現金部，那裡的工作人員在送貨單上標註「已付款」，再將金屬罐放進該找的零錢或紙鈔，然後送回樓層人員手上。艾莉絲讓方提妮小姐爲她詳加說明，宛若自己從沒見過這一類的作業系統。

方提妮小姐接著通知現金部她將傳送幾份模擬的送貨單和現金五美元。她爲艾莉絲展示該如何填寫送貨單，在最上方寫下自己的姓名和日期，下面則是購買的商品，左邊填寫數量，右邊則是總金額。方提妮小姐說，她還應該在送貨單後面寫明自己送過去的現金，讓彼此不會搞混。大部份的顧客都會在現場等現金部找零，方提妮小姐說，很少有顧客會拿出準確的金額，因爲多數商品的價格都是零頭，有時候是九十九分，從來不是整數。如果顧客買了不只一樣商品，方提妮小姐指示，艾莉絲就應該自己把金額算清楚，當然現金部也會再檢查一次。

「如果妳不犯錯，他們會注意到妳，他們就會喜歡妳，」方提妮小姐補充。

艾莉絲看著方提妮小姐為她填寫幾份送貨單，然後將它們送往現金部，等著金屬罐送回來。接著方提妮小姐讓艾莉絲自己填寫，第一份是一樣商品，第二份是一些同樣的商品，第三份則混雜了各式各樣的商品。方提妮小姐站在她身邊檢查她計算總金額。

「妳最好慢慢算，才不會出錯。」她說。

艾莉絲沒有告訴方提妮小姐她的加法從來沒出過差錯，相反地，她聽主管的話慢慢加總，確保數字正確。

看到樓層賣的某些服飾，讓艾莉絲有點吃驚。例如某些胸罩的罩杯比她曾經見過的任何罩杯更加尖挺，還有一種內衣號稱「雙向拉提」，它看起來好像在中間裝了塑膠骨架，這些全讓艾莉絲大開眼界。當天她賣出去的第一件商品叫做「連身蕾絲馬甲」。艾莉絲當下決定等到她與吉霍太太那些房客混熟一點，她一定要找她們其中一位好好帶她認識這些美國女人穿的內衣。

她工作還算輕鬆。方提妮小姐最在乎的莫過於準時與整潔，她更要確保最單純的投訴或詢問能立刻解決。艾莉絲發現方提妮小姐並不難找，因為她總是無時無刻觀察百貨部門的一舉一動，如果妳看起來似乎跟顧客的互動拖延了一點時間，或沒讓她看到妳在微笑，她會馬上過來對妳示意，因為她只希望看到忙碌又和顏悅色的店員。

艾莉絲不久就發現自己可以在一處小吃攤位迅速解決午餐，接著她可以有二十分鐘的時間自由探索富爾頓街週邊的其他商店。戴安娜、帕蒂和吉霍太太曾經告訴她芭托奇百貨附近最棒的服裝店就是貝德福德大街的羅蔓百貨。午餐時間的羅蔓百貨一樓總是比芭托奇百貨更忙碌，這裡的衣服好像也便宜多了。但艾莉絲一走到百貨二樓，就想到若絲，眼前眞是艾莉絲所見過最美的樓層擺飾了，幾乎能媲美皇室宮殿，這裡購物人潮較少，購物助理也很高雅動人。當艾莉絲了解衣服價格時，還得將它們換算成英鎊才有點概念。這裡的商品不貴，她設法想牢記一些價錢，才讓她能在信中爲若絲準確描述，但她每次也只能在羅蔓百貨逛上幾分鐘，因爲她不想下午工作遲到。到目前爲止，她與方提妮小姐還算合得來，她可不希望自己剛開始上班就惹上麻煩。

有一天早上，當時她已經在芭托奇百貨工作三週，準備邁入第四週了。當她走到富爾頓街的另一邊時，就知道有事情不對勁，她看得見芭托奇百貨的櫥窗。上面用巨型橫幅寫著「尼龍品大特價」。艾莉絲根本不知道當天將舉辦特價活動，她還以爲這種大型特賣會應當在一月才會舉行。她在更衣室遇見方提妮小姐時，對她表達自己的驚訝。

「芭托奇先生喜歡保持神祕。他昨晚親自監督所有工作。今天百貨只賣尼龍品，而且全部半價優惠。妳自己也可以買四件商品。這裡有個現金袋，因爲今天我們只收現金，而且不找零錢。今天的特惠價全是整數，所以用不著送貨單。百貨今天也會有嚴密的保全管制。這會是妳這輩子見過最混亂的大場面，因爲連尼龍絲襪也是半價。今天沒有午休，但樓下會提供免費的三明治和汽水，可是妳不能下來超過兩次。我會監視大家。員工必須全力協助。」

百貨開門前半小時，門口已經開始大排長龍。大部份的女士都想買尼龍絲襪；她們拿了三四雙，然後再到後方找各種顏色與尺寸的尼龍毛衣，每一件都以半價出售。銷售助理的工作是一手拿著芭托奇購物袋，一手拿著現金袋跟在人潮後面。每一位顧客似乎都知道今天不找錢，得自備零錢。

芭托奇小姐和兩位辦公室員工站在大門，但十點之後，由於人群激增，大門不得不關上。通常在現金部工作的員工身穿特別的制服，今天也來百貨部門幫忙。其中一小部份人站在門外，確保顧客隊伍整齊有序。艾莉絲覺得今天的百貨公司眞是她畢生僅見最炎熱忙碌的地方了。芭托奇先生拿著現金袋穿梭在顧客間，然後再將袋子裡的錢倒進他隨身扛著的一只大型帆布袋。

當天早上混亂忙碌；艾莉絲片刻不得休息。人人都在大聲嘶吼。有幾次，她的思緒竟能轉到十月某個傍晚，那時她與媽媽在恩尼斯科西的河濱步道散步，史藍尼河清澈如玻璃，附近飄來燃燒樹葉的氣味，白天的餘暉緩緩消逝。當她不斷將紙鈔硬幣塞進現金袋，穿著打扮各異其趣的女士們走過來問她該在哪裡找某些服裝，或是她們能不能換貨，或只是想付錢時，家鄉的那一幕卻不斷在艾莉絲腦海放送。

雖然方提妮小姐身材並不是特別高，她卻似乎有辦法監督眼前的一切，回答顧客的問題、從地上撿起掉落的商品或者整理貨品。那天早上過得飛快，越接近中午，艾莉絲就發現自己不斷瞄向時鐘，過了一會兒，她才意識到自己每五分鐘就看時鐘一次，眼前的她還得應付數百名顧客，但尼龍商品的補給卻越來越慢了。方提妮小姐要她自己拿想要的商品，不過只能拿四樣。她被告知稍晚付錢就可以。

艾莉絲爲自己選了一雙尼龍絲襪，另外挑了一雙她認爲適合吉霍太太的絲襪，然後各爲媽媽與若絲挑了一雙。她將絲襪拿下樓放進她的置物櫃，然後與其他助理坐在一起，喝了一罐汽水，接著她又拿了另一罐。當她一面喝汽水時，一面想到方提妮小姐應當注意到她的缺席。等到她回到樓上時，她發現雖然才下午三點，但有些部份尼龍商品早已缺貨了，某些不良品還被其他工作人員丟進展示櫃。當晚在吉霍太太家吃晚餐時，艾莉絲發現帕蒂和希拉都知道當天的特賣會，還趁午休時間搶到一些商品，她們沒有時間找她，跟她打聲招呼，吉霍太太好像很高興艾莉絲挑了一雙絲襪給她，還堅持要付錢給艾莉絲，但是艾莉絲告訴她那是送她的禮物。那天晚餐時，大家都在談論芭托奇百貨著名的尼龍品大特賣，據說它總是突然舉行，但女孩們很驚訝地發現連在裡面工作的艾莉絲也毫不知情。

「好吧，下次如果妳有聽聞，就算只是謠言，」戴安娜說，「妳也得回來通報我們大家。那裡的尼龍絲襪品質最好，其他地方賣的很快就鬆鬆垮垮的。有些店賣的簡直是垃圾。」

「夠了，」吉霍太太說。「我相信所有店家都盡其所能賣最好的商品給顧客。」

屋內興奮討論尼龍品特賣會，直到晚餐結束，艾莉絲才注意到有三封信等著她。每天她下班回來就會立刻察看吉霍太太平日放置信件的小邊桌。她無法相信自己當晚竟然忘了要檢查。她陪眾人喝了一杯茶，手裡緊張地握著信件，感覺自己心跳加快，她滿腦子只有那幾封信，等不及要回到房間，讀著家鄉寄來的訊息。

從筆跡來看，她知道信是媽媽、若絲和傑克寄來的。她決定先讀媽媽的信，把若絲的信放到最後。她媽媽的信很短，裡面沒有什麼重要的事情，只提到家鄉有些人問起艾莉絲，還有媽媽與友人會面的細節等等。傑克寫來的信也是大同小異，不過他對於她橫渡大西洋航程的經驗有一些回應，她在寫給媽媽和若絲的信中，並未提到自己慘痛的暈船經驗。艾莉絲發現若絲的字跡非常簡潔優雅，一如往常。若絲寫了自己的高爾夫球活動，還有安靜枯燥的小鎮生活，以及艾莉絲有多麼幸運能有光明的未來。最後，若絲還建議艾莉絲萬一有任何私人問題怕媽媽擔心，可以另外寫信給她。若絲還告訴艾莉絲可以把這些私人信件寄到她的辦公室。

這些信對艾莉絲透露了很少量的資訊；內容不帶任何私人情感，而且語氣完全不像他們。儘管如此，當艾莉絲一遍又一遍讀信時，她短暫忘卻了自己人在何處，她能想像媽媽坐在廚房，拿出巴席登記事本及信封，然後好好寫一封信給她，完全沒有刪掉任何內容。而若絲，艾莉絲心想，可能是坐在餐廳，用了從辦公室拿回家的信紙寫信給她，她使用的白色信封比媽媽用的更爲修長優雅。艾莉絲想像若絲寫完信之後，就把信封留在走廊桌子上，接著媽媽會在早上拿兩封信到郵局，貼上寄到美國的特別郵票。她倒是難以想像傑克在哪裡寫這封信，從他幾乎害羞的語氣來看，他似乎也不想在信中多說些什麼。

艾莉絲躺在床上，三封信攤放在她身旁。過去三週來，艾莉絲意識到，自己並不想家。小鎮生活的一點一滴此時滲入她腦海，正如特賣會下午她回憶與媽媽散步那樣。她當然思念媽媽和若絲，但她在恩尼斯科西的人生，那她毅然放棄而永遠不會再擁有的人生，讓她一直不願回顧。在美國體驗新鮮事物的她，每一天都會回到這棟熱鬧房子的小房間。然而現在，這裡的一切絲毫比不上她在愛爾蘭的家，那屬於她的臥室，那一棟在法瑞耳街的房子，她在那裡吃的食物，她穿的衣服，那一切是多麼沉靜祥和。

這些事物排山倒海朝她而來，有那麼一秒鐘，艾莉絲感覺自己快哭出來了。她的胸口彷彿有股尖銳劇痛，而儘管她費盡力氣，卻無法克制順著她面頰流下來的眼淚。對於眼前的這些反應，她沒有屈服，但她也想弄清楚這種嶄新的情緒倒底是什麼。這喪志消沉的感受曾經在她目睹人們闔上父親的棺木時出現，那時的她意識到父親再也看不到這個世界，她再也無法跟他說話了。

在這裡，她是無名小卒；不只因爲她沒有朋友和家人；她彷彿是這小房間的遊魂，每天漫無目的如幽靈走上街頭，在百貨公司如行屍走肉地工作。一切毫無意義。在小鎮上，法瑞耳街那棟房子的每一個房間都屬於她，她心想；當她在那裡走動時，她是眞眞切切存在於那空間。在小鎮上，無論她走進商店或夜校，她四周的空氣、光線、土地，那一切全都貨眞價實屬於她，儘管走在路上的她誰也不認識。回到這裡，眼前的所有全是虛假空蕩。她閉上雙眼，設法回憶思考自己對人生的期待，卻什麼也沒有。連最細微的娛樂也無法讓她提起勁，週末假期也失去了意義。也許除了睡覺吧，但她甚至不肯定自己是否期待睡眠。總之，現在也才九點不到，她根本睡不著。她什麼也不能做，彷彿已經被周遭的世界封閉了。

早晨降臨，但她不相信自己曾經入睡，昨晚的她陷入一連串生動的夢境，她甘願讓它們流連，也不肯睜開眼睛看自己的房間。夢境之一是恩尼斯科西費瑞丘的法院。她至今還記得鄰居們擔心法院判決的模樣，不只是因爲報紙上刊登的竊盜案、酒醉鬧事或脫序行爲，而是因爲有時法院會下令讓兒童進入孤兒院、職技學校或寄養家庭，只因他們在學校惹了麻煩或是父母間出現糾紛。有時法院外會有痛不欲生的母親大聲嚎叫，因爲她們的孩子即將被政府帶走處置。但艾莉絲的夢境沒有尖叫的婦女，只有一群沉默的兒童，而艾莉絲也是其中一位，大家排成一列，等待法官下令被人帶走。

現在的她清醒地躺在床上，對自己竟然期待被帶走感到奇怪，而且似乎一點也不害怕。但是，當她看見媽媽的車子停在法院門口時，反倒恐慌了起來。在夢中，她找到了避開媽媽的方式，她被人帶出隊伍從側門離開，接著搭車開始漫長的旅程，與她的睡眠一樣漫長。

她悄悄起床，安靜地用完浴室；她今天想到富爾頓街的小餐館吃早餐，平常走路上班時，艾莉絲經常看人們這麼做。她打扮就緒後便踮腳離開，今天她不想遇上屋內的任何人。現在才七點半。她想自己可以坐在某家餐館一小時，喝杯咖啡，吃個三明治，然後早點去工作。

艾莉絲一面走著，卻也越來越害怕一天來臨。稍後她坐在一間餐館桌臺旁看菜單時，想起了自己半睡半醒時的另一場夢境。她在飛行，那是一個晴天，她搭著熱氣球飛越一片平靜的大海。她可以看見凱須坎的懸崖與巴立卡尼加的柔軟白沙。微風吹拂著她的熱氣球，朝布拉克瓦特前進，然後是巴拉福，最後是孟那吉耳，再來是維尼格丘和恩尼斯科西。她沉浸在這段夢境的回憶，桌臺後的服務生開口問她是否安好。

「我很好，」她說。

「妳看起來蠻哀傷的，」他回答。

她甩甩頭髮，試圖微笑，然後點了一杯咖啡和三明治。

「加油，」他聲音響亮了一些。「振作起來。事情會好轉的，笑一個吧。」

桌臺旁其他顧客也盯著她看。她知道她可能無法忍住淚水。她沒有等餐點送來，逕自在其他人叫住她前衝出餐館。

那一整天，艾莉絲感覺方提妮小姐不斷觀察她，頻率比平常多得多，這使她在沒有顧客時，更敏銳注意自己的外表。她試圖將視線轉向大門、櫥窗與外面繁忙的街道，也表現得異常忙碌，但她發現如果她不刻意控制自己，她會立即陷入一種精神恍惚的狀態，不斷回顧同樣的事情，想著自己已經失去的一切，也納悶當晚該如何與眾人共進晚餐，再獨自回到小房間渡過漫漫長夜。接著她意識到方提妮小姐從樓層的另一端盯著她瞧，艾莉絲努力表現得開朗活躍，忙著應付顧客，彷彿這不過是尋常的另一天。

晚餐沒有她想像得困難，因爲帕蒂和戴安娜買了新鞋，吉霍夫人也來不及表達自己的意見，倒是很想看看她們該搭配哪些服飾與配件。晚餐前後，廚房頓時成了時裝展示區，邁亞當小姐與基根小姐在每一次帕蒂或戴安娜走進房間，穿著新買的皮鞋搭配全套新衣以及相襯的手提袋，壓抑自己不贊同的眼光。

吉霍太太也不是很確定，但她一見到戴安娜穿上新鞋，卻搭配她們自認能匹配的上衣，就開口說這實在太花俏了。

「有點不倫不類了，」她說。「妳們既不能穿它們上班，而且晚上穿著出門可能也不怎麼出色。除非是在打折，否則我不知道妳們幹嘛花這筆錢。」

戴安娜看來被澆了一桶冷水，她承認自己不是在打折時下手的。

「哦，那麼，」吉霍太太說。「我只能說希望妳收據還在。」

「我倒是很喜歡這雙鞋，」邁亞當小姐說。

希拉·赫弗南說，「我也是。」

「但是妳們要什麼場合才能穿呢？」吉霍太太問。

「我只是覺得很好看罷了，」邁亞當小姐聳聳肩。

艾莉絲偷偷離開了，她很高興沒人注意到她晚餐時一句話也沒說。她不知道自己現在能不能出門，但只要能讓她不用去面對那猶如墳墓的小房間，什麼都好。每次她一躺上床，千頭萬緒又纏上她，但她睡著後，惡夢卻又揮之不去。她站在走廊，然後轉身上樓，發現自己連走到外面都不敢，而即使她不怕外出，但這種時刻她連自己該上哪去都不知道。她恨這棟房子，它的氣味，它的噪音，它的顏色。艾莉絲上樓時早已開始啜泣，她知道只要樓下女孩們繼續討論服裝，她就可以在樓上盡情大聲哭泣，沒有人聽得見她。

那天晚上是最糟糕的一夜。直到黎明她才想起在利物浦登船那一天，傑克與她分享的事情，如今彷彿多年前的往事。傑克說，一開始他也發現遠離家鄉非常難熬，但他沒有詳述內容，她也沒有問他到底那是什麼體驗。他表現得溫和幽默，正如她的父親，生活再怎麼困頓，也不願自怨自艾。她考慮寫信給傑克，問他是否也曾感覺自己困在一個毫無意義的地方，與外界封閉，猶如身處地獄深淵。眼前的她看不到人生盡頭，這是一種極爲奇特詭異的折磨，似乎全然是她的幻想作祟，彷彿今夜過了之後，你便知道自己可能再也見不到白天。她不知道該怎麼辦，但她很清楚傑克離她太遠，根本幫不上她的忙。

沒有人幫得了她。她誰都沒有了。她家人也不會發現的；她不可能將它寫在信裡。正因爲如此，她明白家人將無法感同身受。或也許，艾莉絲心想，媽媽與若絲從來就不了解她，如果她們懂艾莉絲，她們就該知道身處異鄉的她會變成什麼模樣。

艾莉絲躺在床上，靜待天光亮起；她不認爲自己能應付另一個像這樣的夜晚。她不知道她怎麼辦。有好一會兒，艾莉絲自暴自棄地心想，她的未來就將如此一成不變，更不知道會有哪種後果。她再一次早起，悄悄梳洗，一聲不響地離開了房子，在路上漫步了一小時後，她買了一杯咖啡。這是她首度注意到空氣的冷冽；對她而言，天氣也不一樣了。但天氣是好是壞，她也不在乎了。此時她突然發現一家小餐館，她在那裡可以背對人群，沒有人可以對她的表情發表評論。

等她喝完咖啡，吃下一個小餐包，讓女侍者注意到她要結帳之後，她才發現自己上班已經快來不及了。如果她不趕緊離開，她就要第一次遲到了。大街已經車水馬龍，她根本穿不過洶湧人群。有那麼一刻，她開始懷疑這群人是刻意阻擋她的去路。她等了很久，紅綠燈才變換燈號。等到她趕到富爾頓街，要前進就更困難了。大家像是剛看完足球賽般傾巢而出，她甚至無法用正常速度移動。她抵達芭托奇百貨時，只差一分鐘就遲到了。她不知道自己該如何渡過這一天，同時還得佯裝自己愉快周到地服務顧客。她一穿著制服走到樓上的百貨部門，就與方提妮小姐四目交接，方提妮小姐開始朝她走來，帶著非常不以爲然的眼神，但此時有位顧客分散了艾莉絲的注意力，應付完顧客之後，艾莉絲小心翼翼不看方提妮小姐，儘可能背對她。

「妳看起來不太舒服，」方提妮小姐走近她說道。

艾莉絲感覺眼眶已經盈滿淚水。

「妳要不要到樓下喝杯水，我馬上就下去。」方提妮小姐聽起來很親切，但她沒有微笑。

艾莉絲點點頭。此時她才想到自己還沒有領薪水，她仍靠若絲給她的錢過活。萬一他們將她解雇，她不知道他們會不會付她這段時間的薪資。她意識到，如果他們沒這麼做，那她很快就會身無分文。她知道要找到另一份工作會非常困難，就算眞讓她找到工作，她也得在第一週結束前就拿到薪水，否則她沒錢付吉霍太太房租了。

她下樓走進廁所，把臉洗一洗，盯著鏡中的自己好一會兒，然後整理頭髮，接著她走到員工休息室等待方提妮小姐。

「現在妳得告訴我什麼事不對勁，」方提妮小姐走進房間關上門。「因爲我看得出來妳有問題，不久後，連顧客也會注意到，到時麻煩就大了。」

艾莉絲搖搖頭，「我也不知道怎麼回事。」

「因爲生理期的關係嗎？」方提妮小姐問。

艾莉絲再次搖搖頭。

「艾莉絲，」方提妮小姐用很奇怪的語調喊她的名字，她過度強調第二個音節了——「妳爲什麼不開心？」她站在艾莉絲面前等答案。「妳希望我找芭托奇小姐過來嗎？」她問。

「不要。」

「那又是怎麼回事？」

「我自己也不知道怎麼了。」

「妳很傷心？」

「是的。」

「無時無刻都很難過？」

「對。」

「妳希望自己跟家人待在家鄉？」

「是的。」

「妳在這裡有親人嗎？」

「沒有。」

「一個都沒有？」

「一個都沒有。」

「這種悲傷是什麼時候開始的？上週妳還很開心啊。」

「我收到信。」

「壞消息嗎？」

「沒有，沒什麼事。」

「只是因爲信的緣故？妳以前離開過愛爾蘭嗎？」

「沒有。」

「離開過爸爸媽媽？」

「我爸過世了。」

「妳媽呢？」

「我從來沒離開過我媽身邊。」

方提妮小姐看著她，但沒有微笑。

「我得跟芭托奇小姐及帶妳過來的神父談一談。」

「拜託不要。」

「他們不會怎麼樣的。但如果妳心情低落，就不能在這裡工作。妳當然很難過，因爲妳第一次離開媽媽身邊。這種悲傷不會持續太久，可是我們還是得盡全力幫妳。」

方提妮小姐要她坐下，爲她倒了另一杯水，然後離開房間。艾莉絲很清楚自己應該不會被解雇。此時的她對自己應付方提妮小姐的態度幾乎是自豪的，因爲她讓方提妮小姐問她想問的問題，盡量提供一小部份的答覆，但又不至於過度粗魯或毫不領情。當艾莉絲想起剛才發生的種種，心意也隨之堅決了，她知道無論接下來是誰走進房間，即使芭托奇先生本人，她一定能喚醒他們的同情心。其實並不是沒事，那股鬱悶黑暗依舊沒有離開她。但她無法告訴他們，她對這間百貨及顧客有種恐懼感，而且她也厭倦霍吉太太的屋子，放眼望去，此時是沒有人能幫她的。無論如何，她還是得保住工作。她相信自己在這方面奉獻了不少心力，而工作也相對地提供她一種滿足感，更能融化她的悲傷，或至少讓她能暫時分心，不去想自己人生最糟糕的時刻。

一段時間後，方提妮小姐拿了一個三明治回來，這是她從附近一家餐館買來的。她說她已與芭托奇小姐談過，向她確保問題很單純，也保證過去從未有人發生過這種情形，未來也不會如此。芭托奇小姐也找了她的父親，芭托奇先生正好是福樂德神父的好朋友，他打了電話給福樂德神父，女管家幫他留了口信。

「芭托奇先生說在神父回覆之前，妳就留在這裡。他要我去幫妳買三明治。妳運氣很好，他從來沒對員工這麼好過。但我不會再惹他一次，沒有人能惹芭托奇先生兩次。」

「我沒有惹他，」艾莉絲悄悄地說。

「妳有的，親愛的，妳看妳心情不好，還來上班。妳的確惹到芭托奇先生，他會永遠記得妳的。」

隨著時間過去，有些店員下樓時看到了艾莉絲，大夥全都好奇地打量她，其中一些人還問她是否安好，也有女孩則假裝在櫃子找東西。當她坐在休息室時，她意識到除非她真想丟了工作，否則她得下定決心，擺脫眼前這種莫名其妙的情緒。

方提妮小姐沒有再回來，但大約四點時，福樂德神父開了門。

「聽說妳有點麻煩，是吧？」他問。

她試著微笑。

「全是我的錯，」他說。「他們說妳表現得不錯，吉霍太太也說妳是她見過最乖巧的房客，所以我想妳也不需要我過來打擾妳。」

「我本來還好，直到收到家裡寄來的信。」艾莉絲說。

「妳知道妳這是什麼毛病嗎？」福樂德神父問。

「什麼意思？」

「這種狀況有個名稱。」

「是什麼？」她還以爲他會說出某種女性的私密毛病。

「妳得了思鄉病，就是這樣。大家都如此。但是這會過去的。有些人症狀很快就結束。最嚴重不過如此。解藥就在於找人談談，讓自己忙碌一點。」

「我很忙啊。」

「艾莉絲，希望妳不介意我幫妳找夜校課程。妳還記得我們提過帳務管理和會計課嗎？也許一週得上兩三個晚上的課，這會讓妳忙一點，但更不用說這能讓妳的履歷更漂亮。」

「現在報名不會太晚了嗎？有些同事說春天就要申請了。」

福樂德神父說，「這裡是個有趣的地方，布魯克林。只要負責的傢伙不是挪威人——我想他們很少在學院工作——我應該可以拉攏關係，替妳找到夜校。猶太人最棒了，他們總會盡全力爲你辦事。只要說一段禱詞，猶太人就對神職人員的力量深信不疑。我們先找最好的布魯克林學院。我愛打破既有規則，所以我現在就去問問看，佛朗哥也希望妳先回家，但明天早上請帶著燦爛的笑容準時上班。晚一點我會去吉霍媽媽家。」

聽到他說吉霍媽媽，艾莉絲幾乎大聲笑出來。他的口音的確不折不扣的是恩尼斯科西人。她知道佛朗哥就是指芭托奇先生，也對福樂德神父如此熟悉地稱呼老闆非常好奇。福樂德神父一離開，她就找了外套，悄悄離開百貨。她很確定方提妮小姐有看見她離開，艾莉絲沒有回頭，只是腳步迅速地沿富爾頓街走回吉霍太太家。

當她拿了自己的鑰匙開門走進門廊時，她發現吉霍太太在等她。

「妳先到起居室，」吉霍太太說。「我替我們泡個茶。」

位於房子前面的起居室美得令人驚嘆，室內鋪了古董地毯，擺放莊重舒適的傢具與鑲有金框的暗色相片。雙扇門後面則是吉霍太太的臥室，艾莉絲從開啟的門扉看得見同樣華麗莊嚴的臥室。她看著那張古老的圓形餐桌，心想這裡應該就是每週日撲克牌戲的場地了。艾莉絲知道媽媽會很愛這間起居室的。她還看見角落放了一部老留聲機和收音機，也注意到桌巾的流蘇與窗簾十分匹配。她開始記下自己眼底所見的一切細節，這是多日來她首度認眞思考自己要在寫給媽媽與若絲的信中報告什麼內容。她會在晚餐後盡快回到房間寫信，她知道自己不會把過去兩天的遭遇告訴她們。她會努力把這兩天拋在腦後。

無論她的夢境是什麼，不管她心情有多糟，她知道自己別無選擇，只能將一切忘卻。白天她必須認眞專注在工作上，晚上她就回家睡覺。這像是拿了一塊桌布把桌面蓋上，或是替窗戶拉上窗簾；或許隨著時間過去，她會漸入佳境，傑克曾經這麼暗示，福樂德神父也有提醒她。總之，她現在這麼做就對了。吉霍太太一拿著茶與托盤出現，艾莉絲便握緊她的拳頭，感覺自己已經準備好面對未來了。

晚餐過後，福樂德神父來了，艾莉絲又被叫到吉霍太太的起居室。艾莉絲一出現，福樂德神父便對她微笑，朝壁爐走去，彷彿是打算溫暖他的手，雖然壁爐並沒有點燃。他搓手然後轉向她。

「我讓你們安靜談一談，」吉霍太太說。「如果需要我，我就在廚房。」

「聖潔的羅馬教會與使徒教會的力量是難以低估的，」福樂德神父說。「我一開始就找到一位虔誠的義大利祕書，她告訴我哪些課程已經客滿，哪些課程是真沒有空位了，最重要的是，她還告訴我不要刻意爭取哪些課程。我把事情原委告訴她，講完後，她眼淚直流。」

「我很高興你覺得這很好笑，」艾莉絲說。

「哦，妳不要這樣，振作起來嘛。我替妳找到了帳務管理和初級會計的課程。我告訴他們妳有多聰明，是難得一見的愛爾蘭姑娘。夜校都是猶太人和俄國人，也有我提到的挪威人，他們本來還想多收義大利人，但是有錢賺最要緊。那裡的猶太主管這輩子似乎從來沒見過神父，當他一看到我，就像在軍隊一樣立正站好。布魯克林學院是這裡最好的學校。第一學期我已經幫妳付清學費。上課時間是每週一、週二和週三的七點至十點，週四是七點至九點。如果妳上兩年課，並通過所有的考試，紐約的大公司絕對都會排隊等著要妳。」

「我有時間嗎？」她問。

「當然有。下週一就開始。我把課本給妳。我這裡有一份清單。妳可以在閒暇時間好好唸一唸。」

對她而言，神父的幽默和好脾氣其實很陌生，他似乎像在舞台上演戲的演員。

「你確定沒問題嗎？」

「就這麼決定了啊。」

「是若絲請你這麼做的嗎？所以你才爲我盡心盡力？」

「我爲了天主這麼做的。」

「告訴我眞正的原因。」

他仔細端詳她，陷入片刻的沉默。她冷靜回視他的眼神，表明自己在等她想要的答覆。

「我很驚訝像妳這種人才在愛爾蘭找不到工作。當妳姐姐提到妳在愛爾蘭找不到事做時，我便一口答應會幫妳到美國來。就是這麼簡單。布魯克林也需要愛爾蘭女孩。」

「任何一位愛爾蘭女孩都行嗎？」艾莉絲問。

「妳的口氣不要那麼諷刺。是妳問我爲什麼要幫妳忙的。」

「我非常感謝你。」艾莉絲說。她用的是曾經聽過媽媽使用的那種口氣。既乾澀又正式。她知道福樂德神父根本無法分辨她是否在說眞心話。

「妳會成爲了不起的會計師，」神父說。「但我們先學好帳務管理，而且不要再哭了，好嗎？」

「不會再哭了，」她靜靜答應。

她第二天晚上下班回家時，神父留了一堆書給她，還有帳簿、印好的筆記，以及一套鋼筆。他還安排吉霍太太每週三天替她準備外帶晚餐，而且不額外收費。

「我只會放火腿或牛舌，再加上一些沙拉和黑麵包。妳自己在路上買茶吧。」吉霍太太說。「我告訴福樂德神父，我已經能在天堂得到獎賞，所以在人間他還欠我一次人情。而且最好不要等太久才回報我。妳知道也早該有人頂他幾句了。」

艾莉絲說，「他人很好。」

「他對那些他想要表現和善的人好得不得了，」吉霍太太說。「但是我討厭看到神父搓手微笑。很多義大利神職人員都這麼做，我非常不喜歡這種行爲。我只希望他能更高尚，我對他的批評到此爲止。」

有些課本非常簡單；其中有一兩本非常基礎，連她都懷疑大學竟然會教這種內容。但當她讀了商業法課本的第一章後，卻發現它非常艱難，也看不出來它與帳務管理有何關連，它的內容引用了許多法院的判決，艾莉絲衷心希望這些不會是最重要的課程內容。

她慢慢習慣了布魯克林學院的上課時間，一次三小時的課，然後有十分鐘的休息時間，而且一切都從最基礎教起，例如在帳簿登記進出銀行的金額，支票存款人的姓名、存款日期等等。這些都很簡單，就像平常到銀行開立不同利率的帳戶。但討論到年度存款時，由於系統與她在家鄉學的完全不同，讓她吃盡苦頭，更不說說還有不同城市、州政府以及聯邦政府的稅率。

她很希望自己能分辨出義大利人與猶太人間的區別。有些猶太人頭戴圓頂小帽，而且戴眼鏡的人口似乎比義大利人還多。但大部份的學生都有深色皮膚，棕色雙眼，而且全是勤奮認眞的年輕男士。她班上的女士很少，完全沒有愛爾蘭人，甚至連英國人都沒有。同學們都似乎已經認識彼此，總是成群出現，但他們也對她很客氣，替她留座位，從未有人提過要送她回家，讓她鬆了一口氣。沒有人問過她任何私人問題，也從來不坐在她身邊超過一次。課堂人數比她在家鄉的同學多太多了，她想這也是爲什麼老師上課進度很慢的緣故。

法律課是每週三的第二堂課，講師一看就知道是猶太人；她知道羅森布倫是猶太姓氏，但他也經常拿猶太人開玩笑，他的異國口音也不像是義大利人。老師的論述總是很誇張，他要同學想像自己是比亨利．福特更偉大的大老闆，公司被另一家大財團或聯邦政府控告。他還會提出實際的法律判例，讓同學了解細節。他認識兩造律師，也有法庭紀錄，更熟知上訴法庭各位法官的個性。

艾莉絲能聽懂羅森布倫先生的口音，就算他犯了語法或用詞錯誤，她還是跟得上他。她跟其他學生一樣，老師一邊說話，她一邊記筆記，但她在自己的商業法課本中，完全找不到老師提到的案例。她寫信回家時，試圖對媽媽和若絲描述布魯克林學院以及羅森布倫先生說過的笑話；但她發現描述他創造出來的上課氣氛容易多了，同學們每週三都很期待上他的課，因爲他把企業訴訟解釋得簡單易懂。不過她還是很擔心羅森．布倫先生會考的題目。有一天下課後，她問一位同學，那是個戴眼鏡，滿頭鬈髮的年輕人，看起來很友善，也很認眞向學。

「也許我們最好問他會從哪本書出題，」年輕人說，看起來有點焦慮。

「我不認爲他會從課本出題耶。」艾莉絲說。

「妳是英國人嗎？」

「不，我是愛爾蘭人。」

「哦，愛爾蘭人，」他點點頭笑了。「好吧，下週見。到時候再問他吧。」

天氣越來越冷了，清晨刮起的寒風有時簡直是冰的。艾莉絲將她的法律課本唸了兩次，在上面抄滿筆記，也買了羅森布倫先生推薦的另一本書，現在它就放在床頭桌的鬧鐘旁。每天早上鬧鐘準時在七點五十五分響起，希拉．赫弗南也是在那時候開始到浴室沖澡。她最愛美國的一點，有天清晨艾莉絲想著，就是暖氣可以徹夜不關。她寫信向媽媽、若絲、傑克與其他的哥哥報告。空氣就像烤麵包，她提到，即使是在冬天清晨，妳準備下床踩到地板時，也不用擔心嚴寒凍腳。即使夜裡醒來，外面強風哀號，妳還是能很開心地在溫暖的床上翻身。媽媽回信問吉霍太太怎麼可能負擔這麼龐大的暖氣費用，艾莉絲回信告訴她不只是吉霍太太如此，美國人都是這樣的，讓暖氣整晚運轉不休。

她開始著手爲媽媽、若絲、傑克、派特和馬丁準備耶誕禮物，弄清楚自己多早就得把包裹寄出，禮物才能準時抵達他們手上；同時，她也思索耶誕節當天，吉霍太太的餐桌會是什麼模樣；她想知道女孩們是否會彼此交換禮物。在十一月底，艾莉絲收到福樂德神父寄來的一封正式信函，詢問她能否幫他一個忙，在耶誕節當天到教區中心協助街友共進晚餐。他知道，他寫道，這對她而言是很大的犧牲。

艾莉絲立即回信告訴神父只要自己當天不用上班，她在耶誕假期時，包括耶誕節當天，她隨時可以提供協助。她告訴吉霍太太耶誕節當天她不會在家裡過節，而是要去幫神父忙。

「好吧，眞希望妳也可以把家裡某些人帶走，」吉霍太太說。「我不會指名道姓，但一年的這一天我想要一點寧靜。說眞的，搞不好最後我會去跟神父自告奮勇，只爲了讓自己安靜點。」

「我確定妳到教區中心會很受歡迎的，吉霍太太，」艾莉絲說，接著，她意識到自己這句話有多諷刺，看得出對方不太高興時，艾莉絲趕緊補充，「但當然家裡也很需要妳，在自己家過節最好了。」

「老實說，我還蠻怕節慶的，」吉霍太太坦承。「如果不是因爲我的宗教信仰，我寧可跟猶太人一樣忽略它。在布魯克林的某些地區，只要是那一週的任何一天都算是節日。我始終覺得耶誕節之所以總是冷得刺骨，就是在提醒我們要記得過節。我們會想妳的，本來我還希望今年餐桌上能有來自韋斯福的同鄉。」

有一天艾莉絲走路上班經過史德街時看見有位男子在賣手錶。那時離她上班時間還早，所以她還有時間逛逛手錶攤。她對手錶一竅不通，但是眼前手錶的價格還算低廉。艾莉絲身上的錢足夠為每一個哥哥買一隻手錶，儘管他們應該已經有手錶了——至少她知道馬丁戴著的就是她父親的手錶——但如果舊錶壞了或需要修理，至少這些錶就能派上用場，而且它們是美國製品，對住在伯明罕的人而言，應該具有一點意義，更不用說手錶比較容易包裝，運費也便宜得多。另有一天用午餐時，艾莉絲在羅蔓百貨看見很漂亮的安哥拉開扣毛衣，雖然價錢比她原本計畫的多了許多，但她第二天就買了兩件給媽媽和若絲。她將毛衣與尼龍絲襪放在一起，寄回愛爾蘭。

布魯克林街頭巷尾的商店櫥窗慢慢出現了耶誕節裝飾。某週五夜晚，眾人用完晚餐，吉霍太太離開廚房後，邁亞當小姐納悶吉霍太太何時才會擺放聖誕裝飾品。

「去年她等到最後一分鐘才拿出來，一點氣氛都沒有，」邁亞當小姐說。

帕蒂和戴安娜打算住到中央公園附近，她們說，帕蒂的姊姊和小朋友會過眞正的耶誕節，有耶誕禮物，還會去找耶誕老人。基根小姐說，人不在愛爾蘭家鄉，根本就不叫過節，所以她一整天都會很悲傷，而且也不用刻意假裝自己不想家。

「妳們知道嗎？」希拉．赫弗南插嘴。「美國火雞根本沒有味道，我們在感恩節吃的那一隻火雞嚐起來就像木屑！這不是吉霍太太的錯，全美國的火雞都是這樣。」

「全美國？」戴安娜問。「每一個角落都這樣？」她和帕蒂開始狂笑。

「至少那天屋子會很安靜，」希拉刻薄地朝她們看了一眼。「我們不會有這麼多無聊的鬼扯話題。」

「哦，我可不確定喔，」帕蒂說，「我們可能會從煙囪落下，塞滿妳的耶誕長襪，讓妳想都想不到。」

帕蒂和戴安娜又大笑起來。

艾莉絲沒有告訴任何人自己要如何過耶誕節；然而，隔了一週大夥用早餐時，顯然吉霍太太已經告訴大家了。

「哦，天啊，」希拉說，「他們見誰就收容誰，妳根本不知道會見到什麼怪胎。」

「我也聽說了，」基根小姐說。「他們發可笑的帽子給這些人，還給他們黑啤酒喝。」

「妳眞是聖人，艾莉絲，」帕蒂說，「活生生的聖人。」

上班時，方提妮小姐問她耶誕節前一週她能不能上晚班，她也同意了，因爲學校放了兩週的假。她還同意平安夜會工作到最後一分鐘，因爲其他女孩得早點離開，趕上火車或公車回家過節。

平安夜當晚結束在芭托奇百貨的工作後，艾莉絲直接前往教區中心，以了解第二天的活動。門口停了一輛卡車，工人正把長桌搬進室內，然後是一些長凳。之前做彌撒時，她已經聽到福樂德神父請一些婦女出借桌布，然後在耶誕節過後再還給她們。他佈道後還請眾人捐贈餐具、玻璃杯、碟子與餐盤。他也解釋耶誕節當天，教區中心從早上十一點開放到下午九點。無視信仰與種族，天主都會敞開雙臂歡迎路過的任何人；即使是不需要食物或點心的朋友，也歡迎共襄盛舉，但十二點半到三點並不開放，因爲屆時會有聖誕餐會。他還宣佈從一月中開始，每週五晚上將有舞蹈聯誼，更有現場演奏的樂隊，他希望能藉此爲教區籌募資金，也想要大家幫忙宣傳。

艾莉絲走過忙著安排長桌長凳的男士們，看見有些女士正在掛天花板的耶誕裝飾品，此時她找到了福樂德神父。

「妳能幫忙數餐具，確保數量足夠嗎？」他問。「否則我們就得去路上找人幫忙了。」

「大概需要多少份？」

「去年有兩百人來。許多人從皇后區和長島過橋參加。」

「他們全是愛爾蘭人嗎？」

「是的，他們是愛爾蘭裔，他們來美國修建隧道、橋樑和高速公路。其中有一些人我一年只見一次面。眞不知道他們靠什麼維生。」

「他們爲什麼不回家鄉？」

「他們有人已經來了五十年，早就跟家鄉失去了聯繫。」福樂德神父說。「有一年我替幾個人找到他們家鄉的地址，因爲我認爲這些人很需要幫助，還替他們寫信到愛爾蘭。結果多半音訊全無。但我接到了其中一人的親戚回信，那人的嫂子說農場早就不是他的了，他甭想回家要，否則她會等在大門趕他離開。她用的惡劣字眼讓我難忘。」

艾莉絲與吉霍太太及基根小姐參加午夜彌撒，在回家的路上，她發現吉霍太太正與其他教區居民烤火雞和馬鈴薯，也弄了一條火腿，這全是福樂德神父的安排，並要求食物在十二點送達。

「這就像打仗，」吉霍太太說，「得把軍隊餵飽，時間也得算得非常精準，我自己也準備了一隻火雞，它得在烤箱待六小時，這一次只有四個人要吃，我、邁亞當小姐、赫弗南小姐和基根小姐。如果有剩下的食物，艾莉絲，我們會替妳留一份。」

九點時，艾莉絲已經在教區中心後面的大廚房幫忙剁菜。她從來沒見過在她旁邊忙碌的那些女士，她們全都比她年長，有些人說話還帶著一點美國腔，不過她們全是愛爾蘭裔。據說她們很多人只參與早上的工作，因為還得回家準備節日大餐。她很快看得出來負責的是兩位女士。福樂德神父出現時，向她們介紹了艾莉絲。

「這兩位是來自阿克洛的莫非姊妹花，這可不是在恭維她們喔。」神父說。

兩位莫非小姐都笑了。她們身形很高，五十來歲，表情輕鬆開朗。

「只有我們三個人會待在這裡一整天，其他人來來去去的。」

「因為我們無家可歸，」另一位莫非小姐微笑說。

「我們一次服務二十人次吧，」她的姊姊說。

「我們一個人要準備六十五套晚餐，也許不只呢。我會在福樂德神父的廚房，妳們兩個就待在中心。火雞一抵達，或我們樓上準備就緒後，福樂德神父會處理火雞和火腿，將它們切分。烤箱只是為了要保溫食物。外面的人送來火雞、火腿和烤馬鈴薯，我們最重要的就是把蔬菜準備好上桌。」

「隨意準備上桌啦，這樣說比較正確，」另一位莫非小姐打岔。

「不過我們的湯很足夠，還有黑啤酒等著。他們全都是好人。」

「他們不介意多等一會兒，如果真的介意，也不會說出口。」

「他們全是男士嗎？」艾莉絲問。

「有幾對夫妻，可能因爲妻子年紀太大，沒法準備，或只是他們太孤單，不過其他人都是男士，」莫非小姐說。「他們喜歡有同伴，也想吃愛爾蘭食物，妳知道，好吃的餡料加上烤馬鈴薯，還有煮得快爛掉的高麗菜苗。」

她對艾莉絲微笑，然後搖頭嘆了口氣。

十點彌撒過後，開始有人進來了。福樂德神父在一張長桌上放了玻璃杯、檸檬汁和糖果，這是專門給兒童的桌子。他要進來的每一個人，其中包括頂著新髮型的婦女戴上紙帽。這樣一來，當男士們開始湧入，然後一整天都待在中心時，婦女與兒童才不會被人忽略。中午人群散去後，男士們的身影才被人發現，他們有些獨自拿著一瓶黑啤酒，其他人則三兩成群，而且全都拒絕戴上紙帽。

兩位莫非小姐很在意最早進來的男士們，他們全都擠在一兩張桌子前面，因此他們得先喝湯，這樣喝完的湯碗就可以清洗再使用。至於艾莉絲則負責請男士們坐在離廚房最近的餐桌，就在此時，她瞄見中心走進一位身材高大，稍有駝背的男人；他的帽子壓得老低蓋住前額，身穿一件老舊的棕色大衣，脖子有條圍巾。她停下手邊的工作，盯著他瞧。

男子關上身後的大門後，依然動也不動站在大廳，他的神情近乎害羞又開心凝視全場，有那麼一剎那，艾莉絲相信她的父親來找她了。在他猶豫地解開大衣鬆開圍巾時，她感覺自己應該要迎向他。男子站在門前緩緩環視室內，幾乎是羞澀地尋找自己最能放鬆的地點，也許也正仔細觀察是否有熟人在場。她意識到那不可能是她父親，她是在做夢，此時男子脫下帽子，艾莉絲這才看清這個人的長相與父親天差地遠。她尷尬掃視附近，希望沒有人注意到她。她可不能告訴任何人，她不能告訴別人自己曾在那短暫的時刻，自以爲看到了她的父親，她清楚憶起父親已經過世四年了。

雖然第一張桌子還沒坐滿，艾莉絲還是回頭到廚房清點餐盤數量，儘管她確信自己剛才已經算過了，接著她掀開鍋蓋，檢查高麗菜苗，她也知道水還沒煮沸。當莫非小姐一號問她桌子是否已經坐滿，男士們是否已經都有一杯黑啤酒時，艾莉絲轉身說她已經盡量挪動男士們了，但莫非小姐可以做得比她更好。她試圖微笑，希望莫非小姐沒有注意到她奇怪的舉動。

接下來兩小時艾莉絲非常忙碌，她忙著將食物盛盤，一次端兩張盤子上桌。福樂德神父切了火雞和火腿，將餡料與馬鈴薯裝進碗內。有好一會兒，莫非小姐一號專注於洗碗、擦碗與清理廚房，讓她妹妹與艾莉絲負責服務外面的男士，確保不要遺漏任何食物——火雞、火腿、餡料、烤馬鈴薯和高麗菜苗——也確保她們不會在忙亂中給人太多或太少的食物。

「我們東西很多，請大家不要擔心，」福樂德神父大喊，「但麻煩一個人只能吃三顆馬鈴薯，但餡料想拿多少就拿多少。」

肉類供給足夠之後，神父走到外面，忙著打開更多黑啤酒。

一開始艾莉絲覺得這些人看起來寒酸極了，她還聞到他們身上散發的體味。等到他們坐下來一邊喝啤酒，一邊等待湯或食物時，她甚至無法相信他們人數竟然這麼多，有些人看起來極其貧困，年齡也很蒼老，甚至連年輕人的牙齒看起來狀況也很糟糕，面容憔悴不堪。即使湯上桌了，還是有人邊抽菸邊喝湯。艾莉絲盡量對他們客氣有禮。

她很快注意到他們態度的變化，人們開始互相交談或大聲問候對桌友人，或壓低聲音激動討論。起初他們讓她想起恩尼斯科西橋上的工人，或是聚集在阿諾腳或河邊的人們。但當她爲他們送上食物，他們轉頭感謝她時，她感覺他們猶如自己的父兄，那說話的語氣，微笑的方式，臉上堅韌的線條似乎被羞澀軟化了。在她服務那位她以爲是自己父親的男子時，她仔細地看著他，驚訝地發現他與父親長得一點也不像，是光線唬了她，抑或是她自己的想像力作祟。她還訝異地發現男子竟然與隔壁朋友用愛爾蘭話交談。

「這是火雞和火腿帶來的奇蹟，」當第二批食物被放在餐桌時，莫非小姐對福樂德神父說。

「布魯克林風格，」她妹妹說。「很高興今天是卡士達水果塔，不是布丁，否則我們就得擔心保溫的問題了。」

「妳們不覺得他們吃東西時應該要把帽子摘下來嗎？」姐姐問。「他們不知道自己是在美國嗎？」

「我們這裡沒有規則，」福樂德神父回答。「他們可以盡情抽菸喝酒。只要大家都能安全回家就好，這是今天最重要的目標了。總是會有幾個人冷到無法回家。」

「是喝太醉了吧，」莫非小姐一號說。

「哎呀，耶誕節我們就都怪天氣吧，我那裡有些床可以讓他們過夜，」福樂德神父說。

「現在我們也該吃自己的晚餐了，」莫非小姐說。「我來擺盤，給大家送上熱騰騰的大餐。」

「我還在想今天晚上有沒有得吃呢，」艾莉絲說。

「可憐的艾莉絲。妳一定餓壞了。你們看看她。」

「我們不是應該先送上卡士達嗎？」艾莉絲問。

「不用，我們先等等吧，」福樂德神父說。「這樣才能延長歡樂的時光啊。」

等到她們挪走卡士達水果塔時，大廳早已被煙霧與生動的對話淹沒。男士們圍成幾個小團體，還有一兩位站在他們身後；他們到處閒晃聊天，手裡拎著裝有威士忌的棕色紙袋。等到廚房清理完畢，垃圾桶也已經裝滿時，福樂德神父建議她們也到大廳喝一杯。此時現場還來了幾位訪客，還有一些女士，艾莉絲拿著雪莉酒坐下來時心想，眼前的景象幾乎跟愛爾蘭任何地區的教區中心一模一樣，也許是音樂會結束後，也許是婚宴過後，而年輕人可能都去舞廳跳舞或酒館喝酒了。

過了一段時間後，艾莉絲注意到兩名男子拿出小提琴，另一位也拿出一把小小的手風琴。他們找到了一處角落演奏，有幾個人站在旁邊傾聽。福樂德神父拿著一本小筆記本在大廳走動，跟一些老人說話；他一面點頭，一面寫下姓名與地址。不久後，神父拍拍手，請大家先安靜下來，但眾人花了幾分鐘才注意到他。

「我不想打斷你們的談話，」他說，「但在此我們要感謝從恩尼斯科西遠道前來的一位好心女孩以及兩位來自阿克洛的善心女士，她們今天辛苦工作，讓我們享用大餐。」

現場響起如雷掌聲。

「爲了感謝她們，今天中心有一位很棒的歌手，我們也很高興看到他今年再度光臨。」

神父指著那位被艾莉絲誤認爲是父親的男子。他坐得離艾莉絲與神父有一段距離，但是當神父叫他的名字時，男子站起來，靜靜走到他們面前。他背對牆壁站立，讓大家都能清楚看到他。

「那個人，」莫非小姐低聲對艾莉絲說，「有出過唱片。」

當艾莉絲抬起頭時，男子對她做了手勢。看起來，他是想要她過去與他站在一起。有一秒鐘，她以爲他也許想要與她合唱，趕緊搖搖頭，但他不斷對她招手，人們開始轉身看著她；此時她心想自己已經別無選擇，只能離開座位朝他走去。她不知道爲什麼他會找上她。她走近他時，注意到他的滿口爛牙。

他沒有跟她打招呼，也沒與她對談，但他閉上眼睛，伸手握住她的雙手。他的掌心很柔軟。他緊緊抓住她的手，開始微微繞圈，然後開口唱歌。他的聲音洪亮堅定，鼻音很重；他的腔調應該是屬於愛爾蘭哥爾韋腔，因爲她記得一位在恩惠修道院的老師就是哥爾威人，也有一模一樣的口音。他仔細緩慢地發出每一個音節，用一種蒼涼的野性詮釋旋律。唱到合唱時，她才聽懂內容——「*Má bhíonn tú liom, stóirín gheal mo chroí*」*——此時，他驕傲又幾乎充滿佔有慾地看了她一眼。大廳所有人全都默默注視他。歌曲共分成五六段，他以純淨迷人的嗓音唱出歌詞，有時他閉上雙眼，靠著牆壁時，他似乎又不像老人了；他聲音的強度及展現出來的自信已經席捲全場。每一次唱到合唱時，他會看向她緩緩吟唱，一面低垂著頭，讓人感覺他發自內心唱出每一字每一句。艾莉絲知道等到這首歌必須結束時，她和男子會有多遺憾，屆時，歌手將對觀眾鞠躬，回到他的座位，讓另一位歌手表演，而艾莉絲也得回到她的椅子上。

時光逐漸流逝，有些人已經睡著了，還有人得需要他人幫忙才能上廁所。莫非姊妹泡了幾壺茶，耶誕蛋糕也出場了。唱歌節目結束後，有人找起自己的外套，走過來感謝福樂德神父、莫非姊妹花與艾莉絲，祝她們耶誕快樂，然後走入深夜。

多數人已經離開，但還有幾位醉醺醺的男士在現場流連不去，福樂德神父告訴艾莉絲如果她想要離開也沒關係，他會請莫非小姐陪她走回吉霍太太家。艾莉絲婉拒了，她已經習慣一個人走回家，而且無論如何，她說，今晚一定是一個平安夜。她與莫非姊妹和福樂德神父一一握手，祝福他們耶誕快樂，然後走進黑暗空蕩的布魯克林街道。她想，回到家後，她要避開廚房，直接上樓到她的臥室，然後在自己睡著前，回味當晚發生的一切。

＊註：愛爾蘭文，意即「你是我的，心上寶藏。」

3.

到了一月，每當艾莉絲出門工作，就能完全感受清晨冷酷刺骨的嚴寒冬天。無論她走路速度有多快，就算她替自己買了厚襪子，每次走到芭托奇百貨，她總感覺自己的雙腳已經凍成冰塊了。街上每個人都裹得緊緊的，彷彿害怕展示自己，大家套著厚重的大衣、圍巾、帽子、手套和長靴。她注意人們甚至用厚圍巾包住自己的嘴或鼻子。她只能看到被冰冷天氣、刺骨寒風與冷冽低溫冰封的眼神。晚上下課後，學生們擠在學院走廊，套上層層衣物，抵禦更加寒冷的夜晚。她覺得大家好像是在準備演出一齣奇特的戲碼，他們試裝，手勢刻意緩慢，臉上帶著一種茫然的堅決感。艾莉絲已經忘記什麼叫做溫暖了，每次她走在街道上，都盡量不去想吉霍太太家溫暖的門廊、暖和的廚房和她自己溫馨的小房間。

有一天晚上，當她準備上樓就寢時，她注意到吉霍太太站在自己的起居室門前，她人就徘徊在暗處，彷彿怕被他人發現。她一言不發地對艾莉絲打個手勢，示意要艾莉絲到她的起居室，然後悄悄關上房門。吉霍太太走過房間，坐在壁爐旁的扶椅，要艾莉絲坐在她對面的沙發上，從頭到尾仍然一個字也沒說。她的表情非常嚴肅，伸出右手，做出要艾莉絲壓低聲音的動作。

「是這樣的，」吉霍太太望著火焰，它在壁爐燒得通紅，然後她拿了兩根木柴丟入火爐。「不要告訴別人妳來過這裡？好嗎？」

艾莉絲點頭。

「其實是基根小姐快要離開了，我自己覺得越快越好。我要她發誓不向任何人提起。她是道地的愛爾蘭西部人，比我們更善於保持沉默。所以她不用跟任何人道別，也會自在一點。她週一就會離開，我想要妳搬進她在地下室的臥室。那裡一點也不潮濕，所以不要那樣瞪我。」

「我沒有在瞪妳，」艾莉絲說。

「那最好，」吉霍太太瞪著壁爐好一會兒，然後又看向地面。

「那是全屋子最熱門的房間，空間最寬敞溫暖，也非常安靜。我不想讓其他人閒言閒語。反正就是讓妳住，就是這樣。如果妳週日可以打包，週一妳去上班時，我就會把妳的行李搬下樓，這樣就好。妳需要一把鑰匙，因爲妳會有獨立出入口，得與莫提妮小姐共用，當然就算妳丟了鑰匙，還是可以從室內下樓到地下室，所以不要擔心。」

「其他人不會介意我搬到樓下嗎？」艾莉絲問。

「一定會的，」吉霍太太朝她笑了笑。接著她看著壁爐，對火焰滿意地點點頭。她抬起頭，勇敢地凝視艾莉絲。艾莉絲花了幾秒，才意識到這是吉霍太太要她離開的意思。她悄悄起身，吉霍太太再一次伸出右手，要確定艾莉絲不發出任何聲音。

當艾莉絲走上樓梯，她頓時想到也許地下室的房間可能潮濕又擁擠。她從來沒聽其他人說它是全屋子最好的房間。她想知道吉霍太太之所以鬼鬼祟祟，是想讓她根本沒有機會拒絕或抗議。她知道等到週一晚上下課回家後，就會眞相大白了。

接下來的幾天，她開始害怕搬遷，也憎恨吉霍太太在她不在時移動她的行李箱，將它們搬到樓下，基根小姐看起來一點都不像是住在屋內最棒的房間。艾莉絲知道萬一房間昏暗潮溼，她也不能去向福樂德神父投訴，因爲她已經用夠了神父的同情心，而且她很清楚吉霍太太充分意識到這一點。

週日她收拾行李，將它們放在床上，此時她才發現自己買的物品已經塞不進她原本的行李箱，這讓她還得悄悄下樓跟吉霍太太要一些購物袋，她感覺吉霍太太佔了她的便宜，艾莉絲發現自己又出現思鄉病最初的徵兆，當晚，她沒有闔眼。

當天早上的蝕人寒風讓她始料未及，它似乎夾雜著冰屑，從四面八方襲擊人們，大家全都低著頭走路。等著要過馬路時，還有人跳上跳下，企圖驅散寒冷。想到愛爾蘭幾乎沒有人知道美國是地球上最冷的地方，讓她幾乎微笑了，更不用說美國人還得忍受冬天的嚴寒清晨，眞是再悲慘也不過。萬一她寫信告訴家人，她們是不會相信這一點的。當天在芭托奇百貨上班時，只要大門開的時間超過需要，就會被他人大聲咆哮，而且那天厚羊毛內衣的銷量比平常多上好幾倍。

那晚艾莉絲努力在抄筆記時保持清醒，完全沒想到等會回吉霍太太家會有什麼等著她。在她下了電車走回家時，也決心不再關心她的新臥室是什麼模樣，只要它溫暖，有床可睡就好。夜晚的一切彷彿都靜止了，風也不再吹熄，啃蝕她雙手與腳趾的凍人嚴寒似乎還帶著一種懲罰諷刺的態度，儘管知道自己已經在半路上了，她還是默默祈禱自己這趟走路回家的旅程能盡快結束。

她一打開前門，吉霍太太就出現在走廊，手指放在唇上。她示意要艾莉絲等一等，過了一會她回來了，確定沒有人會從廚房衝到走廊，她遞給艾莉絲鑰匙；然後她要艾莉絲走回黑夜，輕輕闔上屋子大門。艾莉絲走到戶外，步下地下室的臺階。當她打開門時，吉霍太太已經在裡面等著她。「不要發出任何聲音，」吉霍太太低語。

她打開地下室前面房間的門，基根小姐才剛將它清理完畢。角落和床頭櫃上各有一盞已經點亮的檯燈，天花板很低，黑色天鵝絨窗簾、花朵圖樣的床罩與地毯讓房間看起來高雅別緻，彷彿取材於古董畫作或老照片。艾莉絲注意到房間角落有一張搖椅，還發現壁爐已經放了柴火，下方還鋪了用來點火的紙張。這間房間比她樓上的舊臥室大了一倍；它甚至有一張書桌，讓她可以讀書，暖爐旁還有一張躺椅。她之前的臥室只能算是實用性很高。但眼前這間臥室會讓房客們忌妒至極。

「如果她們問妳，只須回答妳的臥室準備裝修了，」吉霍太太說。她打開黑紅色的內嵌式衣櫃，讓艾莉絲知道她的行李箱放在哪裡。吉霍太太望著她的眼神，幾乎充滿驕傲，卻又有掩不住的溫柔與悲傷，讓艾莉絲頓悟這房間可能在吉霍先生離家前就存在了。她看到那張雙人床，納悶這裡是否曾經是他們的臥室，也許樓上的房間之前全出租供房客使用。

「廁所在走廊的盡頭，」吉霍太太說，她在陰暗中侷促不安，似乎想讓自己恢復平靜。「不用告訴任何人，」吉霍太太補充。「總之妳一切遵守規定準不會出錯。」

「這房間好可愛。」艾莉絲說。

「妳也可以用壁爐，」吉霍太太說。「但基根小姐只有在週日才這麼做，因爲太浪費木柴了。我也不知道爲什麼。」

「其他人不會生氣嗎？」艾莉絲問。

「這是我家，她們想生氣也無所謂，越生氣越好。」

「但是——」

「妳是唯一最有禮貌的女孩。」

吉霍太太的口氣，加上她想微笑的企圖，讓艾莉絲感受到走進這房間的悲哀。她認爲吉霍太太給予她太多了，她還不夠認識艾莉絲，而且話也說得太多了。她不想要與吉霍太太過於親近，或是讓她越來越依賴艾莉絲。艾莉絲沉默許久，儘管她知道這可能會讓她感覺很不領情。但她幾乎是客套地向吉霍太太點點頭。

「其他人什麼時候才會知道我搬進這裡了？」她終於開口。

「該知道時就會知道。反正也不關她們的事。」

吉霍太太的決定慢慢發酵，艾莉絲知道現在最麻煩的就是讓她與其他房客出現分歧，她眞希望自己待在原來的臥室就好。

「我希望她們不會怪我。」

「不要理她們，我也不認爲我們需要爲了她們失眠。」

艾莉絲站得筆直，試圖讓自己看起來更高，她冷冷盯著吉霍太太。她清楚看得出來吉霍太太剛才的最後一句話，是刻意區隔她跟艾莉絲與其他房客的不同，彷彿兩人的密謀讓彼此更親密了。艾莉絲認爲這是吉霍太太令人作嘔的一廂情願。給了她這位初來乍到者最好的房間，不僅造成艾莉絲與帕蒂、戴安娜、邁亞當小姐及希拉之間的嫌隙與不悅，甚至還表示遲早吉霍太太會自以爲施捨了她一大恩惠，便可能對艾莉絲予取予求。

艾莉絲知道吉霍太太未來可能會在有需要時，恣意找上她，讓彼此之間存在一種熟稔，或甚至友誼。艾莉絲忿忿不平，感覺身心更疲憊了，但這也似乎給了她一點勇氣。

「誠實是上策，」她模仿若絲的語氣，每次若絲發現自己的尊嚴受到質疑時，就會這麼說。「對誰都一樣，」艾莉絲又說。

「等到妳跟我一樣看盡世態炎涼，」吉霍太太回答，「妳會發現誠實偶爾才能派得上用場。」

艾莉絲直直看向她的房東，無視對方受傷憤怒的神情。她執意不再說話，也不管吉霍太太還想說些什麼。她知道眼前這位年長女士被惹惱了，彷彿艾莉絲以難以計量的程度背叛了她。艾莉絲發現吉霍太太慷慨給了她這間臥室，也釋放了這位房東對世界某種深沉的唾棄與厭惡。

「我說廁所就在走廊盡頭，」吉霍太太終於開口。「我把鑰匙放在這裡。」她將鑰匙放在旁邊的小桌，離開房間時，吉霍太太用力摔門，整間屋子都聽得見。

艾莉絲想知道如果她告訴其他人地下室房間不是她要來的，她們會不會相信她。早餐時她避開了廚房；第二天早上她在廁所門口遇見戴安娜時，也是匆匆離開，一句話也沒說。然而，她知道到了週末就難以避免跟她們討論她的新房間。週五晚上，當吉霍太太離開廚房，邁亞當小姐說想要與她私下談談時，艾莉絲一點也不驚訝。在邁亞當小姐銳利的注視下，艾莉絲感覺自己像個準備棄保潛逃的假釋犯，她在廚房走來走去，直到其他人離開。

「我想妳應該有聽說發生的事情，」邁亞當小姐告訴她。

艾莉絲試圖讓表情一片空白。

「妳最好坐下來。」

水壺的水煮沸時，邁亞當小姐替茶壺斟滿水，然後再開口說話。

「妳知道基根小姐爲何離開嗎？」她問。

「爲什麼我應該知道？」

「所以妳還不知道？我想也是。那姓吉霍的早就知道了，我們其他人也是。」

「基根小姐搬去哪了？她惹了什麼麻煩嗎？」

「搬去長島了，而且理由很正當。」

「發生什麼事了？」

「有人跟蹤她回家。」邁亞當小姐提到這件事時，眼睛彷彿閃耀著興奮。她慢慢倒了茶。

「跟蹤？」

「不只一晚，而是兩晚，也許更多次。」

「妳是指一路跟到這棟房子嗎？」

「我就是這個意思。」

邁亞當小姐一面喝茶，一面犀利地看著艾莉絲。

「是誰跟蹤她？」

「一個男人。」

艾莉絲在茶裡放了牛奶和糖，想起媽媽常告訴她的話。

「但如果眞有男人隨著基根小姐私奔，他一定走到第一盞路燈就把她給甩了。因爲那樣才能把她看個清楚。」

「但那不是一般男人喔。」

「什麼意思？」

「最近一次他跟蹤她時，對她暴露了下體。那是個變態狂。」

「是誰告訴妳的？」

「基根小姐離開前偷偷告訴我和希拉。她被人跟蹤到這棟屋子的門口，等到她走下前往地下室的臺階時，他對她暴露了自己。」

「她沒有報警嗎？」

「當然有，接著她就開始打包了。她覺得自己知道那個人住在哪裡。而且他以前也跟蹤過她。」

「她有沒有跟警方報告這些呢？」

「有，但是警方也沒辦法，除非她能指認他，但她不打算這麼做。所以她打包走人，要搬到長島跟她弟弟夫婦同住。更糟的是，那姓吉霍的竟然想讓我搬到基根小姐的房間，還滔滔不絕說那是全屋子最棒的房間。我讓她閉嘴了。希拉小姐房間總是一團亂，戴安娜也不肯一個人住在地下室。所以她才找妳搬下去，因爲其他人根本不肯。」

艾莉絲注意到邁亞當小姐越說越高興。當她望著眼前這位年長小姐喝茶時，艾莉絲突然發現這很可能是邁亞當小姐報復艾莉絲和吉霍太太的辦法。但轉念一想，也許邁亞當小姐所言不假。吉霍太太很可能利用她這個唯一不知情的房客。但是艾莉絲又想到，吉霍太太提前好幾天通知她，萬一她在這段時間知道基根小姐離開的眞相呢？艾莉絲越觀察邁亞當小姐，越深信對方可能是在胡謅暴露狂事件，或至少誇大其辭了。她想知道，邁亞當小姐是被其他房客慫恿，或者是自己起意要跟艾莉絲說話的。

「房間很可愛，」艾莉絲說。

「可愛是一回事，」邁亞當小姐回答。「妳知道我們大家都想要那個房間，可是基根小姐住進去了，因爲這樣那姓吉霍的就不會偷窺妳的一舉一動。不過現在發生這種事，我想都不想搬下去。也許我該閉嘴了。」

「妳想說什麼就儘管說吧。」

「妳平常都在夜裡獨自走路回家，但妳現在看起來蠻冷靜的。」

「如果我眞遇上暴露狂，我會第一個告訴妳。」

「如果我還在的話，」邁亞當小姐說，「到時我們就全搬到長島吧。」

隨後幾天，艾莉絲對於邁亞當小姐告訴她的事件難以釋懷。在廚房與其他房客用餐時，艾莉絲也深信她們全都密謀要嚇唬她，只爲了報復她住進基根小姐的房間，更相信吉霍太太之所以讓她住進地下室，絕非眞心喜愛她，只是因爲吉霍太太認爲艾莉絲還不敢挺身向她抗議。當女孩們跟她說話時，艾莉絲認眞打量她們的表情，但她還是無法釐清眞相。她想說服自己接受人人的出發點都是良善的，而吉霍太太也的確慷慨讓她入住大房間，邁亞當小姐和其他人完全不介意，她們不過眞心想警告她注意暴露狂。艾莉絲眞希望自己能在這群房客間結交到一位眞誠的朋友，讓她能諮詢對方的意見。她更懷疑自己是否有問題，把別人的眞心誠意當作惡劣恫嚇。每次艾莉絲在晚上醒來或白天工作不太忙時，她就會重新再思忖一次，一下子責怪吉霍太太，接著又怪罪邁亞當小姐與其他女孩，到最後還責怪自己，艾莉絲最終的結論是，只要不去多想，日子就會好過多了。

接下來的那週日，福樂德神父宣佈教區中心即將舉辦舞蹈聯誼，爲慈善機構籌募基金。他聘請了派特蘇利文暨琴幸運草樂團演出，也請教友們大家告訴大家，從一月最後一個週五開始，每週五都會例行舉辦舞蹈聯誼。

當吉霍太太結束撲克牌戲，短暫走進廚房時，她在餐桌旁坐下，女孩們正熱烈討論舞會。

「眞希望福樂德神父知道自己在做什麼，」吉霍太太說。「戰後他們也在同一處教區中心舉辦舞蹈聯誼，結果有鑑於道德淪喪，被迫結束了。一些義大利男人開始來找愛爾蘭女孩約會。」

「我覺得沒什麼不好啊，」戴安娜說。「我爸就是義大利人，我記得他就是在舞會遇到我媽的。」

「我相信他人很好，」吉霍太太說，「但戰後的義大利男人太積極了。」

「他們長得都很可愛耶，」帕蒂說。

「就算這樣，」吉霍太太說，「有些人的確也長得很可愛，但我還是勸妳們得小心應對，別再提什麼義大利人了。我們最好換個話題吧。」

「我希望不會有什麼愛爾蘭傳統舞蹈，」帕蒂說。

「派特蘇利文樂團很不錯，」希拉．赫弗南說，「他們可以演奏愛爾蘭小調、華爾滋、狐步舞和美國舞曲。」

「那很好，」帕蒂說，「但最好不要逼我跳凱梨舞。老天，這東西早就該淘汰了。都什麼時代了！」

「如果妳運氣不好，」邁亞當小姐說，「妳可能會當一整晚的壁花。當然除非輪到女士們全體起身跳舞。」

「舞會的話題說夠了吧，」吉霍太太說，「我真不應該走進廚房的。總之凡事小心一點，我只是想提醒妳們，未來的人生還很長遠。」

接下來幾天，隨著舞會之夜越來越近，屋子隱然分成兩大派系：一派是帕蒂和戴安娜，她們想找艾莉絲一起出門，先到餐廳用餐與其他要去舞會的朋友會合；另一派人——邁亞當小姐和希拉．赫弗南——則堅稱那間所謂的餐廳其實是一間高級酒館，那裡的人們很少是清醒的，一點都不高尚。她們想要艾莉絲與她們直接從吉霍太太家出發到教區中心，還表明參加舞會只是爲了展現自己支持社區慈善活動，她們準備儘早離開。

「我最不懷念愛爾蘭的就是每週五和週六晚上的牛市集會，我寧可保持單身，也不要被那群抹著噁心髮油的醉漢推來擠去。」

「在我的家鄉，」邁亞當小姐說，「我們從來不出門，而且也不覺得這有什麼關係。」

「那妳們怎麼認識男士？」戴安娜問。

「妳看看她啊，」帕蒂插話。「她這輩子從來沒認識一個男人吧。」

「好吧，就算我認識人，」邁亞當小姐說，「也不會是在什麼酒館。」

到最後，艾莉絲選擇在家陪邁亞當小姐和希拉，她們計畫十點之後再到教區中心。她注意到她們兩人在手提袋放了高跟鞋，準備到了舞會現場就將鞋換上。她還發現她們將自己的頭髮往後梳，也化了一點妝，塗上口紅。當她一看到她們時，很怕站在她們身旁的自己看起來會非常寒酸；艾莉絲開始有點不安，雖然時間不長，自己卻得還是整晚跟她們在一起。兩位女士好像下了不少工夫打扮，而艾莉絲只是簡單打點自己，穿上自己擁有的唯一一件漂亮洋裝，以及一雙新絲襪。當她們穿過冰冷月夜走到教區中心時，艾莉絲決心好好觀察當晚出席的女孩們，然後確保下一次自己看起來不要這麼庸俗平淡。

當她們離活動會場越來越近，她只能感到深深的恐懼，很後悔自己沒能找到藉口待在家裡。帕蒂和戴安娜離家前玩得很開懷，不斷在樓梯跑上跑下，造訪每個人的房間，逼大家稱讚她們的外表，甚至在最後出門前還去找吉霍太太，要她好好稱讚她們。艾莉絲很高興她沒跟著她們走，然而現在，邁亞當小姐和希拉·赫弗南走進大廳時，氣氛既詭異又緊張。她開始為她們感到悲哀，也可憐自己今晚得從頭到尾陪她們，更不用說得隨著她們離開。

大廳幾乎沒人；她們付了門票後，就先到衣帽間，此時邁亞當小姐和希拉·赫弗南認眞檢查鏡中的自己，再抹上一層口紅，也將口紅和睫毛膏借給艾莉絲用。當她們三人同時望著鏡子時，艾莉絲才發現自己的髮型糟透了。就算她這輩子再也不參加舞會，她也得好好整頓自己的髮型。她身上的洋裝是若絲陪她去買的，但款式很可怕。如今艾莉絲有一點積蓄了，她想自己也該買幾件新衣服了，但她知道她不可能單獨購物，而她身邊的兩名同伴就與帕蒂和戴安娜一樣派不上用場。前一組人的服飾打扮過於老氣僵化，第二組人又太前衛誇張。她決定五月大考結束後，她會到每間百貨公司走走看看，比較價錢，看哪一種美國服飾最適合自己。

她們走進舞池，到大廳另一端的長凳坐下，經過幾對隨著華爾滋舞曲跳舞的中年男女，此時福樂德神父出現了，跟她們握握手。

「我們原本期待有一大群人，」他說。「但每次你希望他們來，他們總是不會出現。」

「哦，我們知道她們在哪裡，」邁亞當小姐說。「正在尋找自己如荷蘭人般的勇氣。」

「唉，畢竟今天是週五晚上。」

「我希望他們不會喝醉了，」邁亞當小姐說。

「喔，門口來了一些不錯的男士。希望今晚可以順利進行。」

「如果你是開酒館的，才有可能賺進一大筆，」希拉．赫弗南說。

「別以爲我沒想過，」福樂德神父回答，雙手搓了搓，然後笑著離開了，他走過舞池，朝大門前進。

艾莉絲看著那幾位樂手。有一位表情哀傷的男士手裡拎著手風琴，演奏慢板華爾滋；另一位年輕男士則在打鼓，後面站著一位年長的先生在拉低音提琴。她注意舞臺上還放了幾種銅管樂器，另外有一根直立式的麥克風，等會應該會有歌手演唱，她想，之後人會越來越多，舞臺上的樂團人數也會增加。

希拉．赫弗南替她們三人拿了檸檬汽水，然後靜靜坐在長凳喝飲料，等大廳湧進更多人。然而帕蒂與戴安娜依然不見蹤影。

「她們應該是發現了更棒的跳舞場所，」希拉說。

「要她們支持自己的教區也實在太勉強她們了，」邁亞當小姐補充。

希拉．赫弗南說，「我聽人家說曼哈頓的舞廳很危險。」

「妳知道，活動最好儘早結束，讓我可以回家開心地窩在我溫暖的被窩裡。」邁亞當小姐說。

一開始艾莉絲沒有看到帕蒂和戴安娜，而是聽見一群喧鬧的年輕人走進大廳。有幾位男士身穿鮮豔西裝，頭髮閃著油光。其中一兩位甚至長得跟電影明星一樣帥氣。艾莉絲不難想像他們對她和她的兩個同伴會有什麼看法，這群新來的人立刻成爲焦點，他們的目光充滿了興奮與期待。然後她看見了戴安娜和帕蒂，兩人神采煥發，她們的一切看起來都完美極了，包括她們臉上那溫暖和煦的笑容。

現在艾莉絲寧可放棄一切，只爲了跟她們在一起，與她們有同樣的打扮，充滿魅力，傾聽周遭同伴分享的笑話。她一點都不敢轉頭看邁亞當小姐和希拉·赫弗南；她知道她們也許跟她有同樣的心情，但她也很了解這兩位小姐會如何努力表達對這群人的不贊同。她不忍心看著這兩位同伴，害怕她們臉上會反映出她自己深刻的不安。

音樂曲風改變了，現在已經不是愛爾蘭小調。手風琴手開始演奏薩克斯風，看來現場舞者都很熟悉這首曲子。此時教區中心已經擠滿了人。舞者緩緩移動，在艾莉絲眼裡，這群隨著音樂擺動的舞者比家鄉的人們更爲優雅。旋律越來越慢，她很驚訝這群舞者離彼此的舞伴有多麼近；有些女孩幾乎是整個人掛在自己的男伴身上了。她看到戴安娜和帕蒂自信滿滿，舞藝高超，更注意戴安娜靠近她們時閉上眼睛，彷彿自己寧可更專注於音樂、身旁的高大男子以及今晚的歡樂氣氛。戴安娜經過她們之後，邁亞當小姐就說她覺得她們該回家了。

當她們穿過大廳領取大衣時，艾莉絲眞希望她們能等到這首舞曲結束再離開，這樣才不會在眾目睽睽下出糗。三人默默走回家時，艾莉絲不知道自己該有什麼情緒。樂隊演奏出來的音樂如此溫柔美麗。跳舞的男女各個體面入時。她知道自己永遠無法達到這種境界。

「戴安娜應該感到可恥，」邁亞當小姐說。「只有上帝知道她何時會去跟祂報到。」

「那是她的男朋友嗎？」艾莉絲問。

「誰知道啊？」希拉・赫弗南回答。「她每天都換男朋友，週日還一次有兩位男朋友。」

「他看起來很可愛，」艾莉絲說。「他的舞也跳得很好。」

她的同伴都沒有回答。邁亞當小姐腳步加快，逼得其他兩人也得跟上她。艾莉絲很高興自己所說的話，儘管她看得出來自己激怒了她們。她想知道自己能不能找到更過分的言語，讓她們下週不會找她一同出席舞會。相反地，她決定自己還是去採購新貨，就算是一雙新鞋也好，這會讓她感覺更像今晚她見到的那些女孩。她考慮找帕蒂和戴安娜諮詢服裝與化妝，但又決定這可能太多餘了。等到她們走回家時，邁亞當小姐和希拉・赫弗南勉強跟她說了晚安，此時艾莉絲下定決心無論如何，她是再也不會跟她們出席任何舞會了。

週一上班時，方提妮小姐在等著艾莉絲。她起初還以爲自己做錯了什麼，因爲方提妮小姐要她與另一位銷售助理迪蕾諾小姐到芭托奇小姐的辦公室。她們進了辦公室，芭托奇小姐示意要她們坐下時，臉色有點嚴肅凝重。

「店裡會有很大的變化，」她說，「因爲店外的環境不一樣了。越來越多的黑人搬到布魯克林，而且人數一天天增加。」

當芭托奇小姐看著她們時，艾莉絲無法分辨公司究竟是歡迎這種現象，或視它爲不祥徵兆。

「我們公司歡迎黑人婦女成爲我們的消費者。就從我們賣的尼龍絲襪開始。我們會成爲這條街上，第一間以便宜價格販賣紅狐狸尼龍絲襪的百貨公司，不久後，我們還會販賣墨色與咖啡色系絲襪。」

「這些顏色都很鮮明，」方提妮小姐說。

「黑人婦女喜歡紅狐狸絲襪，我們也準備銷售這種款式。妳們兩位要對進來店裡的所有顧客一視同仁，不管是黑人或白人。」

「她們兩個一向對顧客很有禮貌，」方提妮小姐說。「但只要我們把標語放上櫥窗，我也會密切觀察妳們的表現。」

「我們也許會流失一些顧客，」芭托奇小姐打岔，「但是我們的宗旨是，來者是客，我們永遠提供最優惠的價格給所有人。」

「紅狐狸絲襪一開始不會跟同款商品放在一起，」方提妮小姐說，「至少前幾天是如此。妳們兩個就固定站在櫃檯，雷西小姐與迪蕾諾小姐，妳們的工作就是讓一切運作如昔。」

芭托奇小姐補充說，「標語今天早上就會放進櫥窗，妳們站在那裡時要保持微笑，可以嗎？」

艾莉絲和同事互看一眼，點了點頭。

芭托奇小姐說，「妳們今天大概不會太忙，但等到我們在合適的地區發放傳單，如果幸運，一週內妳們就會片刻不得閒了。」

方提妮小姐帶著她們走回百貨部門，左側長桌有一群男人在整理鮮紅色的尼龍絲襪。

「他們為什麼要選我們兩個啊？」迪蕾諾小姐問她。

「他們應該是覺得我們很客氣吧。」艾莉絲說。

「妳是愛爾蘭人，所以妳與眾不同。」

「那妳呢？」

「我是布魯克林人。」

「所以也許是因為妳很有禮貌啊。」

「或許只因為我好打發，如果我老爸知道就完了。」

艾莉絲注意到迪蕾諾小姐的眉毛修得很漂亮，她腦海浮現對方在鏡子前花好幾個小時打扮自己容貌的畫面。

一整天她們都站在櫃檯後面安靜聊天，但完全沒有人走過來要看紅色尼龍絲襪。一直到第二天，艾莉絲才發現兩名中年的黑人婦女進了商店，方提妮小姐立刻走向前，請她們找艾莉絲和迪蕾諾小姐。她發現自己瞪著兩名女子瞧，然後，當她意識自己的舉止時，才發現店裡其他人也在盯著她們看。等到她再次望向這兩名婦女時，她注意到她們穿得很漂亮，兩人身上都是奶油色羊毛大衣，輕鬆地與對方聊天，彷彿對自己走進百貨公司一點都不感到稀罕。

艾莉絲注意到迪蕾諾小姐在黑人婦女走近時退後了一步，但艾莉絲則留在原位，看著她們端詳尼龍絲襪，選擇適當的尺寸。她注意到她們塗了指甲油，也觀察她們的臉龐。但是兩位黑人顧客從來沒有抬起頭來，甚至當她們選好幾雙絲襪，將它們遞給她時，也沒有看著她的雙眼。艾莉絲看見方提妮小姐從另一邊觀察她，她計算金額，告訴對方價錢。當她們將錢交給她時，艾莉絲注意到對方泛白的掌心與黝黑皮膚成強烈的對比。她假裝忙碌地收下了錢，將它放進金屬罐，送到現金部門。

在她等著現金部門送回要找的零錢與收據時，兩名顧客繼續交談，彷彿沒有任何人在場。雖然她們顯然已經步入中年，但艾莉絲認爲她們依舊打扮得光鮮亮麗，並且很注重自己的容貌，髮型無懈可擊，服裝也高雅大方。她看不出來她們是否上了妝；她聞得到香水味，但不知道那究竟是哪種花香。當艾莉絲將包裝好的尼龍絲襪與零錢交給她們時，她們什麼話也沒說，只是接過零錢、收據與絲襪，然後優雅地走向大門。

那一週有更多黑人女士光顧，每次她們一進來，艾莉絲注意到店裡立刻陷入一片寂靜，幾乎帶有一種警覺感；每次這些女士走動時，其他人就完全不移動，免得擋到她們；店裡其他助理也會低頭，裝作看起來很忙的模樣，然後抬頭看向那些鮮紅絲襪擺放的櫃檯，接著再次低垂視線。但方提妮小姐從未特別注意艾莉絲的櫃檯。每次有新的顧客接近，迪蕾諾小姐就會往後站，讓艾莉絲爲她們服務，如果第二組顧客加入，她才會往前移動，彷彿這是她與艾莉絲說好的安排。這些黑人婦女從來不會獨自前來百貨公司逛街，而且她們多數不與艾莉絲四目交接，也從未開口與她交談。

少數跟她說話的女士口氣既刻意又有禮，反倒讓艾莉絲尷尬害羞。新色調的尼龍絲襪上市後，艾莉絲得向顧客介紹這種顏色較淡的款式，但她們大部份不太搭理她的推薦。新政策開始後，艾莉絲疲憊不堪，她發現到學校上課讓她更能放鬆，因爲她可以忘卻店裡緊張的氣氛，她負責的櫃檯令她自覺責任重大。艾莉絲眞希望自己沒被主管挑出來負責銷售黑人婦女顧客，也納悶自己何時才能被調到其他部門。

艾莉絲熱愛她的新房間，她最喜歡把書放在窗戶對面的桌上，晚上在她換好睡衣，套上她在特賣時購買的保暖拖鞋後，她會花上一個多小時看看自己抄的筆記，或者研讀她買來的帳務管理手冊。她現在唯一的問題是法律課。她很喜歡看羅森布倫先生上課豐富的肢體語言，也欣賞他說話的方式，他有時候會替他們表演訴訟現場，生動形容各大企業的訴訟內容，但她和其他同學聊過，大家都不確定考試該怎麼準備。由於羅森布倫先生知識淵博，她擔心他對她和同學們也有同樣的高度期盼，或許他會考他們訴訟細節、雙方爭議的要點，甚至每位法官的判決等等。

艾莉絲相當擔憂考試內容，所以她決定直接請教老師。他在課堂上說話速度極快，總是滔滔不絕講述判例，討論法律條文，而且一下課他就立刻不見蹤影，彷彿自己還有其他重要約會。艾莉絲確定自己坐到第一排，在老師剛說完話就上前問問題，但時候到了，她反而緊張得不得了。她希望他不會覺得她在批評他；她更怕自己會聽不懂他的回答。她從來沒有見過他這種人。他讓她想起富爾頓街一些小餐館的服務生，他們一點耐心都沒有，每次都要她立刻決定要點哪樣餐點，接著卻又提出更多疑問，例如她想要大盤或小盤，要不要熱菜或者需不需要芥末等等。在芭托奇工作讓她學會應付顧客時要果決大方，但她知道自己是最猶疑不決又反覆無常的顧客了。

她一定得自己找羅森布倫先生談話。他似乎很聰明，學識淵博，在她走近講臺時，她還在思忖到底他會如何回應她這麼一個簡單的請求。等到他注意到她時，她發現自己不需要過於猶豫或遲疑，因為其實她已經準備好發問了。

「有沒有什麼參考書籍，可以讓我更了解這堂課？」她問。

羅森布倫先生似乎聽不太懂，一開始沒有回答。

「您的課很有趣，」她說，「但我很擔心這次考試。」

「妳喜歡上課嗎？」他看起來比平常教課時更年輕。

「是啊，很喜歡，」她笑了笑。她很驚訝自己竟然沒有結結巴巴，而且她感覺自己也沒有臉紅。

「妳是英國人？」他問。

「不，愛爾蘭人。」

「從愛爾蘭遠道而來。」他彷彿在自言自語。

「我在想能不能請您推薦另一本課本，或者一份手冊，讓我可以準備這堂課的考試。」

「妳好像很擔心考試。」

「我不知道上課抄的筆記或課本內容夠不夠。」
「妳想多了解一點？」
「我想要有一本我可以好好研讀的書。」
他環顧演講廳，人已經快走光了。他似乎陷入沉思，她的問題好像讓他有點困擾。
「基本商業法有一些好書可以試試看。」
她本來以爲他準備把書名給她了，但他猶豫了一下。
「妳覺得我講得太快了嗎？」
「不會，我只是怕我平日抄的筆記還不夠準備考試。」
他打開公事包，拿出一本記事簿。
「妳是這裡唯一的愛爾蘭學生？」
「我猜是吧。」
她看著他在一張空白紙上寫了幾本書名。
「在西二十三街有一間專賣法律書籍的小書店，」他說，「在曼哈頓。妳得到那裡才買得到。」
「這些書是最適合準備考試的教材嗎？」
「那當然。如果妳已經了解基礎公司法和民事侵權行爲，那麼我想沒問題的。」
「那家書店每天都開嗎？」
「應該是，可能去了才知道，但應該每天都開。」

她點了點頭，試圖對老師微笑，但他看起來心事重重。

「妳跟得上我的課吧？」

「當然，」她說。「沒有問題。」

他把記事簿放回公事包，突兀地轉身。

「謝謝您，」她說，他沒有回答便迅速離開大廳。當她推開演講廳大門時，工友正準備鎖門。她是最後一名離開的學生。

她給戴安娜和帕蒂看了地址，問她們西二十三街在哪裡。她們向她解釋「西」表示是第五大道以西，從書店地址看來，它應該是位於第六和第七大道之間。她們給她看了一張地圖，將它攤在廚房餐桌上，很訝異艾莉絲竟然從未去過曼哈頓。

「那裡很讚，」戴安娜說。

「第五大道簡直就像天堂，」帕蒂說。「我願意放棄一切住在那裡。我想嫁給有錢人，住在第五大道的豪宅。」

「或窮人也行，」戴安娜說，「只要他有豪宅就好。」

她們教她該怎麼坐地鐵到西二十三街，艾莉絲決定等到她下一次有半天休假時，就要去買書。

週五又即將來臨，艾莉絲不敢問邁亞當小姐或希拉她們是否打算參加舞會，她知道自己若跟著帕蒂和戴安娜去，也太沒禮數了，而且她可能也花不起那筆錢，因爲她們每次都先上餐廳吃晚餐，更不用說艾莉絲還得先花錢治裝，才配得上兩人的時髦風格。

週五下班後，艾莉絲拿著一條手帕走到餐廳，她警告大家不要離她太近，免得被傳染。她大聲擤鼻子，不斷發出吸鼻涕的聲音。她才不在乎她們是否眞的相信，但她認爲至少得了感冒是不去參加舞會的最好藉口。她也知道吉霍太太會想討論常見的冬季疾病，這是房東太太最喜歡的話題之一。

「凍瘡，」吉霍太太說，「妳們要非常小心凍瘡。在我是妳們這種年紀時，很多人因爲得了凍瘡就死了。」

「我想在百貨公司上班，」邁亞當小姐對艾莉絲說道，「妳可能會感染到各式各樣的病毒。」

「坐辦公室也可能感染到細菌，」吉霍太太，她意味深長看了艾莉絲一眼，清楚表明她也聽得出來邁亞當小姐在刻意貶低艾莉絲，因爲她在百貨部門工作。

「但妳根本不知道是誰……」

「這話題討論得差不多了，邁亞當小姐，」吉霍小姐說。「我想這種冷天，大家還是早點就寢吧。」

「我才剛要說，聽說黑人婦女在芭托奇百貨購物。」邁亞當小姐又說。

有一會兒，沒人開口。

「我也聽說了，」希拉·赫弗南壓低聲音。

艾莉絲看著餐盤。

「我們可能都不喜歡他們，但黑人男子也參與海外戰爭，不是嗎？」吉霍太太問。「他們也跟我們的父兄夫婿一樣爲國捐軀。在我們需要他們時，可從來不介意他們的膚色啊。」

「但我不喜歡……」邁亞當小姐又開口。

「我們都知道妳不喜歡什麼，」吉霍太太打斷她。

「我可不喜歡自己還得服務他們，」邁亞當小姐堅持。

「老天，我也是耶。」帕蒂說。

「妳們是不喜歡他們的錢嗎？」吉霍太太問。

「他們人很好，」艾莉絲說。「而且有些人穿得很漂亮。」

「所以是眞的？」希拉．赫弗南問。「我還以爲這是在開玩笑。好吧，就這樣了，我會走過芭托奇百貨，但我會從它對街經過。」

艾莉絲突然感覺心頭湧起一股勇氣。

「我會告訴芭托奇先生的。我想他一定會很不高興，希拉。妳和妳朋友的服裝風格赫赫有名，特別是妳們的舊絲襪和起毛球的毛衣。」

「大家都不要再說了，」吉霍太太說。「我打算安安靜靜吃完今天晚餐。」

等到四下沉默，帕蒂也不再尖聲大笑時，希拉．赫弗南早已離開餐廳，邁亞當小姐則蒼白著臉，直直瞪著艾莉絲不放。

隔了一週的週四下午，艾莉絲到了曼哈頓，但她眞的看不出來它與布魯克林有何差別，只除了她從地鐵走上曼哈頓街頭時，寒冷的強風似乎更爲刺骨乾澀。艾莉絲不確定自己該預期什麼，但當然這裡更有魅力，商店櫥窗擺飾精緻多了，人們的穿著也更高雅好看，不像她有時候在布魯克林時時見到的慘澹與破敗。

原本她打算寫信對媽媽和若絲描述自己首度到曼哈頓的經驗，但她現在意識到信裡可能還得添加芭托奇百貨的黑人顧客或是房客們對這件事的爭執了；這種事情卻又好像不太適合寫在家書內，因爲她不想讓她們擔心，或讓她們誤認她無法好好照顧自己。她更不願寫一些會讓她們沮喪的內容。因此當她沿著充滿過氣商店和穿著潦倒的人們的街道行走時，她決定這些都不會是她使用的內容，她想自己應該要用打趣的口吻，讓她們相信曼哈頓比不上布魯克林，還有儘管她之前曾聽聞它的美好，但她也不打算搬到這裡，短期內也不會再來了。

她很輕易就找到書店了，走進去後，她對眼前豐富的法律藏書相當驚艷，更不用說其中某些書的厚度與重量。她不確定愛爾蘭有沒有這麼多法律書籍，或恩尼斯科西的各大律師是否也看過這麼多書。她知道這會是寫信給若絲的絕佳題材，因爲若絲的高爾夫球伴有幾位就是律師的妻子。

艾莉絲先在店裡走走看看，研究架上的標題，知道有些書其實年代久遠，也可能是二手書。她不難想像羅森布倫先生在此瀏覽幾本大書的模樣，也許他還拉了小梯子才能取得高聳書架上的書籍。當她好幾次在寫回家的信件中提到他時，若絲的回覆竟然是想知道羅森布倫先生是否已婚。艾莉絲無法向若絲解釋，不過她實在很難想像這位飽讀群書、重視繁複細節的老師會有任何妻子或小孩。若絲在信中又一次提到萬一艾莉絲有任何私人問題想要討論，可以直接寄信到若絲的辦公室，她姊姊還保證絕對不會有任何人看到艾莉絲的信。

當艾莉絲想到自己唯一能向媽媽姊姊報告的不過是那第一場舞會時，她忍不住對自己微笑了；這件事告訴媽媽倒是無所謂，她可以把它當笑話輕鬆帶過。現在她也沒什麼私人問題好向若絲報告的。

當她望著眼前的書海時，她知道自己無法獨力找到那三本書，當一位老先生離開書桌，走到她面前時，她便將書名遞給他，告訴他自己在找這些書。老先生戴著厚厚的眼鏡，將它推上前額，把書名看個仔細。他瞇起雙眼。

「這是妳的筆跡嗎？」

「不是，是我的講師寫的，這些是他推薦的書籍。」

「妳是法律系學生？」

「不算是。但我有上這門課。」

「妳的講師叫什麼名字？」

「羅森布倫先生。」

「約書亞．羅森布倫？」

「我不知道他的名字。」

「妳上什麼課？」

「我在布魯克林學院上夜間部。」
「那就是約書亞·羅森布倫了。我認得他的筆跡。」
他又看了一眼書名。
「他很聰明，」老人說。
「是啊，他很不錯，」她回答。
「妳能想像……」老人開口，話卻沒說完，轉頭走向櫃檯。他似乎忿忿不平，艾莉絲慢慢走在他後面。
「妳想要這些書？」他幾乎是兇狠地問。
「是的。」
「約書亞·羅森布倫？」老人問。「妳能想像竟然會有國家想殺了他嗎？」
艾莉絲退後一步，沒有回答。
「怎樣？妳能想像嗎？」
「什麼意思？」
「德國人殺光了他身邊的人，所有人都被殺了，但我們把他救了出來，至少我們做到了，我們救了約書亞·羅森布倫。」
「你是說戰爭？」
老人沒有答覆。他在書店走動，找了一只小腳凳，蹬上去拿了一本書。他從凳子下來時，憤怒地轉身看她。

「妳能想像一個國家會做出這種事嗎？它應該在地球上消失。」

他苦澀地看著她。

「第二次世界大戰？」她又問。

「納粹大屠殺。」

「就是這次戰爭，對吧？」

「是的，沒錯。」他臉上的表情突然柔和下來。

當他忙著找另外兩本書時，他的神情幾乎是疏遠固執的；等到他回到櫃檯結帳時，他令她感覺遙遠，又有點敬畏。她沒有問他任何問題，便把錢遞給他。他爲她包裝書籍，找錢給她。她感覺他希望她儘早離開書店，她再怎麼努力，他也不願再多說什麼了。

她喜歡打開包裝，將那些法律書籍放在書桌上，旁邊則是她的會計與財務管理課本及筆記。當她打開第一本書時，她立刻發現內容相當艱澀，後悔自己應該儘早買字典查看裡面的難字。一直到晚餐前，她還在研讀序言，從頭到尾對「法理」這兩個字一竅不通，不知所云。

當晚用餐時，她注意到邁亞當小姐與希拉都沒跟她說話。艾莉絲想問帕蒂和戴安娜第二天能不能跟她們一起出門跳舞，或者在舞會前先約個地方見面。她知道自己一點也不想出席，但又想到福樂德神父可能會想念她，如果她不去，就連續第二週沒出現了，因此神父有可能會問起她。晚餐桌上還有另一位女孩德洛麗．葛雷思，她目前住在艾莉絲的老房間。來自卡文的德洛麗一頭紅髮，滿臉雀斑，但她非常沉默，似乎因爲跟她們同桌而有點尷尬。艾莉絲這才聽說這是她第三天晚上跟大家用餐，但前兩天艾莉絲因爲上課，都沒有與這女孩見到面。

晚餐後，她隨即下樓，想看看另外兩本書是否比較淺顯易懂，此時有人敲門。邁亞當小姐和戴安娜站在門前，艾莉絲認爲這是很奇特的組合。她站在房門口，不打算請她們進房。

「我們需要跟妳談談，」戴安娜低語。

「又怎麼了？」艾莉絲幾乎是不耐煩地問。

「就是那個德洛麗，」邁亞當小姐接著說。「她刷個不停。」

戴安娜開始忍不住大笑，她立刻用手摀住嘴。

「她打掃房子，」邁亞當小姐說。「她替那個姓吉霍的打掃家裡，交換一部份的房租。我們不想讓她出現在餐桌上，」

戴安娜幾乎是尖聲大笑了。「她好可怕。她眞的很誇張。」

「妳們要我怎麼樣？」艾莉絲問。

「跟我們一樣，拒絕與她同桌用餐。那姓吉霍的都聽妳的，」邁亞當小姐說。

「那她要在哪裡用餐？」

「管她，要在街上吃我都不在乎，」邁亞當小姐說。

「我們不想要她，我們大家都是這樣，」戴安娜說，「萬一話傳出去——」

「——說我們這裡有她這種人——」邁亞當小姐接下去。

艾莉絲有股衝動想當著她們的臉摔上門，回去看自己的書。

「我們只想告訴妳一聲，」戴安娜說。

「她是卡文來的清潔婦，」邁亞當小姐說，戴安娜又開始大笑。

「我不知道妳在笑什麼，」邁亞當小姐對著她說。

「哦，天啊，很抱歉。只是，這實在太可怕了。接下來不會有高尚的人跟我們來往了。」

艾莉絲看著她們兩個，把這兩人當作芭托奇百貨的擾人顧客，而她則是方提妮小姐。由於她們都在辦公室工作，艾莉絲想知道當初她住進來時，她們是否也曾經背後這樣批評她，只因為她在百貨部門工作。她用力地對著她們的臉將門關上。

早晨當艾莉絲準備從地下室走上街道時。吉霍太太敲敲她的窗戶玻璃。她的房東太太作勢請她稍等，然後出現在前門。

「不知道妳肯不肯幫我一個大忙，」她說。

「當然沒問題，吉霍太太，」艾莉絲回答。她媽曾經告訴她，如果有人請她幫忙，就必須這麼回答。

「妳今天晚上能帶德洛麗去教區中心參加舞會嗎？她非常想去。」

艾莉絲遲疑了。如果自己能儘早猜到對方的要求就好了，這樣才能想出一個恰當的回覆。

「好的，」艾莉絲發現自己點頭了。

「那眞是太好了。我會叫她把自己準備好，」吉霍太太說。

艾莉絲眞希望她能想到一些她不能出席的藉口，但她前一週已經用感冒當託辭了，她知道儘管時間再短，自己當晚再怎麼樣也得出席。

「我不確定我會待多久耶，」艾莉絲說。

「沒問題，」吉霍太太說。「這一點都沒關係。她也不想留太久。」

稍晚下班後，艾莉絲上樓時發現德洛麗獨自在廚房忙，她跟她約了十點出門。

晚餐時沒有人提到舞會的事情；艾莉絲從現場氣氛與邁亞當小姐緊閉嘴唇的行爲，以及每次吉霍太太一發言，邁亞當小姐就明顯不爽的神情判斷，她們應該是有了某種爭執。而且德洛麗也始終保持沉默。邁亞當小姐與戴安娜更盡量避開艾莉絲的眼神，使艾莉絲看得出來她們已經知道她要帶德洛麗去舞會了。她希望她們不會相信她是自願帶德洛麗出門，並納悶她能否讓她們知道自己也是被吉霍太太誘哄答應的。

當艾莉絲十點上樓找德洛麗時，她被對方嚇到了。德洛麗穿了一件款式像男人在穿的廉價皮夾克，打了褶的白色襯衫與白短裙，腿上是一雙黑黝黝的絲襪。鮮豔的紅色唇膏襯托她臉上的雀斑和紅頭髮有點太花俏了。她讓艾莉絲想起天氣大好時，恩尼斯科西鎮上的馬商妻子。一見到她，艾莉絲幾乎想逃下樓。但她只能對德洛麗笑一笑，說她得下樓拿大衣和帽子。艾莉絲不知道等會到了教區中心，她又該如何一面避開邁亞當小姐和希拉・赫弗南，還得面對呼朋引伴出現的帕蒂和戴安娜。

「那裡會有帥哥嗎？」德洛麗在她們走上街時開口問道。

艾莉絲冷冷回答說，「我也不知道，我只是因為福樂德神父主辦活動才出席。」

「哦，老天，他不會整晚都在現場吧？真像回到老家。」

艾莉絲沒有答覆，她努力想要更有尊嚴地走在路上，彷彿正準備與若絲參加十一點的彌撒。每次德洛麗問她問題，她總是靜靜回答，沒有特別多說什麼。她心想，如果她們能這樣一路安靜走到會場也好，但她很難完全忽視德洛麗，她發覺每次她們等紅綠燈時，只要她的同伴開口，自己就會生氣地握緊拳頭。

艾莉絲猜想，等到她們抵達教區中心，邁亞當小姐和希拉．赫弗南將外套放進衣帽間後，應該會選擇坐得離艾莉絲遠遠的，然後一面觀察現場的舞者。相反地，這兩位房客挪到艾莉絲身旁，但這只更強調了她們無意與她交談，或拒絕與她們打交道的企圖。艾莉絲注意到德洛麗雙眼飄向大廳，眉頭專注深鎖。

「我的天啊，根本沒人來嘛，」德洛麗說。

艾莉絲凝視正前方，假裝自己沒有聽見。

「真希望能出現帥哥，妳呢？」德洛麗問道，用手肘輕推她。「我不知道美國帥哥是什麼模樣。」

艾莉絲面無表情地看她。

「那兩個真是可怕的婊子，另外那兩個，」德洛麗繼續。「老闆娘就是這麼說的。婊子。唯一不是婊子的就是妳。」

艾莉絲看向樂隊，然後偷瞄邁亞當小姐和希拉．赫弗南一眼。邁亞當小姐捕捉到她的眼神，然後調皮輕蔑地笑了。

這一次帕蒂和戴安娜到達時，她們的同伴人數更多了。大廳的每一個人都注意到他們。帕蒂將頭髮紮成髮髻，黑色眼線塗得又粗又深，使她看上去像個嚴肅的舞臺演員。艾莉絲注意到戴安娜假裝沒看見她。這群人的來到，彷彿給了樂團一個信號，他們原本只用鋼琴及喇叭演奏一些古老的華爾滋舞曲，現在卻開始彈奏起艾莉絲同事口中的搖擺舞曲，感覺非常時尚現代。

樂曲改變時，帕蒂和戴安娜那群人開始鼓掌歡呼，當她看見帕蒂時，帕蒂對她示意，要她過去。做了這個明顯的小動作後，帕蒂一直不耐煩地盯著她。突然間，艾莉絲決定自己要走過去找帕蒂，對那群人自信微笑，彷彿大家已經是老朋友了。當她走動時，她的背挺得筆直，讓人感覺這女孩能完全主宰自己。

「真高興看到妳，」她小聲對帕蒂說。

「我想我知道妳的意思，」帕蒂回答。

帕蒂建議她們去化妝室時，艾莉絲點頭跟著她走。

「我不確定妳坐在那裡看起來是什麼模樣，」帕蒂說，「但我很確定妳看起來一點也不開心。」

她提議要教艾莉絲畫眼線和睫毛膏，她們站在鏡子前面研究了好一段時間，無視進進出出的每一個人。帕蒂拿了自己多餘的髮夾，替艾莉絲將頭髮夾高。

「好了，妳看起來像芭蕾舞者了，」她說。

「我才沒有，」艾莉絲說。

「至少妳看起來不像剛從擠乳場過來。」

「我剛剛看起來像嗎？」

「有一點。但是跟一群漂亮乾淨的乳牛，」帕蒂說。

最後，當她們回到大廳時，舞池已經非常擁擠，音樂節奏迅速吵雜。很多人在跳舞。艾莉絲小心翼翼走動，眼神也很謹慎。她不知道德洛麗是否依然坐在原處，她一點也不打算回去，也不想在大廳看見德洛麗的眼神。她與帕蒂和她的朋友們站在一起，其中有一位年輕人頭髮抹得油亮，操著美國口音，試圖向她解釋舞步。他沒有邀她共舞，因爲他似乎寧可與朋友待在一起；當他教她舞步時，眼神不時瞄著他的朋友。現在搖擺舞曲越來越快，舞者們的節奏也隨著明快起來。

艾莉絲慢慢意識到有一位年輕人正看著她。他溫暖地對她微笑，看著她努力學習舞步似乎把他逗得很開心。他沒有比她高多少，但身材看起來很壯碩，他有一頭金髮和湛藍色的眼眸。當他隨著音樂搖擺時看來自得其樂。他獨自一人，當她捕捉到他看著她的眼神，艾莉絲立刻轉身，也對他臉上的表情感到驚訝，因爲他一點也不尷尬艾莉絲發現他正看著她。她確信他不是帕蒂和戴安娜的朋友；他的衣著打扮非常平凡。樂隊再度加快節奏，大家再一次熱烈歡呼，那位設法教她舞步的男生說了些話，但現場太吵，她聽不太懂。當她轉身對著他時，她才發現他是在說也許等會音樂節奏比較慢時，他們可以一起跳舞。她點點頭對他笑了笑，然後走向身旁依然站了一堆人的帕蒂。

音樂結束時，舞伴們分開，有人走到吧臺喝汽水，有人還待在舞池。她看見那位教她跳舞的男生準備與帕蒂共舞，這才發現原來是帕蒂請對方陪她，他也好心這麼做了。戴安娜刷過她身旁，顯然還是不願意與艾莉絲交談。此時，那位一直凝視她的年輕人走過來了。

「妳跟那位教妳跳舞的男生一起來的嗎？」他問，她注意到他的美國口音和潔白的牙齒。

「不是，」她說。

「那麼，我可以跟妳跳舞嗎？」

「我不確定自己知道舞步耶。」

「沒有人確定，祕訣就是裝作自己很懂就對了。」

音樂開始了，他們挪到舞池中間。她舞伴的雙眼，她想，眞的是很大，但當他對她微笑時，他看起來開心得什麼都不在乎。他的舞跳得不錯，一點也不花俏，也不會爲了讓她留下深刻印象而刻意炫耀。她喜歡這樣。她盡可能密切看著他，因爲她知道如果自己眼睛亂瞄，可能會看見依然坐在原處的德洛麗，眼巴巴等著艾莉絲回去找她。

她與他跳完第一支舞，當音樂結束時，他自我介紹他叫東尼，還問她能否請她喝杯汽水。她知道這表示兩人得一起跳下一支舞。她心想，既然德洛麗可能早已回家，或甚至已經找到舞伴，她同意了。當她與東尼經過戴安娜和帕蒂身邊時，艾莉絲看得出來她們正在上下打量他。帕蒂作了一個手勢，彷彿是在說他不符合她的標準。戴安娜則挪開視線。

下一支舞很慢，她是擔心自己靠東尼太近，但很難不這麼做，因爲舞池滿滿都是人。這是她第一次明顯意識到他的存在，她感覺他也努力不要太靠近她，她納悶這是因爲他很體貼，或因爲他不怎麼喜歡她。一旦這支舞結束，艾莉絲心想，她就要謝謝他，然後到衣帽間拿外套回家。萬一德洛麗對吉霍太太抱怨她，她就可以回答自己人不太舒服，提早回家了。

東尼能隨著音樂輕鬆搖擺，動作卻一點也不誇張，讓她和他成爲眾人注目的焦點。隨著舞曲轉而由薩克斯風演奏而顯得悲涼陰沉時，艾莉絲知道沒有人特別注意到他們。她能感覺他身體傳來的熱度，在他開口想跟她說話時，她從他的呼吸聞到一種甜甜的氣味。有那麼一秒鐘，她再次仔細打量他。他的鬍子刮得很乾淨，頭髮也剪得非常整齊。他的皮膚看上去好柔軟。當他發現她看著他時，他的嘴唇有趣地彎了起來，此時他的眼睛感覺比之前更大了。這首舞曲的最後一段是她到目前爲止聽到最浪漫的旋律，他讓自己的身體更靠近她。他的動作很有技巧，也不突兀；她能逐步感覺他貼著她的力道與強度，而她也更貼近他了，在舞曲的最後一分鐘，他們兩人已經緊緊擁住彼此。

他們轉身對樂隊拍手，他沒有看著她，但他理所當然站在她身旁，接下來一切似乎已經命定，無法避免了：他們將接著跳下一支舞。現場噪音太多，她聽不清楚他想跟她說的話，但那應該是幾句友好的言語罷了，因此她點頭微笑。他看起來很高興，她喜歡這樣。現在的音樂甚至比之前幾首舞曲還要緩慢，更有著動人的旋律。她閉上雙眼，讓他用臉貼著她的面頰。他們幾乎不是在跳舞了，只是隨著音樂搖曳，就跟他們身旁的男男女女一樣。

她想知道這位與她共舞的年輕人是誰，也想知道他是哪裡人。她覺得他不像愛爾蘭人；他過於整齊乾淨，個性友善自然，眼神更是坦率善良。他身上沒有帕蒂與戴安娜的朋友那種刻意做作的態度。艾莉絲很難想像他的職業。當他們在舞池卿卿我我時，艾莉絲根本不知道自己是否有機會能問問他。

最後，薩克斯風手拿起麥克風，以愛爾蘭口音解釋今晚壓軸就要上場，因爲他們要跟前幾週一樣演奏凱梨舞曲。他們要請了解這種舞步的人先帶領大家，現場響起歡呼和口哨聲之後，薩克斯風手又說他希望大家不是克雷爾郡人。他說，等他做出手勢，其他人就可以走上舞池開始跳舞；接下來人人就可以像前兩週那樣盡情加入舞者。

「妳是克雷爾郡人嗎？」她的舞伴問她。

「不是。」

「我第一週有看見妳，但是妳沒待到最後，所以錯過了大混戰，上週妳也沒來。」

「你怎麼知道？」

「我在找妳，但沒見到妳。」

突然間，曲子開始了；當她瞄向舞臺時，她發現樂隊也不一樣了。兩位薩克斯風手一位演奏班卓琴，另一位則拿起手風琴。現場還出現兩位提琴手，還有一位女士彈奏平台鋼琴。鼓手則是原來那一位。有幾位舞者走上舞池，成了眾人注目的焦點，他們以無比的自信及速度，純熟展現繁複的舞步與動作。過了一會兒，其他人也以同樣精熟的舞技加入最初那群舞者，現場歡呼聲不斷。音樂節奏加快；手風琴手帶領其他團員熱烈演奏舞曲；舞者的腳步踏上木頭地板時，發出響亮清脆的聲音。

當手風琴手宣佈，現在要演出「恩尼斯圍城」時，更多人走上舞池，他們開始從有秩序的舞步轉向剛才提到的自由舞步，東尼也建議他們加入，艾莉絲很快就同意了，但不太確定該怎麼做。舞池舞者分成兩列，面對面看著彼此，臺上有位男士指示大家接下來的動作。隊伍的兩端——一位男士和一位女士——挪到舞池中央旋轉，然後回到原位。接著則是下一組舞者，大家都會走到舞池中央跳上一段。最後兩列舞者往前走，再度面對彼此，接著其中一列的舞者將手高舉，讓對面舞者踩著舞步走過身旁，彼此交換位置。人們越玩越熱烈，指揮者聲音也逐漸洪亮興奮。大家用力踩著舞步旋轉舞動。等到最後一段樂曲時，大家都已經了解基本步伐，艾莉絲看得出來東尼玩得很高興，他認眞想把步伐踩對，卻也配合艾莉絲的腳步。她知道他是因爲她才表現得拘謹小心。

音樂結束後，他問她住在哪裡；當她告訴他時，他馬上說他回家時正好會順路經過她家。他的表情如此無辜急切卻又神采奕奕，讓她幾乎大笑出聲，她馬上答應讓他送她回家。她請他到外面等她拿好大衣。當她走到衣帽間時，她專注尋找人群間德洛麗的身影。

外面冷極了；他們靠在一起取暖，慢慢走路，幾乎沒怎麼對談。當他們走近克林頓街時，他停下來轉身對著她。

「有一件事妳一定得知道，」他說。「我不是愛爾蘭人。」

「你聽起來也不像愛爾蘭人，」她說。

「我的意思是，我一點愛爾蘭的血統都沒有。」

「完全沒有嗎？」她大笑了。

「一丁點都沒有。」

「所以你是哪裡人？」

「我是布魯克林人，」他說，「但我爸媽都來自義大利。」

「那你到那裡做——」

「我知道，」他打斷她。「我聽說有愛爾蘭舞會，想去看看，結果我很喜歡。」

「義大利人沒有舞會嗎？」

「就知道妳會問我這個。」

「我確定那一定很好玩。」

「我可以找一天帶妳去看看，但是得先警告妳，那裡的氣氛非常義大利。」

「這是好還不好？」

「我不知道，但我知道唯一不好的是，如果我去參加義大利舞會，我現在就不會陪妳走路回家了。」

他們繼續安靜前進，直到走到吉霍太太家大門。

「下週我可以來接妳嗎？也許先去餐廳吃點東西？」

艾莉絲知道這表示她可以自由自在去跳舞，而無須考慮她那群房客的心情或情緒。對吉霍太太也是，艾莉絲心想，這下她就有藉口不帶德洛麗同行了。

接下來的那一週，當艾莉絲從芭托奇百貨到布魯克林學院上課時，她幾乎忘了自己在期待什麼；有時她深信自己懷念家鄉，她的思緒會充滿家鄉的種種景象，但如今她卻猛然驚醒，不對，她現在只期待週五晚上，讓那位她剛認識的男士接她去跳舞，也知道結束後，他會陪著她走回吉霍太太家。她刻意不去想家鄉的一切，除非她寫信回家，或收到家人來信，或她做了關於媽媽、若絲、爸爸，她家，以及鎮上街道的夢。讓她覺得奇怪的是，縈繞她腦海揮之不去的竟然都是家鄉的一切。

在吉霍太太的餐桌上，由於帕蒂親眼目睹艾莉絲甩下德洛麗的行為，她通報其他人，因此週六早上的早餐，大家又開始跟她說話了，連德洛麗也覺得自己被艾莉絲拋棄非常合理明智，畢竟艾莉絲想認識那位男生。因此德洛麗此時此刻只想知道這位男士的名字，他的職業，以及艾莉絲是否打算再與對方見面。其他房客早已認眞觀察過他了；她們覺得他長得很帥，雖然邁亞當小姐希望他個子可以再高一點，帕蒂不喜歡他的鞋子。她們全都認定他是愛爾蘭人，或至少有愛爾蘭血統。大家都求艾莉絲多聊點他的話題，例如他跟艾莉絲說了什麼，以及她接下來的週五會不會繼續與他見面。

週四晚上她上樓泡茶時，她在廚房遇見了吉霍太太。

「最近屋子裡的女孩把我搞得暈頭轉向，」她說，「那個戴安娜聲音眞是可怕，老天幫幫她。如果她再尖叫，我就要去找醫生或獸醫給她吃藥，讓她冷靜一點。」

「都是舞會的關係，」艾莉絲簡單回答。

「是嗎？好，那我可要請福樂德神父在佈道時好好檢討這種活動，眞是禍害，」吉霍太太說，「也許他還會扯一些別的事情。」

吉霍太太離開了。

週五晚上八點半，東尼按了大門的門鈴，在艾莉絲從地下室的門衝出去，提醒他注意即將發生的危險之前，吉霍太太已經應門了。等到艾莉絲走到前門時，東尼後來告訴她，吉霍太太早就問了他好幾個問題，包括他的全名，他家地址以及他的職業。

「她就是這樣說的，職業，」他說。

他露齒微笑，彷彿這是他這輩子發生過最可笑的事情。

「那是妳媽嗎？」他問。

「我告訴過你我媽在愛爾蘭。」

「妳提過，但那女人的態度好像妳是她名下的財產。」

「她是我房東。」

「她問題可多呢。」

「而且，順便問一下，你的全名究竟是什麼？」

「妳是說我告訴妳媽的全名嗎？」

「她不是我媽。」

「妳想知道我眞正的名字？」

「是的，我想知道你的眞實姓名。」

「我眞正的全名是安東尼奧·朱塞佩·費奧瑞羅。」

「那你給我房東的名字是什麼？」

「我告訴她我叫東尼·邁賈索。因爲我有個同事叫畢洛·邁賈索。」

「喔，眞是的，那你告訴她你的職業是什麼？」

「我眞正的職業？」

「好好回答啦，否則我——」

「我告訴她我是水電工，因爲這的確是我的工作。」

「東尼？」

「怎樣？」

「以後，如果我請你過來，你就安安靜靜地走到地下室敲門。」

「不要跟其他人說話？」

「沒錯。」

「很適合我。」

他帶她到一家餐館用餐，然後他們一起到教區中心跳舞。她與他分享自己的那群房客，她在芭托奇的工作。他也告訴她他是家裡四位兄弟的老大，目前還與爸媽住在位於班森赫斯特的家裡。

「我媽要我答應不准笑得太誇張或亂開玩笑，」他說。「她說愛爾蘭女孩不像義大利的女孩。妳們嚴肅多了。」

「你告訴你媽你要跟我見面？」

「沒有，但我弟猜中我要出門見一位女孩，是他告訴她的。結果我想他們全都猜中了，因爲我不斷對自己微笑。我得告訴他們妳是愛爾蘭女孩，否則他們會以爲是自己認識的家族。」

艾莉絲不瞭解他。那晚當他陪著她走路回家時，她只知道自己喜歡靠著他，與他跳舞，而且他很滑稽風趣。但如果他對她所說的一切全非事實，她也不會太驚訝，她只能從他說的笑話大略猜出他眞實的人生，但後來，當她回顧他所說的一切時，其實全都再眞實不過。

屋內全在討論她那位水電工男友。吉霍太太離開後，帕蒂和戴安娜問起爲什麼自己的朋友們沒見過他，艾莉絲解釋東尼不是愛爾蘭人，而是義大利人。她很遺憾沒有儘早在舞會現場介紹他讓大家認識，也有點後悔自己不太提他。

「希望接下來教區中心不會被義大利人淹沒，」邁亞當小姐說。

「什麼意思？」艾莉絲問。

「現在他們都知道那裡有什麼好東西等著他們了。」

其他人沉默了一會兒。現在是週五晚上，大家剛用完晚餐，艾莉絲眞希望吉霍太太能回到廚房。

「有什麼在等他們？」她問。

「接下來一定會出現那種現象，」邁亞當小姐掐掐她的手指。「其他我不用多說。」

「我們一定要小心那些不認識的男士，」希拉．赫弗南說。

「首先得把那群壁花請出會場，希拉，」艾莉絲說，「因爲她們臉上的表情眞是難看極了。」

戴安娜開始尖叫大笑，希拉．赫弗南迅速離開了廚房。

突然間吉霍太太回來了。

「戴安娜，如果妳再尖叫，」她說，「我會打電話請消防隊拿水把妳撲滅，是誰對赫弗南小姐講了無禮的話？」

「我們只是在給艾莉絲忠告，如此而已，」邁亞當小姐說。「要她提防陌生人。」

「是嘛？我覺得那位男士人很不錯，」吉霍太太說。「很注重傳統愛爾蘭禮節。這間屋子不准再討論這個人了。妳聽見了沒有，邁亞當小姐？」

「我只是說——」

「妳就是不願意只管好自己的事，邁亞當小姐。我注意到北愛爾蘭人都有這種特質。」

戴安娜再度尖聲大笑，她立刻用手摀住嘴，假裝自己很尷尬。

「這張餐桌不准再談論男人了，」吉霍太太說，「只除了我想對妳說，戴安娜，希望跟妳在一起的男人能對妳很好。人生即將面臨的苦難絕對會把妳臉上那種邪門的笑容抹得一乾二淨。」

大夥一個接一個悄悄走出廚房，只剩下德洛麗與吉霍太太。

東尼問她能否找一天晚上去看電影。艾莉絲雖然早已對他描述了自己的人生，卻唯獨遺漏了自己還在布魯克林學院上課這件事。他並沒有問她每天晚上都在做什麼，或許她刻意保留這件事，也因爲她還想與他保持一定的距離。她很喜歡每週五晚上的舞會前，他來吉霍太太家接她，跟他一同用餐。他聰明風趣，常常提到棒球、他的弟弟們、他的工作以及在布魯克林的生活。他很快牢記她那群房客與她主管的姓名，甚至經常在聊天中提到她們，引得她捧腹大笑。

「妳爲什麼沒告訴我學院的事情？」舞會前兩人坐在餐館時，東尼問她。

「你又沒問我。」

「我已經把我的一切告訴妳了啊，」他假裝沮喪聳肩。

「什麼祕密都沒有？」

「我可以編造一些祕密，但那全部都不是眞的。」

「吉霍太太以爲你是愛爾蘭人。而且可能是土生土長的蒂珀雷里人，其他的背景她全都自己想好了。我怎麼會在愛爾蘭人辦的舞會認識你啊？」

「好吧，我的確有個祕密。」

「我就知道。你來自布雷，對吧？」

「什麼？那是哪裡？」

「你有什麼祕密？」

「妳想知道我爲什麼參加愛爾蘭人的舞會嗎？」

「好吧。我來問你：你爲什麼來參加愛爾蘭人的舞會呢？」

「因爲我喜歡愛爾蘭女孩。」

「隨便一個愛爾蘭女孩都行嗎？」

「不對，我只喜歡妳。」

「好，但是如果我不在那裡呢？你會選別人嗎？」

「不會，如果沒有妳，我會一路悲傷地看著地面走回家。」

她向他解釋因為自己患了思鄉病，福樂德神父替她找了上課的機會，讓她保持忙碌，現在上夜校讓她很開心，或至少從她離開家鄉後，這是第一次她這麼開心。

「難道我沒有讓妳感覺幸福快樂嗎？」他認眞地看著她。

「你有的，」她回答。

在他能問她任何更多的問題前，她想，她應該表明其實自己對他認識還不夠，使她無法確切對兩人關係斷下結語。此時她趕緊向他描述上課內容，她的同學，帳務管理與會計，以及法律講師羅森布倫先生。當她告訴他那門課有多複雜難懂時，他眉頭深鎖，似乎相當擔心。接著她回憶起那天去曼哈頓買法律書時，書店老闆所說的話，東尼完全沉默下來。餐後送上咖啡時，他依然沒有開口，只是攪拌砂糖，悲傷地點點頭。她沒有見過他這樣。她發現自己認眞觀察他，心裡一面猜想他何時才能恢復自我，開始微笑甚至大笑。但等到他向侍者要了帳單，他依舊保持嚴肅，離開餐廳時一句話也沒說。

稍後，當舞曲速度變得緩慢，他們貼著彼此跳舞時，她抬頭凝視他的雙眼。他還帶著剛才那認眞的神情，這使他看起來不那麼滑稽孩子氣。甚至當他對她微笑時，看起來也不像是在取悅她。那是個溫暖的笑容，非常眞誠，讓她知道他是可靠，幾乎是成熟的，無論眼前做什麼，他都是真誠以待。她對他報以為微笑，然後低頭閉上眼睛。她嚇壞了。

那天晚上他跟她約好下週四晚上他會去學校接她，陪她走回家。如此而已，他保證。他不想打擾她唸書，他說。接下來那一週，當他問她週六要不要看電影時，她同意了，因為除了德洛麗，她那群房客已經全都看過《萬花嬉春》，甚至連吉霍太太也說她計畫跟兩個朋友去看這齣電影，大家在餐桌上全都熱烈討論這個話題。

很快地，她與東尼之間出現了一種模式。每週四，東尼站在學院外等她，如果下雨，他就待在走廊等，他陪她搭電車，然後走路回吉霍太太家。他總是心情開朗，對她描述上次兩人見面後，他在工作遇到的人事物，他們的年紀、家鄉，以及他們跟他討論水管問題時的口氣和腔調。其中一些人，東尼說，總是塞給他豐厚的小費感謝他，有時候實在給得太多了；其他人，即使是那些用自家垃圾塞爆水管的人，還不斷想跟他討價還價。他說布魯克林每一棟建築物的管理員都惡劣透了，而且如果義大利裔的管理員發現他也是義大利人，態度會更加卑劣。他很遺憾地告訴艾莉絲，愛爾蘭人的話則是無論如何，總顯得刻薄又小氣得不得了。

「真的很過分，吝嗇得一毛不拔，那些愛爾蘭人，」他說，然後對她咧嘴笑了。

每週五他都帶她去看電影；他們經常搭地鐵到曼哈頓，看看最近新上映的影片。第一次電影約會，當他們排隊要看《萬花嬉春》時，她發現自己擔心起電影院暗下來，開始放映電影的那一刻。她喜歡跟東尼跳舞，他們總是在跳慢舞時緩緩貼近彼此；她喜歡跟他走路回家，他們總是在快要接近吉霍太太家時，親吻道別。他從來沒有讓她覺得自己應該把手從他手中抽開，或者從他身邊退開。然而那是他們首度看電影，她相信兩人間必然將有所改變。排隊買票時，她幾乎忍不住想開口，免得等會在黑暗中彼此鬧得不愉快。她很想若無其事地告訴他，她眞的是想看電影，而不是花兩小時在黑暗的電影院親吻，耳鬢廝磨。

買完票走進電影院後，他買了爆米花，讓她吃驚的是他並沒有催促她坐到後座，他反而問她想坐那裡，而且似乎很高興挑了中間視野最佳的座位。雖然他看電影時用手臂摟著她，向她低聲說了幾次話，但他沒有做出其他踰越舉動。看完電影後，兩人到了地鐵站等車，他還是保持很好的幽默感，而且似乎非常喜歡那齣電影。此時她心裡湧起對他的柔情，她納悶自己到底會不會看見他難以相處的另一面。由於他們經常去看電影，後來的她發現只要是悲傷的電影或影片中出現令人不安的場景，他就會沉默不語，甚至陷入某種沮喪的心情，讓她得花點時間才能讓他快活起來。如果她告訴他一些讓人難過的事情，他的表情也會變化，開始不講笑話，彷彿還在思考她與他分享的內容。總之，他與艾莉絲見過的人完全不同。

她寫信告訴若絲東尼的事情，把這封信寄到她辦公室，但寫給媽媽和哥哥們的信中，艾莉絲則隻字未提。她試圖向若絲描述東尼有多體貼風趣。她補充說因爲她得上課，還沒有時間和他的朋友見面，或訪問他的家人，但他已經邀請她與他的父母和弟弟用餐。

當若絲回信時，她問起東尼的職業。艾莉絲刻意保留了這一點，因爲她知道若絲希望她能與在辦公室工作的人約會，也許是在銀行或保險公司的職員。她回信時，在字裡行間透露了一點東尼是水電工的資訊，但她知道若絲會注意到這一點，並窮追不捨。

在一個週五晚上，艾莉絲與東尼共同參加舞會時，兩人幽默地討論寒冷的天氣即將過去，東尼已經提到夏天該怎麼過，也許他們可以去康尼島一趟，此時福樂德神父開心地與他們打招呼。但事有蹊蹺，艾莉絲心想，因爲神父跟他們聊了很久，還堅持要他們陪他喝杯汽水，這讓艾莉絲深信若絲已經寫信告訴福樂德神父，而神父今天就是要來了解東尼這個人的。

艾莉絲幾乎爲東尼自在有禮的態度感到驕傲，他輕鬆客氣地回應神父，尊重對方說話，而且回答內容都很得體。她知道若絲心裡對於水電工該是什麼模樣，以及這種人說話的內容會有既定的刻板印象。若絲可能會認爲水電工粗魯笨拙，文法也很糟糕。艾莉絲決定自己要寫信告訴若絲，東尼不是她想像的那樣，而且布魯克林不像恩尼斯科西，在布魯克林，妳很難光從人們的性格或外表就猜出他們的職業。

她現在看著東尼與神父熱烈討論棒球，東尼根本忘記對方是神父，還不斷打斷對方，只因爲兩人都看了同一場比賽，東尼還說自己永遠不會原諒某一位球員的嚴重失誤。有一會兒他們似乎都忘了她的存在，當他們終於想起來時，還答應球季開始後會帶她去看棒球，但她得先發誓自己終身都要當道奇隊球迷。

若絲回信給她，信中提及福樂德神父說自己很喜歡東尼，這位年輕人感覺很認真有禮貌，但她還是很擔心艾莉絲才剛來布魯克林第一年，就只固定與東尼來往。艾莉絲甚至沒告訴她自己每週有三天晚上會見到東尼，由於她還要上課，也沒有其他時間約會了。但艾莉絲已經不需要跟房客出遊，這著實讓她鬆了一大口氣。不過在餐桌上，由於她每一部新電影都看了，所以大家總會找她聊天。其他女孩如今已經習慣她與東尼約會，所以現在也不再給她任何建議或警告了。反覆看了若絲的信幾次後，艾莉絲幾乎開始後悔自己告訴她東尼的事情，她也希望若絲不要再擔心了。至於寫給媽媽的信，她則一次也沒提到東尼。

在工作上，艾莉絲注意到有些女孩離職了，公司悄悄換了新人，她和其他幾個人現在是店裡經驗最豐富、最受信任的員工。她發現自己每週有兩三天會與方提妮小姐一起吃午餐，艾莉絲覺得她人很有智慧，說話也很有趣。當艾莉絲告訴她東尼的事情時，方提妮小姐嘆了口氣，她說她也有一位義大利男友，但是他一無是處，只會惹麻煩，而且棒球季開始後會更糟糕，因爲他會找朋友們喝酒討論比賽，一點也不想要女士們參與。當艾莉絲告訴她東尼找她去看球賽時，方提妮小姐嘆了口氣，然後笑了起來。

「是的，喬瓦尼也曾經跟我去看過球賽，但比賽時他唯一跟我說話的一次是要我去幫他和他朋友買熱狗。我問他要不要加芥末，他差點把我鼻子咬斷。因爲我打擾他看球。」

當艾莉絲向方提妮小姐描述東尼時，方提妮小姐對他興趣大增。

「等等，他沒有帶妳去跟朋友喝酒，然後把妳丟給其他女士？」

「沒有。」

「他不會無時無刻都在說他自己，要不就是稱讚他媽媽有多好？」

「沒有。」

「那妳得好好把握他了，親愛的。這世界上沒有另一個像這樣的男人了。也許愛爾蘭有，但這裡可沒有。」

兩人大笑了。

「所以妳還介意什麼嗎？」方提妮小姐問。

艾莉絲想了片刻。

「我只希望他能再高個五公分。」

「其他呢？」

艾莉絲想了想。

「沒有了。」

考試日期一公佈，艾莉絲當下便安排那週不上班，開始擔心起自己的學業。因此，考前六週她就不再與東尼在週六出門看電影；她固定待在房間專心研讀筆記，好好瀏覽那些法律書籍，設法記得幾個最重要的商業法判例以及相關法官。她答應東尼考完之後，她會到位於班森．赫斯特七十二街的公寓見他的父母和弟弟，並與他家人共進晚餐。東尼還告訴她，他希望能買到道奇隊的門票，到時請她和他弟弟一起看球。

「妳知道我最希望怎樣嗎？」他問。「我想要我們的小孩以後也成為道奇隊球迷。」

他似乎對這想法感到開心又興奮，她想，所以根本沒有注意到她的表情僵住了。此時的她等不及要獨處了，她只想離開他身邊，讓她好好思考他這番話。當晚，她躺在床上回憶這件事時，她了解這一切全都說得過去。最近他一直計畫夏天的行程，以及他們兩人該如何多花一點時間相處。最近他在親吻她之後，也開始對她說他愛她，她知道他正在等待回應，到目前為止，她還無法說出口。

現在她才意識到，在他的心目中，他就是計畫與她成婚，與她生兒育女，而孩子們也會是道奇隊的球迷。但艾莉絲認爲這實在太荒謬了，她不能告訴任何人，若絲不行，可能也無法與方提妮小姐分享。這一定不是他近期才出現的幻想；他們已經約會快五個月，從來沒有爭執或誤會，只除了這一次他表達自己想娶她的意願，然而這可是天大的誤會。

他風趣體貼又英俊。她知道他喜歡她，不只是因爲他口口聲聲這麼說，也因爲他回應她的方式，而且總是專注傾聽她說話。一切進行得如此順利，一旦她考試結束，他們也能共度漫長的夏天。有幾次在舞會現場，或甚至在大街時，她會看到吸引她的男士，但每次動心的念頭只維持短暫幾秒鐘。想到得再度與房客們靠坐在舞會現場的牆上讓她驚恐。然而，她很清楚東尼的思緒動得比她更快，她知道自己得讓他的步調慢下來，但她也不知道該怎麼做，才不會讓兩人鬧得不愉快。

接下來那個週五夜晚，當他們緊擁彼此取暖，從教區中心走回家時，他又一次對她低語，告訴她他愛她。當她沒有回答時，他開始親吻她，然後再度對她訴說情話。他問她是否發生了什麼事，她沒有回答。他不斷說自己愛她，還期望她的答案，這簡直嚇壞她了，她覺得自己好像理應接受他，因爲這是她離開家鄉後唯一眞正擁有的人生。他們默默走近吉霍太太家後，她幾乎是客氣地謝謝他陪伴她，避開他的眼神，然後趕緊向他說聲晚安，隨即走進屋內。

她知道她這樣不對，一直到他們週四見面前，這一切都可能讓他胡思亂想。她猜想也許他會在週六來找她，但是他沒有。她也想不出哪些充分的理由，向他表達兩人應該少見面。她想，她應該直接告訴他自己不想在兩人才剛認識幾個月時，就討論小孩與未來。但她相信他可能接下來會問她是否眞心與他交往，到時她就得被迫說出某種答案。她知道自己還沒準備好失去他。然而，他也不會想要一個不確定她是否喜歡他的女友，他不是那種人。她了解他的程度至少讓她足以知道這一點。

週四她放學下樓時就瞄見他的身影，但是他還沒看到她；當時有許多同學在走廊活動。她停下腳步一秒鐘，知道自己還沒準備好該跟他說些什麼。她躡手躡腳走回樓上，發現自己如果待在樓梯間，就能往下觀察他。不知爲何，她想到如果可以在他不努力取悅她時，將他端詳個仔細，也許她就會知道，或甚至有能力做出決定。

她從自己所在處找到了最佳位置，除非東尼直接抬頭往左邊看，否則他是看不見她的。他正專注觀察大廳來來往往的學生，不太可能朝她這裡看過來。當她望著他時，發現他並沒有微笑，但他神態依然自在，對外界充滿好奇。不過她看得出來他有點無助，他雖然想表現快樂開心，卻也相對使他脆弱極了。她往下看著他時，腦海裡出現的字眼就是「喜悅」。他看見她時，總是滿心喜悅，而且他從來不有所保留。但那份喜悅現在看起來似乎帶著一道陰影，當她凝視他時，心裡納悶自己是否就是那道想疏離他的陰影。她此時才恍然大悟：他對她一向表裡如一；他從來不造假做作。這讓她突然害怕地顫抖起來，她轉身走下樓梯，加快腳步迎向他。

今天他告訴她自己的工作，他說有對猶太姐妹一直想把他餵飽，在他修理熱水管時，爲他準備大餐，雖然那時才下午三點。他還模仿她們的口音。他說話的語氣彷彿上週五晚上那件事完全沒發生，艾莉絲知道他在週四晚上滔滔不絕討論工作相當反常，想必是要假裝他們之間沒有出現任何問題。

走到她家附近的街道時，她轉頭對他說話。「我有事要對你說。」

「我知道。」

「你記得你告訴我你愛我嗎？」

他點點頭。他臉上的表情很哀傷。

「嗯，我眞的不知道該說什麼。也許我應該告訴你，我常常想到你，我也喜歡你，我喜歡看到你，我很在乎你，也許我是愛你的。下次如果你告訴我你愛我，我會——」她頓住。

「妳會怎樣？」

「我也會說我愛你。」

「妳確定？」

「是的。」

「眞該死了！我的口氣不好！對不起！我還以爲妳打算告訴我妳不想再見到我了。」

她站在他旁邊盯著他，她在發抖。

「妳看起來不太像是認眞的，」他說。

「我是認眞的。」

「那妳爲什麼沒有笑容？」

她猶豫了一下，然後微弱地笑了笑。

「我現在可以回家了嗎？」

「不行，我只想往上跳。我可以這樣嗎？」

「默默的就好，」她大笑起來。

他跳到空中，揮舞手臂。

「我們再說清楚講明白，」他又對著她說話。「妳愛我嗎？」

「是的。但其他的不要再問我了，也不要說想要生一群道奇隊球迷的小孩。」

「什麼？難道妳想要小孩支持洋基？還是巨人隊？」他大笑。

「東尼？」

「怎麼了？」

「別再逼我了。」

他吻吻她，對她低語，當他們走近吉霍太太家時，他再度親吻她，直到她不得不告訴他停下來，否則就要有觀眾圍觀了。儘管第二天晚上她爲了讀書得留在家裡，不出門參加舞會，她還是答應與他見面，到附近走走聊聊天。

考試內容比她想像中簡單；連法律課的測驗題目也很容易，全是一些基本知識。考試結束後，她鬆了一口氣，但也知道現在她沒有任何藉口推辭東尼的任何計畫了。他開始安排她到他父母家用晚餐的日期。這讓她很擔心，因爲她深信他已經告訴他們太多關於她的事情；現在，她明白在他們眼中的她，已經不只是兒子的女朋友了。

當晚他去接她時，心情顯然非常放鬆。天色依然明亮，空氣非常溫暖，孩子們在街上玩耍，長輩們坐在門廊閒聊。讓人很難回想起冬天的凜冽氣候，這讓艾莉絲腳步也輕快了。

「我得警告妳一件事，」東尼說。「我的小弟叫法蘭克。他雖然十八歲了，但還是跟八歲一樣幼稚。他很乖巧，可是我想一旦讓他遇到我女朋友，他一定是話匣子打開就停不下來。他是個宇宙大八卦。我本來想給他錢，打發他去找朋友玩球，我爸也威脅他，但無論說什麼都無法阻擋他跟妳見面。除此之外，妳會很喜歡他的。」

「他會說些什麼呢？」

「重點就是，我們也不知道。他什麼都敢說。」

「聽起來很好玩耶，」她說。

「哦，對了，還有另一件事。」

「別告訴我。你家老奶奶會坐在角落，而且也很想聊天。」

「沒有啦，她在義大利。重點是我家人全都是不折不扣的義大利人，他們的長相也很義大利。皮膚都很黝黑，除了我。」

「那你是哪裡抱來的？」

「我媽媽的爸爸就跟我長得很像，至少謠言是這麼說的，但我從沒見過我外公，我爸爸也沒見過他，連我媽都不記得他，因爲他在第一次世界大戰時就戰死了。」

「所以你爸爸覺得……？」她開始笑起來。

「我媽媽聽了總會抓狂，但他沒有這個意思，他只是在我做某些可笑的舉動時說我一定是別人家的小孩。他是在開玩笑啦。」

他的家人住在一座三層樓公寓的二樓。艾莉絲很驚訝地看到東尼的父母竟然如此年輕，等到三位弟弟現身時，她發現他們全都是一頭黑髮，也有深棕色的眼睛。兩位年紀較長的弟弟比東尼高得多。法蘭克介紹自己是最小的弟弟。她認爲他的頭髮與雙眼簡直是漆黑到極致，二弟與三弟則介紹自己是勞倫斯和莫里斯。

她一開始便注意到自己絕對不應該批評東尼與其他家人長相的明顯差異，因爲她能想像每一個外人只要踏進這間公寓，看到這家人站在一起，絕對都會在這問題上大作文章。她假裝自己根本沒注意這件事。除此之外，她原以爲廚房是第一間房間，接下來還有起居室與餐廳，但她慢慢發現屋內沒有其他房間了。她看見廚房的小餐桌有七套餐具，她以爲除了男孩房間，屋內另有一間父母親睡的主臥室，但當法蘭克開口時，他便解釋每晚他父母親就睡在廚房角落的小床上，現在它被豎起來靠在牆邊，小心翼翼地蓋好。

「法蘭克，如果你不閉嘴，等會就沒食物給你吃，」東尼說。

室內瀰漫著食物與香料的氣息。老二與老三仔細觀察她，非常安靜，這感覺很怪異，而她則覺得他們長得很像電影明星。

「我們不喜歡愛爾蘭人，」法蘭克突然說。

「法蘭克！」母親從爐邊走向他。

「媽媽，本來就是啊！我們要先把話講清楚。他們那一夥人狠狠揍了莫利・奇奧，害得他縫了好幾針。員警也都是愛爾蘭人，所以他們根本什麼也沒做。」

「法蘭西斯科，你給我閉嘴，」他的母親說。

「妳問他嘛，」法蘭克對艾莉絲說，手還指向莫里斯。

「有些不是愛爾蘭人，」莫里斯回答。

「他們全都有紅頭髮和一雙大腳，」法蘭克說。

「不要管他，」莫里斯說，「其中只有幾位愛爾蘭人。」

法蘭克的父親要他跟著他到走廊；當父子倆過了一會才回來時，他哥哥們已經等著看好戲，顯然法蘭克已經被老爸訓話了。

法蘭克一言不發地坐在她對面，接著食物被送上桌，酒也已經倒好，艾莉絲開始爲他感到難過，現在她才注意到他與東尼有多像，兄弟倆都是一旦心情低落，整個人就不一樣了。前一個週末，戴安娜才教艾莉絲如何正確使用叉子吃義大利麵，但今天餐桌上的義大利麵不像戴安娜做得那樣又滑又細，顏色同樣是番茄紅，可是味道卻是艾莉絲從未品嚐過的風味。她覺得它幾乎是甜的。她每吃一口，就會停下來，讓食物的味道蔓延在口腔，同時腦海不斷搜尋麵中使用的香料與成份。她不知道餐桌其他早已習慣這種食物的人是否刻意不要太密切觀察她，或發表任何評論，她正努力想跟他們一樣，只用一根叉子進餐。

東尼的母親操著濃重的義大利口音問艾莉絲的考試結果，以及是否打算再念一年的書。艾莉絲解釋自己目前上的是兩年課程，一旦完成學業，她可以擔任帳務員，或許可以在辦公室工作。艾莉絲和東尼母親討論這話題時，男孩們沒人開口，也沒有從他們的食物抬起頭來。當艾莉絲試圖看向法蘭克的眼睛，想對他微笑時，他卻一點反應也沒有。她瞥了東尼一眼，但他也低頭吃麵。艾莉絲覺得這讓自己很想立刻衝出這間公寓跑下樓梯，穿過街道搭上地鐵，跑回自己的房間，並對這個世界關上大門。

主菜是裹了薄薄麵糊的炸肉排。艾莉絲吃起來感覺麵皮似乎還加了火腿與乳酪，她吃不出來是什麼肉。麵糊已經炸得又酥又脆，她也完全猜不出來裡面究竟加了什麼香料。肉排並沒有搭配蔬菜或馬鈴薯，但戴安娜也解釋義大利人經常這樣吃，所以艾莉絲並不驚訝。她告訴東尼的母親食物非常美味，設法不要讓對方察覺自己對其口味感到很怪異，此時有人敲門。東尼的父親應了門，回來時搖搖頭，對大家笑了。

「安東尼奧，你被通緝了。十八號的水管堵住了。」

「爸，我在吃晚餐耶，」東尼說。

「是布魯諾太太，我們都很喜歡她啊。」他爸說。

「我不喜歡她，」法蘭克說。

「法蘭西斯科，閉上你的嘴，」他父親說。

東尼站起來，把椅子往後推。

「帶著你的工作服和工具箱，」他母親說。

「我不會去太久，」他告訴艾莉絲，「如果他說了什麼，記得跟我報告。」他指著法蘭克，男孩笑了。

「東尼可是這條街的專屬水電工，」莫里斯說，他解釋自己是機械工，所以轎車、卡車或摩托車拋錨了，大家就會找他，而勞倫斯馬上就要成爲合格木匠，萬一有人家裡的桌椅壞了，鄰居也會知道來找他們。

「但法蘭克是全家最有頭腦的。他準備上大學。」

「不過還得等他學會閉上自己的嘴，」勞倫斯說。

「那些把莫利奇奧揍扁的愛爾蘭人，」法蘭克說，無視其他人的交談，「已經搬到長島了。」

「這樣很好，」艾莉絲回答。

「那裡房子都很大，可以有自己的房間，不需要跟自己的哥哥擠。」

「你不喜歡跟哥哥們睡嗎？」艾莉絲問。

「不喜歡，」他回答，「也許有時候還好啦。」

艾莉絲注意到法蘭克說話時，大家全看著他，她感覺其他人跟她想著同樣一件事：法蘭克是她這輩子見過最漂亮的男孩。她必須克制自己在等待東尼回來的同時，不要直盯著法蘭克瞧。

他們決定不等東尼，直接吃甜點。甜點是一種泡過酒的蛋糕，艾莉絲心想，上面還覆了鮮奶油。當她看著東尼的父親轉動一臺機器，然後把水與幾匙咖啡放進去時，她知道自己會有很多話題跟她那群房客朋友分享了。咖啡杯很迷你，雖然她加了好幾匙糖，咖啡依然又濃又苦，雖然她不喜歡，但還是努力喝下肚了，其他人似乎覺得這種咖啡很普通。

慢慢地，餐桌上的對話變得輕鬆，但她依然發現自己猶如展示品，她說的每一句話對方都認眞專注傾聽。每次他們問她家鄉的話題時，她就盡量少說一點，卻又擔心他們可能會覺得她似乎有事要隱藏。她一開口，就注意到法蘭克緊盯著她，彷彿在努力把她的話牢記心底。用餐結束時，東尼還沒回來，勞倫斯和莫里斯說他們打算去幫他脫離布魯諾太太與她女兒的魔掌。東尼的父母婉拒了她幫忙收拾餐桌的建議，顯然兩人對東尼的缺席很尷尬。

「我還以爲他只會去一下下，」東尼母親說。「一定是塞得很嚴重。眞的很難拒絕鄰居。」

當東尼的父母離開餐桌時，法蘭克暗示她湊近他。

「他帶妳去過康尼島了嗎？」他低聲問。

「沒有，」她同樣低語回答。

「他帶他上一位女友去康尼島搭摩天輪，結果她把熱狗吐得全身都是，她責怪他，還說再也不要跟他來往了。他有一個月都沒說話。」

「眞的嗎？」

「法蘭西斯科，你給我站起來出去。」他的父親說，「要不就去寫功課。他跟妳說了什麼?」

「他告訴我夏天去康尼島很好玩,」艾莉絲說。

他的父親說,「眞的沒錯。好玩極了,東尼還沒帶妳去過嗎?」

「沒有。」

「希望他會帶妳去,」他說。「妳會喜歡的。」

她注意到他臉上的微笑。

法蘭克驚奇地看著他們,她想可能是因爲她並沒有告訴他父親法蘭克剛才說了些什麼。當東尼的父親轉身時,她趁機對法蘭克做了個鬼臉,他訝異地瞪著她,也回了她一個鬼臉,然後離開了房間。此時穿著連身工作服的東尼跟弟弟們走了進來,他放下工具,舉起他的手:它們髒兮兮的。

「我眞是聖人,」他咧開嘴笑了。

當艾莉絲告訴方提妮小姐,東尼準備在天氣暖和時找個週日帶她去康尼島的海灘玩,方提妮小姐表達了她的擔憂。

「我不認爲妳有在注意妳的體重,」她說。

「是啊,我知道,」艾莉絲答覆。「而且我根本沒有泳裝。」

「義大利男人!」方提妮小姐說。「他們冬天時完全不在乎,到了夏天,他們卻要在沙灘展現最好的一面。我的男友除非把自己曬黑,否則他不肯去海灘。」

方提妮小姐說她有個朋友在另一家店，那裡的泳衣品質很不錯，比芭托奇賣的泳裝好得多，她先拿幾件過來讓艾莉絲試穿。同時方提妮小姐勸艾莉絲趕緊減肥。艾莉絲想說她不認爲東尼在乎曬成古銅色與否，或者是她在沙灘上的模樣。但方提妮小姐打斷她說每個義大利男人都在乎女友在海灘上的模樣，儘管這位女友在其他方面已經再完美不過。

「愛爾蘭根本沒人注意這一點，」艾莉絲說，「這樣很沒禮貌。」

「在義大利，不注意其他人才是無禮。」

當週稍晚的某一天，方提妮小姐一大早就找上艾莉絲，告訴她泳裝下午就會送抵，艾莉絲可以在下班後到更衣室試穿。由於那天店裡很忙，艾莉絲幾乎忘記這件事，直到她注意到方提妮小姐拿著包裹在她身旁晃來晃去。兩人等到其他員工都下班了，方提妮小姐通知警衛她們還要等一會才離開，而她會負責關燈鎖門，從側門離開。

第一件泳裝是黑色的，尺寸似乎剛剛好。艾莉絲拉開更衣室簾子，踏出小隔間，讓方提妮小姐看個清楚。方提妮小姐似乎不是很確定，她仔細端詳艾莉絲，一隻手放在嘴上，彷彿這動作會讓自己更專注，也似乎強調她很看重這件事。她繞著艾莉絲走動，從後面看泳裝是否合身，接著她靠過去，將手伸進艾莉絲大腿上方的泳衣鬆緊帶。她將鬆緊帶往下拉移幾吋，然後拍拍艾莉絲的臀部兩次，沒有挪開她的手。

「我的天啊，妳眞的要減肥了，」她說，然後走過去拿出第二件泳裝，這一件是綠色的。

「我覺得黑色太嚴肅了，」她說。「如果妳的皮膚不是那麼白，可能還好。試試這一件吧。」

艾莉絲拉起簾子，穿上綠色泳裝。她能聽見頭頂嵌燈嗡嗡作響，但除此之外，店裡非常安靜空蕩，換好後，她再度走出去面對方提妮小姐犀利專注的目光。方提妮小姐二話不說，在她面前跪了下來，然後又把手指伸進她大腿下方拉扯布料。

「妳這裡的毛也得刮乾淨，」方提妮小姐說，「否則，妳在沙灘上時，會不斷花時間拉妳的泳裝。妳的剃刀銳利嗎？」

「我只拿它刮我的腿毛，」艾莉絲說。

「好吧，我再給妳一根剃刀，把這裡刮乾淨。」

方提妮小姐依然跪著，她將艾莉絲轉過來，讓艾莉絲可以看見鏡子裡的自己，以及身後的方提妮小姐，對方手指在她大腿內的鬆緊帶挪動，很專心手邊的事情。艾莉絲知道，方提妮小姐充分知道自己看得到她；艾莉絲感覺自己臉都紅了。此時方提妮小姐站了起來，面對她。

「我覺得這些繫帶不太對，」她要艾莉絲解開上半身的繫帶。結果泳裝上半身整個往前掉落，有那麼一剎那，艾莉絲的胸部露出來了。

「這件不好嗎？」

「不行，穿另一件吧，」方提妮小姐說。「過來穿這一件。」

她似乎是在要艾莉絲不用再走進更衣間，直接在她面前換另一件泳裝。艾莉絲遲疑了。

「快一點。」方提妮小姐說。

當艾莉絲脫掉上半身時，她將一隻手遮住乳房，然後彎腰將泳裝整件脫掉，此時她面對方提妮小姐，感覺沒那麼暴露了。她伸出手要拿另一件，但方提妮小姐將它拿得老高。

艾莉絲說，「也許我應該去簾子後面換衣服，萬一有警衛進來。」她將兩件式泳衣拿進更衣間，拉起簾子。她知道方提妮小姐密切觀察她的一舉一動。她希望整個過程趕緊結束，她們能選到合適的泳裝，也但願方提妮小姐不要再提刮毛的事情了。

現在這一件泳裝是亮粉紅色的，她拉開簾子再度現身。方提妮小姐表情嚴肅，艾莉絲知道自己永遠不會告訴任何人方提妮小姐站起身時，盯著艾莉絲的眼神。

艾莉絲雙手垂放身側，聽方提妮小姐討論顏色，感覺這件太鮮豔了，而且剪裁也過於老氣。當她繞著艾莉絲走動時，她的手指再度伸進艾莉絲大腿上方的布料拉扯，接著它還流連到艾莉絲的臀部，遲遲沒有挪開。

「試另一件吧，」方提妮小姐擋在簾子前，讓艾莉絲無法將它拉上。艾莉絲盡可能迅速脫下泳裝，結果因爲太急，把腳套錯位置了。她得彎身拉起泳裝，然後用兩手將它調整就位。過去從來沒人見過她裸體；她不知道自己的乳房該是什麼形狀，還有她深色的乳暈是否很不尋常等等。原本因尷尬而感到躁熱的她，卻開始覺得冷起來了。當泳裝終於穿好時，艾莉絲鬆了一口氣，她再度站好，等著讓方提妮小姐審視。

艾莉絲不認爲這幾件泳裝有什麼太大的差異；簡單地說，她就是不想要那件黑色或粉紅色的泳裝，但因爲其他三件也很合身，色調也很恰當，她只要任選一件就很開心了。因此當方提妮小姐建議這三件泳裝再試一次時，艾莉絲拒絕了，她說她只要其中能挑到一件就好，她並不介意。方提妮小姐說她會在早上時把泳裝全部送回給她朋友，然後留一張字條。艾莉絲可以在午餐時間時自己去拿她想要的泳裝。方提妮小姐說，她朋友會給艾莉絲優惠折扣。艾莉絲穿好衣服後，方提妮小姐關掉店裡所有的燈，然後倆人從側門離開了。

艾莉絲試著吃少一點，但是很難，因爲她肚子餓就根本睡不著。她看著鏡中的自己，也不覺得身形太胖，倒是當她試穿自己喜歡的泳裝時，比較擔心自己蒼白的皮膚。

有一天晚上她下班回家時，她在廚房的邊桌看到自己的一封信。那是布魯克林學院寄來的正式信件，她已經通過了第一年的所有考試，如果她想知道每一科的成績，她可以聯繫他們。信裡還提到，他們希望她可以回來完成第二年的學業，九月就將開學，信裡還提到註冊的日期。

那是個舒服的夜晚，她想略過晚餐，到教區中心把這封信拿給福樂德神父看。她留了一張字條給吉霍太太，離開家門走上街時，她開始觀察到自己四周的一切有多美：長了新芽的大樹，忙碌走動的路人，開心玩耍的孩童，建築物散發的燈光光暈。布魯克林從來沒給過她這種感受。那封信提振了她的士氣，給予她全新的自由，這些是她始料未及的。如果福樂德神父在家，她很期待將信拿給他看，明天晚上更可讓東尼與她分享這份喜悅，接著她便會寫信回家報告這好消息。在一年內，她就可以成爲合格的帳務管理員，開始找更好的工作。在一年內，天氣會逐漸炎熱，甚至讓人難以忍受，然而，熱浪終將退散，樹木的葉子會掉光，冰冷的冬季也要重返布魯克林了。但寒冬終將向春天讓步，隨之而來的會是明亮清澈的傍晚時分，屆時，她希望能再接到布魯克林學院的另一封信。

在她所有的夢想中，東尼的微笑無所不在，他的專注認眞，他好玩有趣的生活軼聞，他在街角擁抱親吻她時，他嘴裡甜蜜的味道；他對她的關愛憐惜，他手臂圈著她，舌頭在她嘴裡的感覺。她擁有這一切。而現在，她還收到了這封信。這已經遠超過她初抵布魯克林時，對未來一年的想像。她一面走路，還得克制自己臉上的微笑，免得路人以爲她瘋了。

福樂德神父替她開門時，手裡拿著一疊信，領她走進起居室。當他閱讀那封信時，神情一開始看起來很是擔心，甚至當他把它交還給她時，表情依然凝重。

「妳眞的太棒了，」他莊重地說。「我只能這麼說。」

她笑了笑。

「這棟房子的不速之客大部份都是對我有所求，或生活遇上了問題，」他說，「我從來沒接到眞正的好消息。」

「我存了一點錢，」艾莉絲說，「我可以負擔第二年的學費，等到我找到工作，我就會還你第一年的學費。」

「錢是我的一名教區教友付的，」福樂德神父說。「他需要對人類大眾盡一份心意，我要他替妳負擔去年的學費，這一年的學費我也會提醒他掏錢出來。我告訴他這是在做好事，這讓他覺得自己很高尚。」

「你有告訴對方我的身份嗎？」她問。

「沒有，我什麼細節都沒讓他知道。」

「你可以替我謝謝他嗎？」

「沒問題，東尼好嗎？」

她很訝異聽到神父如此隨意問起東尼，這種自在的態度顯示東尼早已成爲她生命中的固定成員，而不是一個惱人的傢伙。

「他很不錯，」她回答。

「他帶妳看球沒？」神父問。

「沒有，但他無時無刻都在威脅要帶我去。我問他韋斯福有沒有球隊，但他沒有聽懂我的笑話。」

「艾莉絲，給妳一個建議，」福樂德神父陪她走到走廊，替她開門時說道。「絕對不要拿棒球開玩笑。」

「東尼也這麼說。」

「這小子很厲害喔，」福樂德神父回答。

第二天晚上她一讓東尼看了那封信，他馬上說那週日要到康尼島好好慶祝。

「香檳嗎？」她問。

「海水，」他回答說。「然後到『南森』吃大餐。」

她在芭托奇買了一條沙灘毛巾，也跟戴安娜買了一頂她不要的遮陽帽。晚餐時，戴安娜和帕蒂拿出她們今年夏天準備戴的太陽眼鏡，這是她們在大西洋城的海濱步道商店買的。

「不知道我在哪裡看過，」吉霍太太說，「太陽眼鏡很傷眼。」

戴安娜說，「哦，我才不在乎呢，我覺得太陽眼鏡好時髦。」

「我還在報紙上讀到，」帕蒂說，「如果妳不戴著太陽眼鏡到海灘，人人會對妳指指點點。」

邁亞當小姐和希拉．赫弗南試戴了眼鏡，刻意無視德洛麗的存在，將眼鏡傳給艾莉絲。

「的確是很有魅力，」吉霍太太說。

「我可以賣妳那一副，」戴安娜對艾莉絲說，「這樣我週日可以再買一副。」

「可以嗎？」艾莉絲問。

當他們發現艾莉絲買了新泳裝，大夥堅持要看。艾莉絲將它拿上樓時刻意將它交給德洛麗，讓她把它打開。

「妳很幸運，艾莉絲，妳有身材，」吉霍太太說

「我完全不能曬太陽，」德洛麗說，「我會曬得全身發紅。」

帕蒂和戴安娜開始大笑。

週日早上東尼來接她時，那副太陽眼鏡顯然讓他很驚喜。

「我得在妳脖子綁上一條繩子，」他說。「海灘上所有男人都會想把妳從我身邊偷走。」

地鐵站擠滿了要去海灘的遊客，當前兩列火車過站不停時，現場群眾發出可怕的怒

吼。因爲地下室人山人海，空氣悶熱得令人窒息。最後當一列火車終於停下來時，似乎已經塞不上任何人了，但大夥還是努力想擠進車廂，有人大笑，有人狂吼，要求裡面的乘客再騰出一點空間。等到她與東尼找到車門，車廂已經完全沒有空間了。東尼拿著折疊海灘傘、一個手提袋，竟然還能握住她的手，朝擁擠的車廂推進，讓裡面挪出一點空間，車門順利在他們面前關上了。

「車程要多久？」她問

「大約一小時吧，也許更久，就看火車沿路要停靠幾站，妳開心點，想想藍藍的大海。」

當他們終於抵達時，沙灘上的人潮簡直能媲美火車車廂。她注意到東尼在旅途中完全沒有失去他的微笑，儘管他曾一度被某位讓太太慫恿的男子壓到門上。他正在觀察沙灘的洶湧人群，卻找不到他們這群初來乍到的人能容身的空間，但這似乎也能把他逗得很開心。兩人沿著濱海步道漫步，艾莉絲認爲眼前唯一的解決方式，就是趕緊找到一個小地方待下來，佔好位置，然後再盡可能打開他們帶來的物品，甚至設法躺下來做日光浴。

戴安娜與帕蒂曾警告她，在義大利，沒有人在海灘更衣。義大利人把這種習慣帶入美國，他們總是在出發前就把泳裝穿在裡面，不像愛爾蘭人老是在海灘更衣，戴安娜認爲那很丟臉，而且也很難看。艾莉絲不確定她們是否在開玩笑，轉而跟方提妮小姐求證，她說這是眞的。方提妮小姐仍堅持艾莉絲應該再瘦一點，還拿了一把粉紅小剃刀給她，堅持艾莉絲不用還她了。儘管她已經做了充足的事前準備，但想到自己得在東尼面前寬衣解帶，還是令她非常緊張；艾莉絲雖然努力裝得不以爲意，這卻令她更加尷尬。她想知道他是否會注意到她已經剃光大腿上方的那些恥毛，但她認爲自己皮膚太蒼白，大腿和臀部也太胖了。

東尼立刻脫到只剩一件泳褲，她很高興發現他似乎無所謂地東張西望，讓她一面扭動著脫掉衣服。等到她都準備好了，他便走進大海。他與他們旁邊那家人說好彼此看顧物品，兩人走過群眾，靠近海邊。艾莉絲看見他碰到冰冷海水就縮成一團的模樣，不禁大笑。這裡的海水比起愛爾蘭海域溫暖多了。她涉水而出，他則努力想跟上她。

當她游出大海時，他無助地站在水中，水淹到他的腰部。當她示意要他跟上，大喊他不是嬰兒時，他才對她大喊說他不會游泳。她輕柔地以蛙式游到他身邊，看到他們旁邊那對男女，才意識到他打著什麼如意算盤。他想要他們兩人站在水裡，讓水淹到脖子的高度，在每一次大浪打過來時，緊緊擁抱彼此。當她抓緊他時，他用力把她抱住，不讓她游走。她能感覺他堅挺的勃起頂著她，他比平常笑得更開懷了，等到他想將手放到她臀部時，她很快游泳逃開了。這讓她意識到自己應該告訴他上一位摸她臀部的人是誰。想到他可能會有的反應，她也忍不住狂笑，接著她迅速以仰泳游入大海，希望這能讓他檢討自己過度恣意的雙手。

那一天，他們都在沙灘和大海間活動。她戴上遮陽帽，他也撐起大洋傘，免得兩人曬傷，他拿出他母親爲他準備的野餐盒，裡面甚至有冰涼的檸檬水。好幾次她獨自游向大海，感覺浪濤比家鄉還要猛烈，它以強大力道企圖將她拖往大海。她意識到自己得小心不要游得太遠，畢竟這片大海她並不熟悉。她發現東尼怕水，也很不喜歡她丟下他，獨自跑去玩水。每次她回到他身邊，他就要她摟著他的脖子，他的雙手會捧著她臀部，讓她的雙腿裹著他腰間。當他親吻她，然後往後退凝視她臉龐時，他似乎一點也不爲自己的勃起感到尷尬，反而相當自豪。他對著她咧嘴而笑，看起來非常孩子氣；她心底也湧起一股柔情，深深親吻他。隨著天色漸暗，他們成了水裡唯一的一對情侶。

艾莉絲上班時抱怨天氣炎熱，但同事告訴她夏天才剛開始。但是有一天，方提妮小姐告訴她芭托奇先生準備把空調打開了，不久店裡將擠滿前來納涼的人潮。而艾莉絲的工作，方提妮小姐說，就是讓大家掏錢買東西。

很快地艾莉絲每天都等不及要上班，晚上當她熱到醒過來時，她更渴望芭托奇百貨的空調。吉霍太太每晚會把涼椅搬到屋前，讓大夥坐著搧風乘涼。有一次艾莉絲與東尼休了半天假，兩人去康尼島玩，結果回來時已經很晚了。當她問他想不想坐摩天輪或其他遊樂設施時，他拒絕了，而且用很充分的理由搪塞她。他完全沒提前女友就是因爲坐了摩天輪才會跟他分手。艾莉絲覺得他這一點很迷人，他用輕鬆悠閒的口氣婉拒她，貼心地不讓她猜出過去的種種。她很開心知道他也有祕密，而且還很冷靜地向她保密。

夏天時，東尼幾乎每天都在談棒球。他告訴艾莉絲的那些名字——如傑克．羅賓遜、皮瑞斯和普里切羅依——她上班時聽過同事提起，也常在報上看到他們的報導。連吉霍太太談論這些球員的語氣也彷彿與他們很熟稔。吉霍太太前一年曾到朋友斯坎倫小姐家看電視轉播球賽，由於她是道奇隊球迷，她告訴她們，今年如果斯坎倫小姐——她也是道奇隊球迷——邀請她過去的話，她會很開心。

艾莉絲覺得自己身邊的所有人全都在討論要把巨人隊打敗。東尼更是興奮地告訴她，他已經替艾莉絲和三位弟弟拿到艾比球場的門票，那肯定是他們人生最美好的一天，因爲他們要在場目睹道奇隊給鮑比·湯普森好看，爲上一球季鮑比的表現報一箭之仇。當兩人在路上漫步時，東尼不是唯一模仿自己最愛球員動作的人，他甚至大喊自己對偶像的期待與希望。

她試圖告訴他韋斯福的擲球隊也曾被蒂珀雷裡球隊打得一塌糊塗，她父親與哥哥們總會在夏季週日擠在留聲機前聽球賽廣播，就算韋斯福隊沒上場也是一樣。當東尼開始模仿球評，描述假想中的球賽實況時，她告訴他哥哥傑克也會這樣做。

「等等，」他說。「愛爾蘭也打棒球？」

「沒有，那叫擲球。」

他好像沒聽懂。

「所以不是棒球嗎？」

他顯然非常失望，神情惱怒。

某天晚上當舞會樂隊演奏一首東尼認出來的迴旋曲時，他似乎快玩瘋了，他周圍的許多人也一樣。

「這首是傑克·羅賓遜之歌，」東尼大喊，他開始假裝揮棒。「這一段是『看見羅賓遜打中球了沒？』」

艾莉絲回去布魯克林學院上課，但同學之間的棒球熱更為熾烈。她很訝異自己前一年與大家上課時，竟完全沒察覺他們對棒球的狂熱。現在的她又回到先前規律的人生：每週四東尼接她下課，週五他們一起跳舞，週六則看電影。他滔滔不絕地說這是最完美的一年：他與艾莉絲在一起；能與勞倫斯、莫里斯和法蘭克一起看球；最棒的則莫過於道奇隊即將贏得世界大賽冠軍。讓艾莉絲如釋重負的是，他再也沒提過要孩子成為道奇隊球迷了。

她與四位兄弟穿過群眾走到艾比球場。他們一路不斷停下腳步，與人們討論或交換球員資訊，或今天球賽可能出現的策略，他們時而買熱狗和汽水，或者在場外流連，充分展現自己對棒球的熱忱。艾莉絲已經很了解四位兄弟的差異。莫里斯雖然很常微笑，個性隨和，但他從來不和陌生人說話，比其他三位兄弟更內斂。東尼和法蘭克無時無刻都混在一起，法蘭克急於知道東尼對所有事情的看法和意見。而勞倫斯則最了解棒球，他也不怕與東尼意見相左。她對著法蘭克大笑，因為此時他的眼神正在東尼和勞倫斯之間來回移動，他們在爭執艾比球場的未來。勞倫斯堅持這裡場地過小，建築過於老舊傳統，遲早會被剷平；東尼的答案是它將永遠長存。法蘭克表情極為困惑，而莫里斯則根本不參與這場辯論，但他就是有辦法讓兄弟們持續朝球場前進，警告大家動作太慢了。

當他們找到座位時，兄弟們要艾莉絲坐在中間，兩邊各坐了東尼和莫里斯，勞倫斯坐在東尼左側，法蘭克則在莫里斯的右邊。

法蘭克對她低聲說，「媽媽告訴我們不能讓妳坐在最旁邊。」

雖然東尼和她的房客朋友已經對艾莉絲解釋球賽規則，她覺得聽起來就像家鄉哥哥們玩過的繞圈球，但艾莉絲依舊不知道自己該對這場球有什麼期待，儘管繞圈球也很有趣，但總是比不上擲球或足球刺激。前一晚在吉霍太太家，邁亞當小姐堅持棒球是世界上最好玩的運動，但其他人則認爲它步調太慢了，中場休息也過於頻繁。戴安娜和帕蒂都認爲看棒球最好玩的部份就是可以買熱狗、汽水和啤酒，而且就算妳離開一陣子，也不會發生什麼特別重要的插曲，但人們總愛在場邊大聲叫囂。

「去年我們眼睜睜丟了冠軍，我無話可說，」吉霍太太說。「但那時可眞難過。」

現在離球賽開打還有半小時，周圍的觀眾似乎已經等不及了。艾莉絲發現東尼此時已不再特別搭理她。通常他會很體貼，對她微笑，問她問題，聽她說話，跟她講講故事。但現在的他早已深陷場內的激動情緒，再也不是她充滿關愛又貼心的男友了。他跟他身後的幾位男士談了好久，然後又把那些話轉達給法蘭克，當他越過她聽別人說話時完全沒理睬她。他坐立不安，還伸長脖子到後面東張西望。此時莫里斯買了一份球賽簡介回來，他認眞讀閱，不斷提供艾莉絲和三位兄弟他剛發掘的資訊。他看起來有點擔心。

「萬一我們輸了這場球，東尼一定抓狂，」莫里斯告訴她。「如果我們贏了，他更會高興得發瘋，法蘭克也是。」

「怎樣比較好？贏或輸？」

「贏，」他說。

東尼和法蘭克去買更多的熱狗、啤酒和汽水。

「把我們位子看好，」他咧開嘴笑了。

「沒錯，位子看好，」法蘭克重複。

當球員終於出現時，四位兄弟全都跳起來，爭先恐後想看清每一位球員，但不久後，似乎有件事讓東尼不爽，他沮喪地坐回座位。他握緊她的手。

「他們全都準備好打贏我們了，」他說。

但當球賽開打後，東尼開始認眞評論，每次場上有任何動作，他的口氣便越來越熱烈。有時東尼安靜時，法蘭克便會接著開口，不過經常被莫里斯阻止，他一直安靜觀察每個動作，幾乎完全沒發言。儘管如此，她覺得莫里斯比東尼更投入，也更興奮，雖然他沒有像東尼那樣大聲歡呼、叫嚣或喝采。

她眞的跟不上球賽的節奏，也看不懂怎麼會得分，或什麼算是好球或壞球。她連球員是誰都搞不清楚。而球賽就跟帕蒂和戴安娜所形容得同樣步調緩慢。但艾莉絲知道自己不該隨口說要去化妝室，因爲一旦她宣佈要離開，或許她不在時，就會出現大家不想要她錯過的畫面。

當艾莉絲沉默地看比賽，企圖了解它複雜的儀式時，她突然發現雖然東尼焦慮不安，還對法蘭克尖叫要他專心，或隨著場邊播音歡呼，他一次都沒有想要刻意激怒她。她覺得很奇怪，她注意到他這個人非常有趣，極爲活潑，卻又能收能放，對身邊所有事物永遠都警覺謹愼。她開始欣賞起他享受球賽的模樣；他比弟弟們更積極坦率，又帶有絕佳的幽默感，而這種自在態度也感染了他身邊的人。她眞的不介意他完全沒注意到她，就讓莫里斯跟她解釋比賽的規則吧。

東尼沉浸於激烈的賽事，使她有機會好好思考他的特質，她注意他跟她非常不同。她知道他不會跟她現在一樣專注觀察她，這讓她滿意地鬆了一口氣。他的興奮與群眾的狂熱已經傳染給她，她裝作自己看得懂球賽，開始比旁邊的人更大聲爲道奇隊加油；當她隨著東尼的視線，看到他手指的方向時，她靜靜陪他坐下，因爲球隊快輸了。

幾乎快兩小時後，大家終於站起身。她和東尼與法蘭克約好在座位附近的熱狗攤見面，讓她去上個洗手間。艾莉絲已經渴了，而她發現男士們正排在隊伍的最前面，所以她想讓自己全力參與這項活動，因此她也點了一瓶啤酒，這是她這輩子第一瓶啤酒，她還學了東尼和法蘭克，替熱狗淋了不少番茄醬和芥末。等到他們走回座位，比賽又開始了。她問莫里斯剛才是否算中場休息，他解釋棒球沒有中場休息；第七局結束後通常會有短暫的休息，比較算是暫停——讓大家伸伸懶腰。她此時才想到也許四兄弟裡面，只有莫里斯一個人了解她對棒球有多無知。她坐回去，想著想著就微笑起來了，雖然這一切都很新鮮陌生，她也實在看不懂這場球賽，但她知道此時此刻幸運之神與贏球勝算，又緩緩地從布魯克林道奇隊手上流逝了。

由於她與東尼家人過了感恩節，東尼的母親還以爲艾莉絲也會與她們共度耶誕節，所以當艾莉絲婉拒時，東尼母親幾乎是被冒犯了，還詢問是否因爲她們家的食物不合艾莉絲胃口。艾莉絲解釋是因爲自己不能讓福樂德神父失望，她打算連續第二年到教區中心幫忙。東尼和他的母親跟她提過好幾次還有其他義工可以協助，但艾莉絲的態度很堅決。她其實有點內疚，雖然東尼家人以爲這表示艾莉絲擁有大無私的慈善心腸，然而要她到教區中心幫忙，的確比跟著東尼和他家人在小公寓吃大餐自在多了。她很愛東尼的每一位家人，也覺得四兄弟的性格差異相當迷人，但有時她發現用完午餐或晚餐後獨處，比起用餐本身更有樂趣。

耶誕節後，她每晚都與東尼見面。有一晚，他對她概述了他們兄弟的計畫：他和莫里斯及勞倫斯以很便宜優惠的價格，買下了一塊位於長島的土地，未來他們計畫加以興建發展。它需要時間，東尼說，也許得花上一兩年，因爲那裡離應有的基礎建設都有一段距離，現在什麼都沒有，就是一塊空蕩蕩的土地。但他們知道不久之後，政府的基礎建設就會出現，再過幾年，當地就會鋪設道路與水電管線。他們的土地足以興建五棟房屋，每一棟都會有自己的花園。莫里斯正在夜校研讀成本工程分析，東尼和勞倫斯則可以負責水電配設與木工工程。

第一棟房子，他解釋，要給他的家人；他的母親一直希望能有自己的房子，也想要一座小花園。然後東尼解釋，他們會蓋三棟房子，將它們出售。不過莫里斯和勞倫斯曾問他想不想要把第五棟房子留作自住，他答應了，現在東尼則問她想不想住在長島。那裡離海很近，他說，而且附近就有火車站。但他還不會帶她去看，因爲現在是冬天，那裡荒蕪一片，雜草叢生。那棟房子的內部陳設，他說，可以自己安排設計。

她專注地望著他，因爲她知道他不只是在請求她嫁給他，同時也表達兩人其實對婚姻早已有了共識。他現在正替她解說他對兩人未來生活的計畫，以及他可以提供給她的人生。最終，東尼說，他和兩個弟弟打算成立建設公司。現在他們正在存錢，訂定計畫，但只要有他們的專業技能以及手上的那塊土地，他相信不久之後，他家人一定會過著更好的生活。艾莉絲什麼都沒說，當她聽到他這些承諾，他那實事求是的語氣與他眞摯的態度，她幾乎已經熱淚盈眶了。她不想說自己會考慮之類的話，因爲她知道那聽起來很刺耳。相反地，她點點頭對他微笑，然後伸手握住他雙手，將他拉向她。

她又寫了一封信給若絲，這次她寄到若絲的辦公室，告訴姊姊自己的近況；她試圖描述東尼，但很難不讓他聽起來過於孩子氣或幼稚。她提到他從來沒有說過髒話，也從不咒罵他人，她知道這對若絲很重要，讓若絲知道東尼跟家鄉的男人截然不同。美國是個不一樣的世界，儘管東尼與這家人住在只有兩個房間的公寓，或是他得靠勞力維生，但在至少在美國，東尼的人生過得很精彩。她反覆撕了好幾封寫好的信，因爲艾莉絲總覺得自己信中的語氣彷彿在幫東尼求情，而非對姊姊說明他有多特別，艾莉絲並非只因爲東尼是自己遇見的第一個男人，才選擇跟他交往。

不過艾莉絲在寫給媽媽的信中，則對東尼隻字未提；雖然她對媽媽描述了康尼島和棒球比賽，艾莉絲也只說自己與朋友一同前往。此時她眞希望自己能在半年前就偶爾在信裡提到東尼這個人，才不會在突然提到他時，讓媽媽過於吃驚，但當她試圖在寫給媽媽的信中提到東尼時，艾莉絲發現她與東尼相遇的過程以及東尼的個性不寫個兩三段是不夠的。因此每次她想向媽媽提起東尼，她總是一拖再拖。

若絲的回信很簡短。顯然若絲已經從福樂德神父那兒聽說了東尼的種種。若絲表示東尼似乎非常不錯，但因為他們還年輕，目前還不需要對未來作出任何決定，眼前最好的消息是，艾莉絲到了夏天就要成為合格的帳務管理員，到時就可以開始找工作了；若絲寫道，她知道艾莉絲一定很期待離開百貨部門，開始當起辦公室職員，屆時不只薪水倍增，更可以讓自己原本得站一整天的雙腿好好休息。

芭托奇的同事已經習慣黑人顧客，艾莉絲也已經轉到不同櫃檯服務其他顧客好幾次了。由於方提妮小姐曾告訴芭托奇父女艾莉絲已通過第一年的考試，剩下一年就要完成學業，芭托奇小姐也說，如果有任何初級帳務管理員的缺，就算艾莉絲還沒考完資格考，她們也會率先聘用艾莉絲。

第二年的課程簡單多了，艾莉絲已經不怎麼害怕考試題目。由於她仔細閱讀法律書籍，總是在上面做足筆記，羅森布倫先生上課內容艾莉絲也多半都能跟上，但她從未缺課。每週四東尼依舊陪她回家，每週五兩人去跳舞，然後每週六吃晚餐看電影。即使冬季開始降臨布魯克林，她也很喜歡她的房間和她例行的人生，等到春天來臨，她一定會在下班後及週末認眞複習，確保自己通過大考。

艾莉絲覺得百貨部門的工作越來越無趣，特別在每週剛開始一兩天，生意總是冷冷清清，時間過得特別漫長。但是方提妮小姐始終認真監督，如果有人休息時間過長或者上班遲到，或似乎沒有準備好服務顧客，她總會出面了解。艾莉絲很注意自己的站姿，她也認真留意有沒有顧客需要幫忙。她知道如果自己一直瞄向時鐘或滿腦子都在想時間，那麼日子會過得更慢，因此她學會了耐心等候，一旦下班走出百貨時，艾莉絲也已經學會將當天的煩瑣拋在腦後，享受眼前的自由。

某天下午艾莉絲看見福樂德神父走進店裡時，她沒怎麼多想。上一次他造訪這裡就是芭托奇父女請他過來那一天，她知道神父是芭托奇先生的朋友，兩人也許有事要談。她注意到神父先找方提妮小姐說話，也看見他朝自己這裡瞄了一眼，好像準備過來找她了，但他與方提妮小姐討論某些事情後，他們兩人朝辦公室走。她服務完一位顧客後，注意到許多襯衫打開了，因此艾莉絲過去將它們整齊折回原有的位置。當她轉身時，方提妮小姐朝她走來，她臉上的表情讓艾莉絲想離她越遠越好，艾莉絲趕緊迅速走開，假裝她沒看到她。

「能否請妳到辦公室一下？」方提妮小姐說。

艾莉絲自問是否惹了什麼麻煩，也許有人舉發她。

「怎麼回事？」她問。

方提妮小姐說，「我不能告訴妳，妳最好跟我過來。」

方提妮小姐迅速轉身急忙往前，這讓艾莉絲更確定自己應當是做錯了什麼，而且現在才被發現。當她跟著方提妮小姐走上走廊時，艾莉絲停下腳步。

「很抱歉，但妳一定得告訴我究竟有什麼事。」

「我無法告訴妳，」方提妮小姐說。

「妳能給我一點提示嗎？」

「妳家裡有事情。」

「是誰發生了什麼事嗎？」

「妳的家人。」

艾莉絲立刻想到媽媽是否心臟病發作或跌下樓梯，或是她的哥哥之一在伯明罕發生意外。

「到底是誰？」她問。

方提妮小姐沒有回答，她只是繼續向前走，直到兩人來到走廊盡頭，方提妮小姐打開一扇門，她往後站，讓艾莉絲進門。這是一個小房間，福樂德神父獨自坐在一把椅子上。他猶豫地站起身，示意方提妮小姐可先行離開。

「艾莉絲，」他說，「艾莉絲。」

「怎麼了，究竟怎麼回事？」

「是若絲。」

「她怎麼了？」

「今天早上，妳媽媽發現她過世了。」

艾莉絲說不出話來。

「她應該是在睡夢中過世的，」福樂德神父說。

「在睡夢中過世？」艾莉絲問，思緒回到自己上一次收到若絲或她媽媽的信，裡面完全沒提到任何不對勁。

「一切都很突然，」他說。「她昨天還神采奕奕出門打高爾夫球。她是睡夢時過世的，艾莉絲。」

「是我媽發現的？」

「對。」

「其他人知道了嗎？」

「知道了，他們已經搭上郵件船，在回家的路上。今晚妳家人會守靈禱告。」

艾莉絲現在思忖自己能否走回店裡，讓眼前的一切就此暫停，或讓他別再繼續說下去。她幾乎開口想請福樂德神父離開，再也不要進來店裡找她，但她立即意識到這有多愚蠢。他人在這裡。她也聽到他說的話。她不可能讓時光倒流了。

「我已安排你媽今晚到恩尼斯科西的神父宅邸，我們會從這裡的長老會打電話給她。」

「是那裡的神父與你聯繫的？」

「魁德神父，」他說。

「他們確定嗎？」她問，然後快速伸出手要他不用再回答。「我是說，這都是今天發生的？」

「愛爾蘭當地的今天早上。」

「我無法相信，」她說，「根本沒有徵兆。」

「我剛才與佛朗哥通過電話，他說讓妳先回家，我也跟吉霍太太談過了，如果妳把東尼的地址給我，我會找人送口信過去，讓他知道妳的情形。」

「接下來呢？」她問。

「葬禮將在後天舉行，」他說。

神父聲音柔和無比，還刻意避開她雙眼，這讓她開始哭泣。當他掏出早已事前料到而準備好的乾淨白色大手帕時，她已經哭得歇斯底里，伸手將他推開。

「爲什麼我要來這裡？」她問。但她知道神父無法理解她在說什麼，因爲她哭得太厲害了。她接過手帕，擤擤鼻子。

「我到底爲什麼到這裡來？」她又問。

「若絲想要妳過更好的生活，」他回答。「她都是爲了妳好。」

「我再也見不到她了。」

「她很高興妳過得很好。」

「我再也見不到她了。這哪裡好了？」

「眞的很讓人傷心，艾莉絲。但我們應該這樣想，若絲已經在天堂了。她從那裡看顧妳。我們要爲妳媽媽以及若絲安息的靈魂禱告，妳知道，艾莉絲，我們必須牢記，神的行事與我們凡人是不一樣的。」

「我眞希望自己沒有來美國。」

「我車就停在外面，我們可以去長老會了。妳知道跟媽媽說說話，妳會好過一點。」

「從我離開後，就沒有再聽過她的聲音了，」艾莉絲說。「只能寫信。我們第一次講電話竟然是這種場合，眞的好難過。」

「我知道，艾莉絲，妳媽媽一定也這樣想。魁德神父說他會接她，送她到宅邸打電話。我想她心情一定還沒恢復。」

「我該跟她說什麼呢？」

媽媽的聲音一開始彷彿在顫動；聽起來好像在自言自語，艾莉絲不得不打斷她，跟媽媽說她聽不見。

「妳現在聽見了嗎？」媽媽問。

「是的，媽咪，可以了。現在好多了。」

「就跟平常一樣，她去睡覺，今天早上也是這樣，」她媽媽說。「我進去房間叫她，但她看起來睡得很熟，我說讓她再睡一下。但是我下樓時，越想越不對勁，心裡就有數了。她平常睡著時不是那個樣子。我看了看廚房的鐘，心想我再給她十分鐘，等到我上樓摸摸她時，她全身冰涼僵硬。」

「天啊，好可怕。」

「我在她耳邊輕聲複誦懺悔禱詞，然後馬上跑到隔壁。」

線路出現微弱的劈啪聲，打破了她與媽媽的短暫沉默。

「她是在晚上睡覺時過世的，」她媽媽終於繼續說。「這是庫第根醫生說的。她一直有去看醫生，卻沒有告訴任何人，甚至還做了幾次檢查，我們也不知道。若絲知道，艾莉，她知道這遲早會發生。她心臟狀況很不好，庫第根醫生說，而且無藥可醫。她完全沒有透露，也照常過她的日子。」

「她知道自己心臟不好？」

「醫生是這麼告訴我的，她也決定繼續打高爾夫球，醫生說他曾經要她步調放慢，但就算她聽話了，結果也不會改變。我不知道該怎麼想，艾莉，她眞的是很勇敢啊！」

「她誰也沒說？」

「沒有，艾莉，一個人也沒有。她現在看起來好安詳。我出門前還去看了她，有那麼一秒鐘，我以爲她還跟我們在一起。但她眞的走了，艾莉。若絲走了，我再怎麼樣也想不到會發生這種事情。」

「現在誰在家裡？」

「鄰居們都來了，還有你叔叔邁克爾，他們從克朗格爾趕來，杜爾一家也來了。當妳們爸爸過世時，我說我不應該哭得那麼厲害，因爲我有妳和若絲和妳那些哥哥；等到妳哥哥他們走了，我也說過同樣的話；妳離開時，我還有若絲，但我現在誰都沒有了，艾莉，我誰都沒了。」

艾莉絲想要回答媽媽，但她知道媽媽不會聽懂的，因爲她哭得太厲害了。她媽媽在電話的另一端又沉默了。

「明天我幫妳替她道別，」她媽媽開口時這麼說。「我會這麼做的。我跟她說再見，然後我會幫妳跟她說再見。她現在已經和妳爸在天堂了。我們會把她埋在他旁邊。晚上我常常想到妳爸有多孤單，一個人躺在墓園，現在有若絲陪他了。他們已經在天堂了，兩個人彼此作伴。」

「是的，媽咪。」

「我不知道爲什麼她這麼早就被祂帶走，我只能這樣說。」

「太突然了，」艾莉絲回答。

「今天早上我碰她時，全身冰冷，好冰好冰。」

「她一定走得很安詳，」艾莉絲說。

「我眞希望她早點告訴我，或至少讓我知道她身體的狀況。她不想讓我擔心。魁德神父和其他人都這樣安慰我。也許我幫不上什麼忙，但至少能幫她留意身體。我不知道該怎麼想了。」

艾莉絲聽得見媽媽嘆息。

「我要走了，我們要替她誦讀玫瑰經，我會告訴她我跟妳說過話了。」

「那很好。」

「再見了，艾莉。」

「再見，媽咪，妳也會跟哥哥們說妳跟我說過電話了？」

「我會的。他們早上就會回家了。」

「再見，媽咪。」

「再見，艾莉。」

掛上電話後，她大聲哭泣。她在房間角落找到一張椅子，坐下來想要控制自己。福樂德神父的管家替她倒了一杯茶，想讓她冷靜，但她依舊無法克制自己，近乎歇斯底里地不斷啜泣。

「對不起，」她說。

「沒事的，別擔心，」管家說。

她冷靜一點後，福樂德神父開車送她回吉霍太太家；東尼已經在前面的房間等候。她不知道他在那裡多久了，她看著他與吉霍太太，不確定剛才等她時，兩人說了些什麼；或許吉霍太太終於發現東尼並非愛爾蘭人，而是道地的義大利人。吉霍太太今天對她特別仁慈，充滿同情；但艾莉絲還認爲，發生的這些事情及來家裡拜訪的訪客也讓吉霍太太異常興奮，因爲她單調乏味的日子終於有點變化。她忙進忙出，熱情呼喚東尼的名字，還替他與福樂德神父準備了茶和三明治。

「我覺得妳媽媽眞的好可憐，眞的很可憐，」她說。

就今天這一次，艾莉絲終於不認爲自己有必要假裝她很喜歡吉霍太太。每次房東太太說話，艾莉絲便撇過頭，完全沒有回應對方。但這似乎讓吉霍太太更爲殷勤，她不斷替艾莉絲倒茶，還說要給她吃阿斯匹靈與溫開水，甚至堅持艾莉絲得吃點東西。艾莉絲眞希望東尼不要再接受吉霍太太不斷拿出來的三明治和蛋糕，也無須連聲感謝她的好心。她想要他現在就離開，也不要吉霍太太繼續說話，福樂德神父也最好也趕緊消失，但她無法面對她自己的房間以及即來的夜晚，因此她什麼話也沒說。很快地，吉霍太太、東尼和福樂德神父就當作她不在場，開始聊了起來，他們談到布魯克林這幾年變化有多大，還表達對未來可預見變化的想法。他們時而陷入沉默，轉頭問她是否需要什麼。

「可憐的孩子，這件事對她太突然了，」吉霍太太說。

艾莉絲回答自己什麼也不需要，她閉上雙眼，任旁人繼續交談。吉霍太太對兩位男士表達自己想買電視的疑慮，她只想在晚上有事可以打發。但又擔心收不到訊號，反倒買了個廢物擺在家裡。東尼和福樂德神父勸她買一組配有天線的電視機，這建議引來更多討論，吉霍太太說電視臺要製作哪種爛節目誰也說不準，她可不想冒這風險。

「等到大家都買了，我才會買，」她說。

最後，等到話題已經談盡時，大家約好福樂德神父會在第二天早上十點爲若絲主持安息彌撒，吉霍太太、東尼和他母親都會出席。當然也有平常就會出席彌撒的教友，福樂德神父說，但他會在彌撒開始前，宣佈這是爲了某位對他而言意義非凡的女孩，他也會請大家在聖餐前，爲她的靈魂祈禱，願她安息。神父提議要開車送東尼回家，當東尼與艾莉絲在門廊擁抱道別時，他與吉霍太太很有默契地在起居室等候。

「很抱歉我說不出什麼話來，」她說。

「我一直在想同一件事，」他說，「如果我哪一位弟弟死了，也許這聽起來很自私，但我想設身處地，體會妳的感受。」

「我滿腦子都是這件事，」艾莉絲說，「讓我難以忍受，我可以忘記它一分鐘，但是它立刻又像我剛得知這消息那樣飄進我腦子。我就是忘不掉。」

「眞希望我可以陪妳，」他說。

「我們早上見了，如果太麻煩，就請你媽不用來了。」

「她會出席的。一點也不麻煩，」他說。

艾莉絲看著那疊若絲寄給她的信，納悶在寫這些信的某個時刻，若絲是否已經知道自己病了。也許她早在艾莉絲離開愛爾蘭之前就知道了。這讓艾莉絲對於自己在布魯克林的人生完全改觀了；在她身上發生的一切都那麼微不足道。她看著若絲的筆跡，它們是如此俐落整齊，展現若絲對自己的把握與信心，她不知道若絲在寫這些信時，是否曾經抬頭嘆氣，然後靠著她堅強的意志力與決心，繼續寫信給艾莉絲，同時決心不告訴任何人她的身體狀況。

艾莉絲起床後，對自己竟然能睡得那麼沉感到奇怪，她知道自己今天不去工作，而是要參加若絲的彌撒。她知道姊姊現在還在法瑞耳街的家中，晚上時，他們將帶她前往大教堂，然後她會在清晨彌撒後入土爲安。這一切想來似乎簡單明瞭，而且也難以避免，直到她和吉霍太太出發前往教區教堂，走在那熟悉的街道，行經她完全不認識的人群，艾莉絲才意識到過世的人可能是他們，而非若絲，而這不過是個尋常的春日清晨，空氣隱然有股即來的溫暖氣息，就跟她平常的工作日沒兩樣。

難以想像若絲就這麼在睡夢中過世。她有沒有睜開眼睛？她是否前一刻安穩地呼吸沉睡，然後她的心臟就這麼戛然終止？這怎麼可能？她是否曾在暗夜呼喊，卻沒人聽見她求救，或也許她曾經呻吟低語？有沒有任何線索讓她知道那會是她人生的最後一天？

她想像若絲身穿黑色壽服，床邊的長桌燭光搖曳閃爍。接著，人們即將闔上棺木，人人面容肅穆莊嚴，她的哥哥們身穿當年他們在父親葬禮時穿著的黑西裝，打著黑色領帶。當天早上彌撒以及後來回到福樂德神父的房子時，艾莉絲不斷想像若絲的死亡以及葬禮的每一分每一秒。

聽到她說下午想回去工作時，他人有點訝異，幾乎算是震驚了。她看見吉霍太太對福樂德神父竊竊私語。東尼問她是否確定要這麼做，而當她堅持時，他說他會走路陪她到芭托奇百貨，稍晚再到吉霍太太家找她。吉霍太太邀請東尼及福樂德神父到家裡用晚餐，她和其他房客會先爲若絲的靈魂覆誦一段玫瑰經文。

艾莉絲第二天就正常上班了，而且也決定當晚便回校上課。由於他們不能看電影或跳舞，她和東尼到附近一家餐館，他說他不會介意她保持沉默，如果她想哭也沒問題。

「我希望這一切都沒發生。」他說。「我一直希望這一切不曾發生。」

「我也這樣想，」艾莉絲說，「如果她讓我們知道就好了。如果什麼事都沒發生，她還安然在家就好了。眞希望我有一張她的照片，讓你看看她有多美。」

「妳就很美啊，」他說。

「她是全家最漂亮的，大家都這麼說，我還不習慣她現在已經在天堂。我不能再一直回顧她的死亡，然後又開始祈禱，但這眞的好難。」

「如果妳願意，我會盡力幫助妳的，」他說。

艾莉意識到，儘管天氣一天天好轉，但她世界所有的繽紛色彩彷彿一夕間就沖刷殆盡。她上班時謹愼小心，很自豪自己從未失控崩潰，或得衝到廁所大哭。方提妮小姐告訴艾莉絲如果哪一天她需要提早回家休息也沒關係；或是想要下班約她見面散心也行。東尼每晚都來接她下課，她喜歡他就讓她保持沉默。他只是牽著她的手，或摟著她，然後陪她走路回家，她的房客朋友們每一位都告訴她，只要她需要任何人，或有任何問題，只要敲她們的門就好，或者也可以到廚房找她們聊天，她們會盡己所能幫她的忙。

有一天晚上當艾莉絲上樓到廚房替自己泡一杯茶時，她看到邊桌有一封稍早她沒注意到的信。信是從愛爾蘭寄來的，她認出上面是傑克的筆跡。她沒有立即把信拆開，而是拿著茶杯下樓，在不被打擾的情況下好好讀信。

親愛的艾莉絲，

媽咪要我寫信給妳，因爲她沒辦法提筆。我正坐在家裡起居室靠窗的座位寫信給妳。屋子裡昨天都是人，但現在一點兒聲音也沒有。他們全都回家了。我們今天埋葬了若絲，媽媽要我告訴妳今天天氣很好，雨已經不再下了。魁德神父替若絲主持了彌撒。我們從都柏林搭火車，昨天早上回到家裡，搭郵件船回來的一路上，天氣可是糟透了。我們抵達時，其他人還在爲她守靈。她看上去好漂亮，髮型也很美。大家都說她看起來很安詳，就像是睡著了，也許我們回家前她看起來是如此，但在我眼裡，她已經不一樣了，一點都不像她，不會很醜，只當我跪下來碰觸她時，有那麼一分鐘，我覺得那不是我認識的若絲。也許我不應該這麼說，但我想妳也應該知道現實就是如此。媽咪要我轉達這幾天的細節，到家裡來的親朋好友，包括高爾夫球俱樂部與戴維斯磨坊辦公室全都休息一個早上。當年爸爸過世時不是這樣，我們不會難以接受他的死訊。我看見若絲時，她冰冷僵硬如岩石，就像一張蒼白的圖畫。但她的確美麗。我不知道我是怎麼回事，但我就是覺得那不是她，直到我們得搬動棺木，哥哥們和我，還有從克朗格爾來的杰姆、比爾及方賽三兄弟。最可怕的就是，我根本無法相信我們幫她做的那些事情，將棺材裡的她闔上，然後望著她下葬。葬禮結束後在回程的路上，我必須一路爲她祈禱，但是我根本跟不上那些禱詞。媽咪要我告訴妳，她已經爲妳跟若絲說了很特別的再見，但媽媽跟若絲說話時，我就是沒辦法待在那房間，我也幾乎抬不動棺材，因爲我哭得太厲害了。在墓園時，我根本沒法看她下葬。大部份的時間我都把眼睛摀住。也許我不應該告訴妳這麼多。現在問題是，我們很快就要回英國工作，我想媽咪還不知道。她以爲我們其中之一會留下來陪她，但我們眞的不行，因爲妳知道的，工作就是這樣。我不知道美國人怎麼看待工作，總之我們全都得回去了，到時就剩媽咪一個人。鄰居都會來，朋友也會來看她，但是我想她還沒意識到我們遲早得回去。我知道她一定很想看到妳，她一直說這是她目前最大的願望，但我們也不知道該怎麼跟她說。她沒有叫我提這些，但是我想等到她有精神提筆寫信後，妳不久就會收到她的來信。我想她希望妳回家一趟。她從來沒有在這間屋子獨自睡過一晚，我想她也做不到。但我們眞的得回去了。她問我知不知道鎮上有什麼工作可做，我告訴她我會去了解看看，但眞相就是，我得回去工作，派特與馬丁也是。很抱歉我得這樣拉拉雜雜說了一大堆。這件消息對妳來說一定是很大的震驚。對我們來說也是如此。我們一開始還找不到馬丁通知這件事，因爲他出門上班去了。很難想像若絲此時此刻就躺在墓園地底，我不知道還能怎麼形容。媽咪會想要我告訴妳親友們都很好，的確如此，但是她不會要我告訴妳她整天都在哭泣，但她也的確如此，至少大部份時間都在哭。我要停筆，把信放進信封了。我不會再唸一次我寫的信，因爲我剛才寫完之後再看一次，結果撕了好幾封信。我會把信封好，明天早上就出門寄給妳。我想馬丁正在對她解釋我們明天就得出發離開。希望這封信不會讓妳太煩心，但我也說了，我實在不知道該寫些什麼。媽咪會很高興我正寫信給妳，我會告訴她信已經寫好了。妳爲她好好祈禱吧。我該走了。

愛妳的哥哥
傑克

艾莉絲把信讀了好幾次，然後她意識自己無法獨自待在房間了，傑克的聲音彷彿從他的字裡行間流瀉而出，她能感覺到他與她在這小空間內，就像以前他輸了擲球賽後，會上氣不接下氣地回家跟她報告賽事實況。如果她現在在家，她就可以聽傑克說話，與媽媽、馬丁和派特討論這幾天發生的事情。她無法想像若絲躺在土裡；她原本以爲，若絲應該就像是睡著了，但現在艾莉絲卻知道若絲的模樣更像岩石，沒有了生命，若絲在棺材裡，一切都改變了，他們的人生都起了變化，再也無法挽回了。她眞希望傑克沒有寫信給她，但她知道總得有人寫信，而他的信是三位哥哥中寫得最好的。

她在房間走動，不知所措。有那麼一剎那，她突然想到自己可以搭地鐵到港口，找到下一艘橫越大西洋的船班，只需要付了錢就可以上船了。但她立刻知道自己她不能這麼做，也許船艙已經沒有空位，而且她的錢全放在銀行。她想過上樓找人，但她很清楚沒有一位女孩幫得了她。對她來說，現在唯一能找的人，就是東尼。她看了看時鐘；已經是晚上十點半了。如果她能盡快搭上地鐵，她就能在一小時內抵達他家，或許得久一點點，因爲晚上車班間隔較長。她拿起外套，迅速走到門廊。她離開地下室時踏上階梯時，盡量不發出一丁點兒的聲響。

東尼的母親穿著睡袍應門，帶她上樓到他們家公寓，這家人顯然早已入睡，艾莉絲知道她現在的狀況，無法構成不請自來的充分理由。她從大門看到東尼父母的床放好了，她幾乎準備告訴東尼的母親沒事了，她很抱歉自己打擾他們，也準備掉頭回家。但是她意識到這一點意義都沒有，因爲東尼的母親說，東尼已經在穿外衣，準備跟她出門了；此時東尼從臥室大喊他們可以去轉角那間小餐館。

突然間，法蘭克穿著睡衣現身了。他動作很安靜，一直到他站在她面前，她才注意到他。他顯得非常好奇，像電影某位剛目睹一樁暗巷謀殺案或搶案的人物，偷偷摸摸卻又充滿喜感。他坦然看著她，對她微笑，此時東尼出現了，法蘭克立刻被叫回房間，家人們要他管好自己的事，別打擾艾莉絲。

從東尼的外表看來，她知道他其實正在睡覺。他伸手到口袋檢查鑰匙，然後溜進廚房，她看不見他的身影，但知道他正低聲對父母親說話，他走出來時，帶著認眞擔憂的神情。

當他們走下街朝東尼說的那間餐館前進時，東尼將她拉近身邊。他們慢慢走路，沒有說話。剛才他們走下公寓樓梯時，她曾有那麼一秒鐘以爲他氣她這麼晚才上門找他，但她現在知道他沒有這個意思，他緊緊依偎在她身邊，讓她清楚知道他是愛她的。此刻他的行爲讓她比任何時候更強烈意識到他的愛意。她也知道，在她渴望尋求幫助的時刻，她選擇找他而非福樂德神父或吉霍太太，對他而言意義深遠，使他知道她在他身邊才能得到眞正的安全感。她想，這比她之前所做過的任何事，更直接表達了她想要與他在一起的意願。

他們點完餐之後，他慢慢讀起傑克的信，而且幾乎讀得太緩慢了，他的嘴唇甚至念起其中幾個字。她頓時領悟到自己不該把信給他看，更不該這麼突兀地到他家敲門。要是東尼讀到她媽媽想要見她一面，以及她媽媽目前無法獨處，他絕對會深信她即將離開他，而這就是她對他宣佈她將離去的方式。她密切觀察東尼，此時的他臉色蒼白，表情嚴肅得不得了，似乎全神貫注在眼前這封信，她猜想他應該在思考她媽媽需要她回去恩尼斯科西這個可能性。她現在很後悔自己竟然沒有設法克制情緒，她根本沒有預見東尼的反應與心情。她覺得自己很蠢，因爲她知道無論她如何解釋，東尼都無法相信她並不打算回愛爾蘭。

他將信遞給她時，眼底含淚。

「妳哥哥一定是個很好的男人，」他說，「我眞希望……」他猶豫了一會，然後伸手到桌上，握住她的手。「我不是說我希望，但如果我和妳都能參加葬禮就好了，我眞希望能陪妳參加葬禮。」

「我知道，」她說。

「妳媽很快就會寫信來了，」他說，「妳打開她的信之前，一定要來我家。」

她不確定他說這句話的意思是認爲她不該一個人打開她媽媽的信，因爲他應該陪伴在她身邊安慰她；或者是因爲他猜不出她的心思或意圖，而他也想知道到底她媽媽希望她回鄉或待在美國。

這一切都是錯誤，她再次這麼想，她準備開口向他道歉，抱歉她吵到他了。但她知道這聽來會非常客套，彷彿將他與她的距離拉遠了。她隨即改口，謝謝他在她需要時陪伴她。他點點頭，但她很清楚那封信讓他不安，也許他看完信之後，心情跟她一樣亂，或者兩者都有。

他堅持要送她回家，無視她抗議他可能會錯過最後一班地鐵。再一次，他們依舊沒有交談，但當他們離開地鐵站，從寒冷空蕩的街道走回吉霍太太家時，她覺得擁著她的這個人其實已經傷痕累累了，那封信的語氣多少讓他意識到事情的眞相，也讓他看清艾莉絲屬於一個他完全不認識的國家。她以爲他要哭了，同時也內疚自己竟然將悲傷感染給他，但他甘願爲她承受這赤裸裸的情緒與悲劇，讓艾莉絲感覺與他更形親密了，然而她現在的心情比剛才貿然出門找他時更爲沮喪。

他們走到她家時，他緊緊擁著她，卻沒有親吻她。她盡可能貼近他，直到她能感受他溫暖的身軀，然後兩人開始抽泣。艾莉絲希望自己說服他，使他相信自己不會離開，但她又想到也許東尼認爲她應該回鄉，畢竟那封信讓他看清她的責任所在，他現在哭泣是爲了過世的若絲，爲了她孤苦無依的媽媽，爲了該離他而去的艾莉絲，更爲了被拋下的自己。艾莉絲但願自己能把話說清楚，甚至希望自己能了解他目前的想法，或者爲什麼他哭得比她更厲害。

她知道自己無法走下樓梯，回到地下室，打開小房間的燈，然後一個人獨處。她很了解他無法就此轉身離去。她從大衣口袋拿出鑰匙，指向吉霍太太的窗戶，將手指放到嘴唇上。他們躡手躡腳走下臺階，她打開門，開了門廊的燈，靜靜將門闔上，然後打開自己的房門讓他進去，再關上門廊的燈。

房間很溫暖，他們脫下大衣。東尼的臉因爲哭泣而漲紅。當他擠出微笑時，她靠過去抱著他。

「妳就住在這裡？」他低語。

「是的，如果你發出任何聲音，我就會被趕走，」她說。

他輕輕吻了她，她爲他打開她的嘴，他的舌頭伸了進去。他靠著她的身體好溫暖，當她將他拉向她時，他感覺起來竟是如此脆弱。她的手撫摸他的背，滑進他的襯衫底下，直到她感覺到他的肌膚。他們沒有說話，往她的床移動。當他們躺在彼此身旁時，他推高她的裙子，打開他的牛仔褲，讓她感覺他的堅挺。她知道除非她給他信號，否則他什麼也不會做，只會不斷親吻她。她睜開雙眼，看到他的眼睛也是閉上的。她悄悄從他身邊抽開，脫掉她的內褲，等到她再次躺到他身旁時，他又將牛仔褲與內褲往下拉了一點，讓她可以直接碰觸他。他試圖用手撫摸她的乳房，卻打不開她的胸罩；他把手放在她的背上，激烈地親吻她。

當他挪到她上方進入她時，她努力不要驚喘出聲，卻開始恐慌。不只因爲那尖銳的劇痛，而是她根本無法控制他的行爲，他的陰莖比她想要得還要深入。每一次衝刺似乎比前一次推得更深，直到她很確信它一定會弄傷她體內深處。每一次它抽開，她就感到一股解脫，但它持續往她體內衝刺，使她感覺更難受，她收緊自己，想要阻止它推進，更希望她能叫出聲或叫他不要這麼用力，告訴他可能會弄傷她。

她無法大叫使她更爲驚慌；她用盡全身力氣將身體繃緊。但她這樣做時，他卻開始喘氣，發出一種她從未想像人類會有的呻吟，那像是一種悶緊的嚎叫。他一旦停止移動，她便繼續繃緊，希望他能抽出他的陰莖，但他反而躺在她身上喘氣。她覺得此時的他除了記得呼吸，似乎已經對周遭沒有感覺了，當他靜靜躺在她身上時，他似乎不知道也不在意她的存在。她不知道他們接下來該如何面對彼此。她完全不敢移動，等著他做點什麼。

他的下一步讓她很驚訝。他站起來什麼也沒說，雙眼看著她然後微笑了，接著他脫下鞋襪，然後是他的長褲與內褲。他跪在床上，慢慢幫她脫光衣服，當她全身赤裸時，她用手臂蓋住她的乳房，而他也褪下襯衫，直到自己也一絲不掛。他動作輕巧，幾乎是羞澀地將床罩掀開，讓兩人鑽進床罩與床單之間，而後靜靜地並肩躺著。過了一會兒當她碰觸他時，發現他已經再度勃起，他的身體是如此平滑美麗，裸體的他比起平日在街頭或舞會的他感覺更強壯動人，因爲在那些場所的他比起其他高大魁梧的傢伙，相形之下瘦弱多了。當她意識到他想再次進入她時，她小聲對他低語，告訴他第一次衝刺得太深入了。

「我還以爲你打算推進到我脖子呢，」她低聲笑了。

「如果可以就好了。」

她用力捏他。

「你不可以。」

「嘿，很痛耶，」他低聲說，然後吻了吻她，慢慢挪到她身上。

這一次比前一次更痛，彷彿他碰觸到她體內早已瘀青或裂開的傷口。

「好一點了嗎？」他問。

她收緊自己。

「這樣好棒，」他說。「妳可以再做一次嗎？」

又一次，當他推進她體內時，他似乎對她的在場毫無感覺。他迷失在自己的世界裡。艾莉絲意識到這一點，但這讓她更想要他，讓她覺得這段回憶對她已然足夠，而這次體驗已經遠超過她對任何世俗凡事的一切想像。

第二天她下班時，他就在外面等著她，兩人從富爾頓街走到地鐵站，什麼話都沒說。後來他們約好下課時，東尼會在學校外面等她。兩人道別時，他似乎有點嚴肅，幾乎像在生她的氣。稍晚他陪著她走回家，當她走下地下室臺階後轉過身時，他仍然站在原地。他對她露齒而笑，讓她想起他弟弟法蘭克淘氣純眞的笑容，然後她大笑，拿手指著他，假裝在生氣。

當她走進廚房等水燒開時，獨自坐在桌邊的吉霍太太顯然不想跟她說話。艾莉絲幾乎打算用輕快的語氣問吉霍太太到底有什麼毛病，不過她還是在廚房忙進忙出，假裝自己沒注意任何異樣。

此時艾莉絲才恍然大悟，平常對屋內動靜瞭若指掌的吉霍太太可能有聽見前一晚東尼進入或離開地下室的聲響，也許更糟糕的是，她聽見他在樓下過夜。在房客所有可能犯下的罪行中，這一點倒從未被其他房客或吉霍太太提起。因爲那是大家想都不敢想的行爲。雖然帕蒂和戴安娜經常高談闊論討論男友，但是讓男友到家裡過夜，或甚至只是進入她們的房間，簡直是不容許的行爲。當冰冷的吉霍太太默不吭聲時，坐在她對面的艾莉絲決定自己必須斷然否認東尼曾經出現在她房內，也打算表明她與房東太太一樣對這種行爲感到震驚。

艾莉絲替自己弄了水煮蛋和烤麵包，看到帕蒂和戴安娜進來後鬆了一口氣，帕蒂說她看到一件大衣，準備在週五拿到薪水後把它買下來。吉霍太太一言不發站起身離開廚房，砰一聲把門摔上。

「她什麼毛病啊？」帕蒂問。

「我想我知道，」戴安娜瞄向艾莉絲，「但我以上帝之名發誓，我什麼也沒聽見。」

「聽見什麼？」帕蒂問。

「沒什麼，」戴安娜說，「但聽起來眞的很可愛呢。」

艾莉絲睡得很沉，早上起來時卻仍全身酸痛，筋疲力竭。彷彿若絲的死已經是很久以前的事情，但她與東尼的那一晚卻仍歷歷在目，縈繞在她腦海。她想知道自己何時才確定有沒有懷孕，而最初的跡象又有哪些。她摸摸肚子，自問此時此刻裡面是否有什麼正在萌芽，也許那像個小蝴蝶結，或是像一顆小水滴，正在慢慢成長茁壯。她不知道自己能否找到阻止它發生的任何辦法，例如徹底清洗自己等等，但一想到這一點，她就知道這想法是不對的。她當下決定要去懺悔，也打算逼著東尼一起去。

她希望他不會像前一晚那樣對她咧嘴微笑，也希望他會意識到萬一她懷孕，接下來會出現的麻煩。但即使她沒有懷孕，她也希望他會明白他們的行爲是錯誤的，而因爲若絲屍骨未寒，所以他們錯得更深。但艾莉絲考慮到即使她懺悔了，告訴神父她與東尼之間的事情，她卻永遠無法對任何人解釋，只在半小時之前，他們還在抱頭啜泣，而接下來的轉變實在太令她意外了。

當晚她一看到東尼，就告訴他他們第二天都得去懺悔，那會是週五，她也希望他能理解這一點。

「我不能去找福樂德神父，」她說，「或任何認識我的神父。我知道這應該沒關係，但我辦不到。」

東尼建議他們應該去他家的教區教會，那裡多半是義大利神職人員。

「有些人甚至聽不懂英文，」他說。

「這樣就不是眞正的懺悔了啊。」

「但我想有些關鍵字他們是聽懂的。」

「不要開玩笑了。你也要一起去。」

「我知道，」他說。「但妳可以答應我一件事嗎？」他靠近她。「妳能答應我懺悔之後，對我和氣一點嗎？我的意思是要妳跟我手牽手，然後對我說話和微笑？」

「你也要答應我能認眞懺悔嗎？」

「我會的，」他說，「我媽想請妳週日來吃午餐。她很擔心妳。」

第二天晚上，他們約在他的教會門前。東尼堅持他們分別找不同的神父。他說她神父姓名是安東尼加上一串很長的義大利姓氏，而且年輕英俊，也會講英文。東尼說他自己會找比較年長的義大利神父。

「你要確定他聽懂你在說什麼，」她對他低語。

當她告訴神父她三天前與男友發生兩次性關係時，他沉默了許久。

「這是第一次嗎？」他終於開口時，這麼問她。
「是的，神父。」
「你們彼此相愛嗎？」
「是的，神父。」
「如果妳懷孕，你們打算怎麼做？」
「他會娶我的，神父。」
「妳想嫁給他嗎？」
她無法回答這個問題。過了一會，他又問她一次，他的語氣充滿同情。
「我會想嫁給他，」她猶疑地說，「但我現在還不準備跟他結婚。」
「但妳也說妳愛他。」
「他是個好男人。」
「這樣就夠了嗎？」
「我愛他。」
「但妳不確定？」
她嘆氣，什麼也沒說。
「妳是不是後悔跟他發生關係？」
「是的，神父。」
「為了讓妳贖罪，我希望妳說一句『萬福瑪利亞』，但慢慢地將它說出來，妳必須保證我一個月後再回來。萬一妳懷孕了，我們再好好談談，我們將盡我們所能來幫助妳。」

艾莉絲回到吉霍太太家時，發現地下室的門上了鎖，她得從樓上大門進出。吉霍太太與邁亞當小姐在廚房，她決定今天不參加舞會。

「以後地下室的門都會固定鎖上，」吉霍太太開口，似乎把邁亞當小姐當作室內唯一的人。「妳根本不知道誰在那裡進進出出的。」

「這非常明智，」邁亞當小姐說。

艾莉絲準備晚餐時，吉霍太太與邁亞當小姐在她身邊走動，卻當她完全不存在。

艾莉絲的媽媽寄信來了，內容提到她有多孤單，白天有多漫長，夜晚又是多難熬。她說鄰居經常來家裡走動，也有人在下午茶後來訪，但是她已經不知道該對這些人說些什麼了。艾莉絲給她寫了好幾封信；她告訴媽媽芭托奇百貨的夏天服飾以及自己在準備五月的考試，也告訴媽媽如果她考試過關了，就可以成為合格的帳務管理員。

她從來沒在家書中提到東尼，她也納悶媽媽整理若絲房間或若絲的辦公室物品時，是否曾經發現艾莉絲寫給若絲的信。她每天都與東尼見面，有時只是在學校外碰面，讓他陪她搭電車回家。自從那晚他在她房間過夜後，他們之間變得不一樣了。她覺得他更放鬆，更願意保持沉默，也不嘗試刻意開玩笑或逗她開心。每一次她看見他等著她時，她總覺得他們更親密了。每次他們親吻，或只是在街上靠著彼此走路時，她總會想起那一晚他們在一起的畫面。

她一發現自己沒有懷孕，就老是帶著愉悅的心情回憶那一晚，特別是在她回去找那位神父之後，神父暗示她與東尼之間發生的事情是理所當然的，儘管有錯，但也許這是上帝要他們結婚成家的旨意。第二次與神父對談時他顯得更自在，讓艾莉絲很想告訴他發生在自己身上的一切，也問他該拿自己的媽媽怎麼辦，因爲媽媽寫給她的信非常哀傷，筆跡紊亂得讓艾莉絲完全看不懂，但艾莉絲什麼話也沒多說，就離開告解室了。

某一次週日彌撒過後，她與希拉．赫弗南走出教堂，她注意到平常彌撒後總會站在教堂前問候教民的福樂德神父，今天卻在她們走近時刻意避開眼神，走到其他地方與另外幾位婦人熱烈交談。她在後面等他，注意到神父雖然看見了她，卻立即轉身離去。她馬上聯想到應該是吉霍太太與神父談過了，艾莉絲當下決定自己應該盡快向他解釋，免得他做出令人費解的舉動，例如寫信告訴媽媽她的行爲，但艾莉絲實在不知道自己該跟神父說些什麼。

結束與東尼和他家人的午餐後，她與東尼約好晚點見面，她告訴他自己要回去唸書，也不想要他陪她搭地鐵。她直接從地鐵站走到福樂德神父家。

一直到艾莉絲坐在前廳等神父時，她才想到自己不應該先提起吉霍太太，她要等神父先開口。萬一他沒提到這個話題，她心想，那麼她可以聊聊媽媽，甚至告訴神父芭托奇百貨準備在她通過考試後提供辦公室的空缺。她聽見腳步聲出現在走廊上，艾莉絲知道眼前她有兩個選擇：她可以謙卑道歉，但不準備承認一切；或是她將以若絲爲典範，與神父侃侃而談，彷彿自己完全不可能做出任何壞事。

福樂德神父走進房間時似乎有點侷促，他沒有馬上望向艾莉絲。

「我希望我沒有打擾到您，神父，」她說。

「哦沒有，完全沒有。我剛才在看報紙。」

她知道她必須在他開口前率先說話。

「我不知道我媽媽有沒有寫信給您，但我收到幾封信，她好像過得很不好。」

「眞的很遺憾，」福樂德神父說。「妳知道，我眞的覺得這對她來說一定很難熬。」

無論他現在對她有什麼看法，他是在設法讓她知道他意有所指，他暗示她媽媽的日子一定很難捱，不僅失去了若絲，還有一個會讓男人進她房間的女兒。

艾莉絲直直凝視他，並且沉默許久，足以讓他知道她聽懂他話中有話，但她並不打算多想。

「您也知道，我希望下個月完成我的資格考，這表示我很快就會成爲合格的帳務管理員，我已經存了一點錢，我在考慮也許回家一趟看看我媽，前提是要芭托奇百貨能同意我留職停薪。此外，與其他房客一樣，我與吉霍太太的相處出現了一些問題，所以從愛爾蘭回來後，我可能會考慮更換我的住所。」

「吉霍太太人很好，」福樂德神父說。「現在沒有太多這種愛爾蘭人管理的住所了。以前很多。」

艾莉絲沒有答覆。

「妳需要我跟芭托奇先生談嗎？」他問。「妳打算離開多久？」

「一個月，」艾莉絲說。

「回來之後，妳可以繼續在百貨部門工作，直到他們辦公室有空缺？」

「可以的。」

他點頭，似乎正在考慮某件事。

「妳也希望我與吉霍太太談談？」他問。

「我以爲您已經與她談過了。」

「從若絲過世後就沒有了，」福樂德神父說，「我不確定在那之後我曾經與她見過面。」

艾莉絲打量他的臉，但她看不出他是否所言屬實。

「妳不打算跟她和好嗎？」福樂德神父問。

「我該怎麼做？」

「她很喜歡妳。」

艾莉絲沒說什麼。

「這樣好了，」福樂德神父說，「如果妳跟吉霍太太和好，我就幫妳把芭托奇父女搞定。」

「我該怎麼做呢？」她問。

「對她好一點。」

艾莉絲見福樂德神父之前，壓根沒想過自己可以短暫回家一趟。但如今話已經說出口，聽起來也不怎麼荒謬，同時福樂德神父也贊成，它儼然成了一項計畫，而且她決心將它付諸實現。第二天午休時間，她找上一家旅行社，了解橫渡大西洋的船班價格與日期。她會等到考試結果出爐，一旦知道成績，她就準備回家一個月；單趟旅程得花上五六天，這樣她與媽媽還有兩週半的相處時間。

雖然艾莉絲那週稍晚會寫信給媽媽，但沒提到自己的返鄉計畫。某天當她看到福樂德神父出現在百貨公司時，她知道他是爲了她才特地前來，他對她眨眨眼，她也希望他很快就會給她好消息。

週五當東尼在舞會後陪她走回家後，她發現一封福樂德神父請人拿給她的信。吉霍太太不久便走進廚房說自己要泡茶，也希望艾莉絲陪她。艾莉絲對吉霍太太報以溫暖的微笑，回答她很榮幸，然後就回到自己的房間打開那封信。福樂德神父寫道，芭托奇父女同意給她一個月無薪假，日期會讓方提妮小姐安排，如果她通過了考試，他們也希望接下來半年內辦公室就會有空缺。她把信留在床上，上樓發現茶倒好了。

「如果我把地下室的鎖拿掉，妳會覺得比較安全嗎？」吉霍太太問她，「我不知道該怎麼做，所以我請教好心的馬賀警官，他的妻子正好是我的牌友，警官說他會讓手下特別巡邏我們這一區，一旦有任何不正常的犯罪活動，就會通報處理。」

「那眞是個好主意，吉霍太太，」艾莉絲說。「下一次妳見到他時，請一定要代替我們大家謝謝他。」

她希望法律考試能像上次一樣容易。她也很高興自己其他科目的表現。不過有一科期末考要求每位學生上臺詳盡報告某公司的年度報表——租金、暖氣、水電費用、薪資，與機械及其他資產折舊的金額，還有債務、資本投資與稅收。加上這間公司的批發或零售利潤。這些項目都應當正確記載在帳簿，讓公司在每年召開的董事會與股東大會時，能清楚提出他們的年度營業額與投資利潤等等。萬一這項口試沒過，學生被告知，就算其他科目表現優異，也不能算及格過關。沒過的人得把所有科目全部重考一次。

考試只剩幾天了，有一天晚上當東尼從地鐵站陪她走回家時，艾莉絲告訴他她的返鄉計畫，她說一旦成績出來，她就準備回家一個月。她也已經寫信告訴媽媽這項消息。東尼什麼話都沒說，但他們走近吉霍太太家時，他請她再陪他走走。他臉色蒼白神情凝重，說話時沒有看著她的雙眼。

當他們走離吉霍太太家時，他坐在一處階梯上，附近沒有什麼人，她則靠著階梯欄杆。她知道她就這樣回家鄉，一定會讓他生氣難過，但她也已經準備好向他解釋，他的家人全在布魯克林，他不知道離鄉背井是什麼感覺。她還打算告訴他，如果是他，他也會想回家一趟。

「在妳回去之前，嫁給我。」他聲音低得讓她幾乎聽不見。

「你說了什麼？」她走到階梯旁，坐在他旁邊。

「如果妳回去，就不會回來了。」

「我只是要回去一個月，我告訴你了。」

「在妳回來前，先嫁給我。」

「你不相信我會回來。」

「我看了那封妳哥哥寫來的信。我知道一旦妳回家後，要妳回美國會有多困難。我知道如果是我，我也很難做到。我知道妳個性有多善良。我會無時無刻生活在恐懼中，就怕收到妳的一封信，解釋妳無法把妳媽一個人丟下。」

「我保證我會回來的。」

每一次他說：「嫁給我」，就將目光從她身上挪開，彷彿是在自言自語。現在他轉身，眼神很確定地望著她。

「我不是說我們得上教堂結婚，也不用像夫妻那樣生活在一起，我們不會告訴任何人。它可以只是我們兩個之間的祕密，等妳回來後，我們再決定要不要在教堂舉行婚禮。」

「可以就這樣結婚？」

「當然可以，只要登記就好，我會列出我們該做事情的清單。」

「你爲什麼要我這麼做？」

當他開口時，眼眶盈滿淚水。「因爲如果不這麼做，我會發瘋。」

「我們誰也不說？」

「誰也不說。我們請半天假，就這樣。」

「我要戴戒指嗎？」

「如果妳想要，就戴，不想戴也沒關係。如果妳想要的話，這一切都只是我們兩個私人的事情。」

「難道口頭承諾不行嗎？」

「如果妳都能承諾我，那麼嫁給我並不難做到。」

他安排了她考試後的某個日期，然後開始準備需要的事項，塡寫必要的表格。預定結婚日的前一個週日，她如往常般與他家人共進午餐。當她坐下來時，她感覺東尼已經告訴他的母親，或者他的母親已經猜到了。餐桌鋪了新的桌巾，他母親彷彿參加重要場合盛裝打扮。當東尼父親與三個弟弟出現時，她發現他們全都穿了西裝，打上領帶，平常他們是不這麼打扮的。等到大家就座，她注意到法蘭克異常安靜，每一次他準備開口，其他人就會插嘴打斷他。

用餐時每一次法蘭克正要說話，就有人阻止他。

最後，艾莉絲堅持自己想聽法蘭克究竟要說什麼。

「我們都搬到長島後，」他說，「你們會有自己的房子，妳可以叫他們準備一間我的房間嗎？這樣他們把我搞到頭痛時，我就有地方可以去了。」

艾莉絲發現東尼低下頭。

「當然，法蘭克。你什麼時候想來都可以。」

「我就是想說這件事。」

「長大點，法蘭克，」東尼說。

「就是啊，」勞倫斯幫腔。

「沒錯，法蘭克，」莫里斯說。

「妳看到沒?」法蘭克指著他的兩位哥哥。「這就是我要忍耐的。」

「別擔心，」艾莉絲說。「我會處理他們。」

用餐結束後，大家準備吃甜點之前，東尼的父親拿出特別的玻璃杯，開了一瓶普羅賽克酒。他舉杯要大家祝艾莉絲旅途平安，一路順風返回美國。她想知道東尼是否眞的沒有告訴他們結婚的事，只是提到她計畫回家一個月；她這才注意到東尼不太可能讓法蘭克知道，除非法蘭克曾無意中聽到他們的計畫。也許這不過是一頓祝福她的特別午宴罷了。甜點過後，大夥酒酣耳熱，氣氛溫馨感人，她幾乎開始希望他早就告訴他們他和她要結婚了。

他安排儀式在她出發前一週的下午兩點舉行。她考得很好，幾乎可以肯定自己應該考上帳務員資格了。由於其他準備結婚的夫妻有家人和朋友同行，他倆的儀式簡潔無比，速戰速決，讓其他等待的人們好奇不已，因爲從頭到尾只有艾莉絲與東尼兩人。

那天下午他們搭火車到康尼島。東尼首度開口問何時可以安排教堂婚禮，然後住在一起。

「我有存錢，」他說，「所以我們可以先找到公寓，然後等房子好了之後再搬進去。」

「我不介意，」她說。「我只希望我們現在能一起回家。」

他碰碰她的手。

「我也是，」他說，「戒指看起來很漂亮。」

她低頭看著戒指。

「我得在吉霍太太看到之前記得把它拿下來。」

今天的大海洶湧灰暗，強風吹動他們頭上的滾滾烏雲。他們慢慢沿海濱步道散步，走上碼頭，望著遠方漁船。當他們走回餐廳吃熱狗時，艾莉絲看見隔壁桌的人瞄向她的戒指，她對自己微笑了。

「我們會告訴小孩今天做的事嗎？」她問。

「也許等到我們老了，沒故事可說的時候吧，」東尼說。「不然找個週年紀念日告訴他們也行。」

「不知道他們會怎麼想。」

「我會帶妳去看《紐約佳麗》，這個部份小孩會相信的。但是電影結束後，我們將一起搭地鐵回家，然後把妳送回吉霍太太家。這一點他們不會相信的。」

當他們吃完熱狗後，他們一起走向地鐵站，等待火車帶他們進城。

4.

媽媽帶艾莉絲看了若絲臥室，它滿曳晨光。她什麼都留下來了，一如最初，媽媽說，包括若絲放在衣櫃和抽屜的衣服。

「我窗戶都擦過了，也洗了窗簾，我自己把房間打掃得一乾二淨，但除此之外，一切都跟原來一模一樣。」媽媽說。

房子本身並不陌生；艾莉絲只注意到食物縈繞空氣的味道，它堅實熟悉的光線，以及媽媽鮮明的存在。但她完全沒料到若絲的臥室是如此寧靜，當她站在門口時，幾乎沒什麼感覺。她想知道媽媽是否希望她能哭出來，或刻意讓房間保持原狀，使她更能深刻感受若絲的死。她不知道該說什麼。

「我們可以找一天，」媽媽說，「整理她的衣服。若絲才剛買了一件新的冬季外套，看妳能不能穿。她買的東西都很可愛。」

有股強烈的疲倦感突然湧上艾莉絲，她覺得自己應該吃完早餐後去睡一下，但她知道媽媽一直在計畫這一刻：兩人一起站在若絲臥室門口懷念她。

「妳知道嗎？有時候我感覺她還活著，」媽媽說。「每次我聽到樓上有一丁點微弱的聲響，我就會以爲那是若絲。」

早餐時，艾莉絲希望她能想到別的話說，但她很難開口，因爲媽媽似乎早就想好自己要說的話。

「我已經爲妳特別安排了一只花圈，等到天氣好一點，過幾天我們就可以去墓園，通知他們把若絲的名字寫在妳父親的名字下面。」

艾莉絲納悶許久，不知道她一旦開口打斷媽媽，然後說：「我結婚了」會發生什麼狀況。她認爲媽媽已經對她充耳不聞，或假裝艾莉絲根本沒開口。要不然，她想像櫥窗的玻璃杯一定會裂開。

等到她終於找到機會說自己累了，想要上樓躺一下時，媽媽根本還沒問任何關於她在美國的事情，或者問她回來的旅程如何。媽媽似乎早準備好要跟她說什麼話，做什麼事；艾莉絲心裡也曾經想過回鄉的第一天會怎樣渡過。她原本計畫詳述自己從紐約回到科夫的航程比起她當年從利物浦橫渡大西洋來得平順舒適多了，還有她是多喜歡坐在甲板曬太陽。她還計畫好要拿布魯克林學院的正式信函給媽媽看，告訴她自己已經通過了考試，即將收到帳務管理員的合格證書。她還替媽媽買了一件開扣毛衣、圍巾及幾雙絲襪，但是媽媽幾乎是心不在焉地把那些禮物擺到一旁，說自己晚點再拆來看。

艾莉絲好喜歡關上老房間的門，將窗簾拉上。她現在只想好好睡一覺，雖然她昨晚在羅仕拿海港酒店也睡得很不錯。她從科夫寄了一張明信片給東尼，表示她已經平安抵達愛爾蘭，更從羅仕拿寄了一封信給他，描述航程經過。她現在很高興自己不用從她在美國的小房間寫信，那裡了無生機，她很震驚發現它如今對她竟然不具任何意義了。關於回鄉，其實她沒有多想，因爲她覺得那應該再稀鬆平常不過；她曾這麼渴望這些熟悉的房間，她還以爲自己走進屋內時會很開心自在，但相反地，在這第一天的清晨，她唯一做的只是倒數自己回去的日子。這讓她覺得詭異又內疚；她蜷縮在床上，閉起眼睛，希望自己能盡快入睡。

媽媽把她叫醒，告訴她下午茶時間到了。艾莉絲猜想自己睡了有六個小時，她只想再繼續倒頭大睡。媽媽說如果她想洗澡，家裡有熱水。她打開行李箱，開始將衣服掛在衣櫃，把自己的私人物品放進抽屜。她發現一件夏天的洋裝，它不會太皺，另有一件開扣毛衣、乾淨的內衣以及一雙平底鞋。

她洗完澡，穿上乾淨的衣服後走進廚房，媽媽上下打量她，隱約透露不贊同的神情。艾莉絲這才想到也許她穿得太鮮豔了，但是她沒有暗色服飾。

「全鎮都在問妳，」媽媽說，「老天，連奈莉・凱莉都問起妳。那天我看到她站在店門口，她對著我大叫。妳那群朋友也要妳回來找她們，但是我說最好等妳安頓下來再說。」

她不確定媽媽是否總是這樣說話，她顯然不歡迎任何答覆，艾莉絲突然意識到自己過去從未與與母親單獨相處，她們之間一定有若絲在，而若絲總有很多話要跟她們說，她會提出很多問題，不斷發表評論和意見。這對媽媽而言一定很難受，艾莉絲心想自己最好等上幾天，再看媽媽是否會對她在美國的生活有任何興趣，同時還可以慢慢引入關於東尼的話題，再讓媽媽知道等她回去之後，就要跟他結婚了。

她們坐在餐桌旁整理若絲過世後，親友寄來的慰問卡與彌撒卡。媽媽準備了一張印有若絲相片的謝卡，上面的若絲笑得燦爛迷人，下方印了若絲的全名、年紀與過世日期，卡片另一邊則有一段簡短的禱文。這些都得寄給大家。除此之外，媽媽還打算親筆寫信或卡片給那些曾經來函或甚至到家慰問的親朋好友。媽媽已經將謝卡分成三疊：一疊只需要寫上收信人、地址，附上卡片；第二疊則需要媽媽親筆附上的字條或信；最後一疊需要艾莉絲也附上自己親筆寫的信函。艾莉絲隱約記得她的父親過世後，她們也做過同樣的事情，但她記得當時若絲一手包辦，艾莉絲完全未曾參與。

媽媽記得誰寄了慰問信給她，也記得是哪些人到家裡弔唁安慰她，她一一敘述給艾莉絲聽，還告訴她是誰來得太頻繁、待得太久或是講太多閒話，甚至說出冒犯媽媽的言語。媽媽在布利的表親甚至還帶了那邊的鄰居一同前來，眞是一群沒禮貌的鄉下人，媽媽說，她希望這輩子再也不要看到她那群表親跟鄰居了。

聽著媽媽叨叨絮絮這些名單時，艾莉絲幾乎快笑出聲了，她去了美國後，幾乎再也沒有聽過這些人的名字。當媽媽提到一名住在佛利附近的老婦人時，艾莉絲忍不住開口了。

「天啊，她還在啊？」

媽媽看起來很哀傷，然後戴上她的老花眼鏡，找一封她放錯位置的慰問信，那是高爾夫球俱樂部的會長，對方提到若絲是難得一見的優異球員，大家都會很懷念她。信一找到，媽媽就嚴肅地看著艾莉絲。

艾莉絲寫的每一封信或字條都得讓媽媽再檢查一次，她希望艾莉絲重寫，或在結尾再加上一段話。而媽媽在她自己寫給親友的信裡，也強調艾莉絲已經回家，她現在有人陪件，要親友無須前來陪她了。

艾莉絲很佩服人人在最初一兩句必要的弔唁之外，還能表達具有豐富情感的慰問言語。媽媽也設法在回信中，視每位收信者的身份或關係親疏，以不同的語氣和內容回應對方。這項工程進行得極爲緩慢，第一天結束時，艾莉絲完全沒出門，也沒有獨處的時間。然而她們的工作才進行到一半而已。

第二天她努力回信，她一直告訴媽媽如果她們繼續交談，或者討論收到信件的內容，她們也許永遠無法完成這項任務了。但媽媽動作牛步，堅持親自完成多數人的回信，卻又要艾莉絲看過她寫好的每一封信。當然媽媽也忍不住閒聊寄信者的八卦，有些人艾莉絲根本不認識。

艾莉絲不斷想改變話題，她問媽媽會不會有時間去都柏林，或找一天午後搭火車到韋斯福散心也行。但媽媽的回答總是，再說吧，眼前最重要的是完成這些回信，接下來還要整理若絲的房間與衣物。

第二天下午茶時艾莉絲告訴媽媽，如果她不儘早與她那些朋友連絡，她們會認爲艾莉絲很沒有禮貌。既然她已經開口，艾莉絲便決心要爭取一天的自由時間，她可不打算在媽媽犀利不耐煩的監督下完成那些信函後，立刻就得整理若絲的衣服。

「我已經安排明天送花圈了，」媽媽說，「所以明天我們要去墓園。」

「那好，明晚我會約安妮特和南西，」艾莉絲說。

「妳知道嗎？妳回來後她們有打電話來，我請她們晚點再聯絡，但如果妳想見她們，就應該邀請她們到家裡來。」

「我看我現在就聯絡好了，」艾莉絲說。「我先通知南西，她就可以替我找安妮特。南西還跟喬治約會嗎？她說她們要訂婚了？」

「就讓她告訴妳所有新聞吧。」媽媽笑著回答。

「喬治可是一條大魚，」艾莉絲說。「而且人又長得帥。」

「這我就不確定了，」媽媽回答。「她可能得在他家店裡做牛做馬。老雪瑞登太太又高傲得不得了。要我跟她待上一秒鐘我都不願意。」

出門後，艾莉絲頓時輕鬆自在，這是個美麗暖和的傍晚，她可以就這麼開心地走好幾英哩。她發現一位婦女打量她的短裙、絲襪和鞋子，還有她曬得黝黑的皮膚，她走到南西家時，有趣地想著自己在這街上顯然魅力四射。她摸了自己原本帶了婚戒的手指，告訴自己等到媽媽睡覺後，就要寫信給東尼，然後第二天早上再趁著媽媽不注意時，將信拿去郵局寄。艾莉絲認眞考慮，她就慢慢引導媽媽這個大祕密吧，若媽媽沒發現艾莉絲寫到若絲辦公室的信，就讓媽媽知道美國有個特別的男人在等著她。

第二天，她們帶著花圈走進墓園。只要遇見認識的人，對方就會停下腳步與她們說話。他們稱讚艾莉絲變得很美，但口氣並不過度熱忱或輕浮，因爲大家都知道艾莉絲正準備與媽媽走向若絲的墓地。

一直到她們走上墓園的主要步道，朝家族墓地走去時，艾莉絲才意識到自己有多害怕這一刻。她爲自己前幾天對媽媽的憤怒感到內疚，她現在挽著媽媽的手臂，另一隻手拎著花圈，墓園有些人目視她倆緩緩走近若絲墓地。

媽媽挪走一只早已枯萎的花圈，然後站在艾莉絲身邊，面對墓碑。

「所以，若絲，」媽媽輕聲說，「艾莉絲來了，她回家了，我們給妳帶了鮮花了。」

艾莉絲不知道媽媽是否也期望她也能說上幾句話，但由於她正在哭泣，她不相信她能清楚表達自己。她握起媽媽的手。

「我爲妳禱告，若絲，我很想妳，」艾莉絲低聲說，「我希望妳也能爲我祈禱。」

媽媽說，「她爲我們所有人祈禱，若絲在天堂爲我們所有人祈禱。」

當她們默默站在墓前，艾莉絲發現自己完全無法承受若絲正躺在泥土底下，被黑暗包圍的想法。她試著回憶姊姊還活著的時刻，她的雙眼，她的聲音，還有她感覺起風時，將毛衣披上肩頭的模樣。若絲總是努力讓媽媽對姊妹倆生活的枝微末節產生興趣，讓她感覺自己與姊妹倆有同樣的朋友，相同的興趣與經歷。艾莉絲專注在若絲的心靈思想，試著不去多想若絲早已躺在她們腳下的潮濕地底。

她們沿著夏莫丘走回家，經過綠茵草地走上後巷街，媽媽說今天她不想再遇到任何熟人了，艾莉絲心想，媽媽大概是不希望任何人看到她，甚至邀她出門，讓她得離開媽媽身邊。

那天晚上，當南西和安妮特來訪時，艾莉絲立刻注意到南西的訂婚戒指。南西解釋她已經與喬治訂婚兩個月了，但她不想寫信告訴艾莉絲，因爲若絲才剛過世。

「但妳可以參加婚禮，眞是太棒了。妳媽好開心。」

「婚禮是哪一天？」

「六月二十七日，週六。」

「但那時候我已經回去了啊，」艾莉絲說。

「妳媽說妳還會在這裡。她還回信代表妳們兩人接受了邀請。」

她媽拿著托盤與茶杯走進房間，還帶了一些蛋糕。

「妳們來了啊，」媽媽說。「眞高興看到妳們兩個，讓這房子有點生氣。可憐的艾莉絲受夠了她的老媽媽了。我們很期盼參加妳的婚禮，南西。到時候一定要穿得很時髦漂亮。若絲要是還在，也會這麼打扮的。」

接著媽媽在任何人能開口前離開了房間。南西望向艾莉絲，然後聳聳肩。「看來妳不出席是不行了。」

艾莉絲在心裡盤算，婚禮在她預定離開日期的後四天舉行；她也記得布魯克林的旅行社告訴她可以隨時更改日期，只是必須事先通知船公司。她當下決定再多留幾週，也希望芭托奇百貨不會太介意。她只需向東尼解釋媽媽誤會了她的出發日期就好，雖然艾莉絲可不認爲媽媽會搞錯任何事情。

「或者在紐約有某某人正急著等妳回去嗎？」安妮特試探。

「妳說像是吉霍太太，我的房東？」艾莉絲答覆。

她不太相信自己能閉嘴不對好友托盤而出，說出事實眞相，尤其是當她們像這樣坐在一起閒聊時。但如果她告訴她們實情，很快地艾莉絲就會發現她們的媽媽會對她媽提起艾莉絲在紐約有男朋友。因此，艾莉絲想，最好還是把話題維持在服裝、學校、房客與吉霍太太身上。

她的好友倒是把鎮上大小事描述得鉅細靡遺——誰與誰約會，或誰準備訂婚，最新消息還包括南西的妹妹自耶誕節以來，與吉姆．法瑞爾斷斷續續約會，但終於決定與他分手，現在又認識了一位來自法恩斯的新男友。

「她與吉姆．法瑞爾約會只是爲了想試試自己的膽識，」南西說。「他對她就像那天晚上對妳一樣無禮粗魯。我們全都打賭她不會跟他約會。結果她眞的做下去了。但她實在受不了，還說他是個麻煩精，雖然喬治口口聲聲說他人眞的很好，但你得很瞭解他的個性，喬治以前跟他是同學。」

「喬治也眞是太好心了，」安妮特說。

南西說吉姆．法瑞爾會以喬治朋友的身分參加婚禮，但是南西的妹妹堅持邀請她的新男友一同出席。女孩們討論談男友和婚禮計畫的同時，艾莉絲知道如果她此時脫口說出自己與東尼沒人參加的祕密婚禮，南西或安妮特肯定會震驚得說不出話來。因爲那實在太奇怪了。

接下來的幾天她在鎮上四處走動，週日早上她與媽媽參加十一點的彌撒，眾人對她漂亮的服飾、精緻的髮型與古銅色的肌膚品頭論足。她每天都設法與安妮特和南西一起或單獨見面，也總是提前通知媽媽她的計畫。在週三時，當她問媽媽自己能否在第二天中午過後與喬治．雪瑞登、南西和安妮特到古拉庫爾時，媽媽隨即要求她取消當晚外出的計畫，留在家裡與她整理若絲的遺物，看決定該保留哪些東西，又該把哪些物品丟棄。

她們搬出掛在衣櫥的衣服，將它們攤在床上。艾莉絲想說清楚自己根本不需要姐姐的任何衣服，而且最好把它們全都捐給慈善機構。但媽媽早已經拿開若絲新買的冬季大衣，另外還有幾件西裝外套，媽媽說這些衣服改一改就能給艾莉絲穿了。

「我行李箱沒什麼空間了，」艾莉絲說，「大衣很漂亮，但顏色太暗了。」

媽媽手邊還忙著整理衣服，假裝自己沒有聽見艾莉絲。

「我們明天早上就把西裝外套和大衣帶去裁縫店，等到拿回來時就會很合身了，很適合妳的美國身材。」

艾莉絲也反過來開始無視媽媽的評論，她打開衣櫥最底層的抽屜，把裡面的物品全倒到地板上。她想確定自己能在媽媽發現之前，找到她寫到若絲辦公室的信。地上有舊的獎牌、手冊，甚至還有多年沒用的髮網與髮夾，幾條折好的手帕和艾莉絲的幾張照片，還有一大疊高爾夫球計分卡。但那些信件依然不見蹤影。

「這裡大部份是垃圾，媽咪，」她說。「我們最好就把這幾張照片收起來，其他都扔了。」

「哦，我需要全部看看，妳先過來幫我折這些圍巾。」

第二天早上，艾莉絲拒絕去裁縫店，她終於婉轉地向媽媽解釋無論若絲的大衣或外套是多麼高雅，她一點都不想接收它們。

「那妳是想要我把它們給丟了？」

「會有很多人喜歡這些衣服的。」

「但這些衣服對你還不夠高檔？」

「我有我自己的衣服啊。」

「那我就把它們留在衣櫥，就怕妳萬一改變主意。妳可以把它們捐出去，等到有一天週日彌撒時，妳就發現自己根本不認識的人穿著那些衣服。到時可有好戲看了。」

艾莉絲在郵局買了足夠的郵票，以及寄往美國的專用信封。她寫信對東尼解釋她得多住幾週，也請位於科夫的船公司分處取消她之前的回程日期，然後詢問對方該如何將日期延後。她想等到回程日期接近了，再通知方提妮小姐與吉霍太太她會晚點回去。她不確定拿生病當藉口是否明智。艾莉絲對東尼描述了她造訪若絲墓地的細節，還有好友南西的訂婚喜事。她向他保證自己將戒指收得很好，同時告訴他自己獨處時也無時無刻思念他。

午餐時，她將毛巾、泳衣與涼鞋放進一個手提袋，然後走到南西家。喬治．雪瑞登等會就會來這裡接她們。這是一個美麗的早晨，空氣甜美和煦，當她們待在屋內等待喬治時，室內甚至相當悶熱。當她們聽見喬治廂型貨車的喇叭聲時，兩人立刻走了出去。艾莉絲看到吉姆．法瑞爾時非常訝異，他站在車門旁等她上車，然後坐進她身邊，讓南西能坐在前排駕駛座旁邊陪伴喬治。

她冰冷地對他點點頭，盡可能離他遠一些。上週日彌撒時她也瞄見他，但一直小心翼翼避開他。車子駛出了小鎮，此時她才發現今天是他要一起出遊，而不是安妮特；她很生氣南西沒有事先告訴她。如果她知道了，一定拒絕同行。當他們沿著奧斯朋路開往維尼格丘，然後右轉朝古拉庫爾時，喬治與吉姆開始討論起足球了，這讓艾莉絲更爲光火。她原本想打斷兩個男人的談話，告訴他們布魯克林也有以愛爾蘭本地爲名的維尼格丘，但跟俯瞰恩尼斯科西的維尼格丘景致天差地遠。但她當下決定閉嘴不理吉姆，而且只要出現空檔，她一定要提個他根本插不上話的話題。

喬治把車停好，和南西領先走上海濱步道，朝沙丘與海灘走去。此時吉姆．法瑞爾悄悄與她說話，問候媽媽。他說他與他父母參加了若絲的葬禮彌撒，他母親一直很喜歡若絲。「總之，」他說，「鎮上很久沒有發生這麼令人難以接受的悲劇了。」

她點點頭。如果他想讓她有好印象，她想，她應該儘早讓他知道她不打算對他產生好感，但此時此刻並不恰當。

「妳回家後心情一定很難過，」他說。「但妳媽媽肯定開心多了。」

她轉身朝他悲傷地微笑。他們沒有再交談，往前走趕上了喬治和南西的腳步。

結果吉姆根本沒有帶毛巾或任何游泳用具，他說反正海水可能太冷了。艾莉絲看向南西，然後不以爲然地瞥了吉姆一眼，刻意讓南西看見。吉姆脫掉他的鞋子和襪子，捲起褲管走到水裡，其他三人開始更衣。如果這是好幾年前，艾莉絲心想，她會從恩尼斯科西出發後就開始擔心自己得穿泳裝以及它的款式，也怕自己看起來會太胖或在沙灘上格格不入，或者是喬治和吉姆會怎麼看她。然而現在，她身上依舊有著與東尼到康尼島出遊帶回來的古銅肌膚，她對自己有股奇特的自信心。她走上沙灘經過吉姆．法瑞爾，然後在第一道波浪打上她時開始涉水游出海，開懷自在。

她知道他在看她，想到自己剛才經過他時實在應該潑他一身海水，這讓她微笑了。有那麼一秒鐘，她想到自己應該把這想法與若絲分享，若絲聽了也一定會大笑，但頓時她才沉痛憶起若絲早已經過世，姊姊再也不會知道這種日常小事，也不會在乎了。

後來，南西和喬治手牽手往巴立卡尼加懸崖走去，艾莉絲與吉姆跟在他們後面。吉姆問起美國。他說他有兩位叔叔在紐約，他本來想像叔叔們是住在曼哈頓的摩天大樓，結果原來叔叔家離紐約市還有兩百英哩。他說他們是住在紐約州，其中一位叔叔居住的小鎮比班克洛迪還迷你。她告訴吉姆當初鼓勵她去美國的神父就是若絲的朋友，吉姆問起神父的名字。當她說是福樂德神父時，吉姆．法瑞爾說他父母與福樂德神父很熟，這讓她震驚得好一陣子說不出話。吉姆還說他父親與神父應當是聖彼得學院的同學。

稍晚他們開車到韋斯福，在塔爾博特酒店喝下午茶，屆時喬治與南西的婚宴也即將在此舉辦。當他們回到恩尼斯科西時，吉姆請他們回家前到他家酒館喝一杯。吉姆的母親站在吧檯後面忙碌，她知道他們今天一起出遊，她熱情招呼艾莉絲，反而讓艾莉絲有點緊張。在大家解散前，約好下週日再一起出門。喬治建議可以從古拉庫爾到考敦跳舞。

艾莉絲沒有家門鑰匙，她不得不敲了門；她希望媽媽還沒睡著。她可以聽見媽媽慢慢走來開門，想必她本來是在廚房，她花了一些時間打開門鎖，拉開門栓。

「妳回來了啊，」媽媽微笑。「我再幫妳準備一副鑰匙。」

「我沒把妳吵醒吧？」

「沒有，我看見妳出門時，就告訴自己妳應該會很晚回來，但現在還好，天還有點亮。」

媽媽關上門，跟著她走向廚房。

「告訴我，」她問，「好玩嗎？」

「很不錯，媽咪，我們還到韋斯福喝茶。」

「吉姆．法瑞爾沒有太無理吧？」

「就他之前的表現，今天算是還好。」

「那很好，我有大事宣佈，戴維斯辦公室找上妳了，他們有緊急狀況，因爲明天所有的貨車司機與磨坊的員工都要拿到薪水，但有一位小姐休假，愛麗．若許又生病了，大家絞盡腦汁想破頭時，有人靈機一動，想到妳可以幫忙。他們希望妳可以明天早上九點半到辦公室。我想妳最好是同意吧？不要拒絕別人。」

「他們怎麼知道我回來了？」

「整個小鎮都知道妳回家了。我明天早上八點半幫妳把早餐準備好，妳最好穿正式一點。不要太美國。」

媽媽臉上露出滿意的微笑，這讓艾莉絲輕鬆不已，前幾天母女之間的沉默讓艾莉絲有點害怕，她甚至對媽媽對她在美國的時光不感興趣很不開心。她們現在坐在廚房討論南西與喬治的婚禮，約好下週二到都柏林買當天要穿的衣服，還討論了該準備什麼結婚禮物送給南西。

當艾莉絲上樓時，她發現這是她首次不再爲自己的返鄉感到不安，而且她幾乎等不及要解決戴維斯磨坊的工資問題了，也更期待週末的來臨。當她寬衣時，她注意到有封信放在床上，那是東尼的來信，因爲上面寫了他的姓名與地址。一定是媽媽放在那裡的，但她什麼也沒說。艾莉絲帶著近乎戒愼警覺的心將信拆開，就怕他有什麼狀況，但當她看到開頭前幾句他對她宣示自己的愛與思念時，艾莉絲鬆了一口氣。

艾莉絲一面讀著東尼的信，一面眞希望自己能把信拿到樓下給媽媽看。東尼的語氣死板正式又很老套；看得出來寄信者不擅長寫信。然而東尼很努力把自己的個性帶入字字句句：他的和善、他的好心腸以及他對人生的熱情。在字裡行間，她感覺東尼不斷表達一種想法，似乎他害怕只要自己一轉頭，艾莉絲就會棄他而去。那天下午，在她享受冰涼海水、和煦天氣及南西與喬治的陪伴時，甚至到最後，她開始與吉姆熱絡了，艾莉絲的人與心的確離東尼非常遙遠，因爲她全心沉醉在自己熟悉的環境之中。

她現在好希望自己沒有嫁給他，不是因爲她不愛他，或不打算回到他身邊，而是因爲她選擇不告訴媽媽和好友她與東尼的事，讓她在美國的每一天彷彿成了幻影，與她在家鄉的時光毫不搭軌。讓她感覺詭異的是，自己似乎已經一分而二，變成兩個人；其一曾在布魯克林與兩次凜冽的冬季奮戰，艱辛度日，最後跟某人墜入愛河；其二是媽媽的乖女兒，一個大家都認識或自以爲熟悉的艾莉絲。

艾莉絲眞希望自己現在能下樓，告訴媽媽她做了什麼，但她知道自己辦不到。眼前比較簡單的做法是她宣佈因爲工作得回布魯克林，等到回美國之後，她再寫信告訴媽媽自己愛上一個人，準備與他訂婚結婚，這一次她只是回鄉幾週罷了。艾莉絲躺在床上時決定這才是最明智的做法，她不應驟下決定，而應當將這次返鄉當成一次人生插曲。總而言之，短期內她太不可能有機會再回家一趟了。明天早上，艾莉絲決定早起寫信給東尼，然後在前去辦公室的路上將信寄出去。

到了早上，艾莉絲很難不把自己當成若絲的幽靈，在同一個時間看媽媽端上早餐，以相同的方式閒談，媽媽也用一樣的語氣稱讚她的服裝，艾莉絲急忙出門了。當她朝著與若絲上班相同的路線往戴維斯辦公室走去時，她不得不時時慢下腳，阻止自己邁出與若絲一樣優雅堅定的步伐。

一到辦公室，曾經與若絲說過話的瑪麗亞．葛斯林早在等著艾莉絲，瑪麗亞帶她到存放現金的密室。眼前的問題是，瑪麗亞解釋，最近是超級旺季，貨車司機與磨坊工人前一週就已經加班了。大家寫好了自己加班的時數，但沒人搞得懂該多付多少錢給員工，通常那是塡在另一張表單，算清楚之後再加進他們的月薪，而月薪也另有一張表單，也就是薪水條。但這些表單甚至沒有按照字母順序排好。

艾莉絲請瑪麗亞給她兩小時，讓她了解加班薪資的算法，她應該就可以整理出一個計算薪資的系統，但得請瑪麗亞在艾莉絲需要時，隨時回答她的問題。艾莉絲告訴瑪麗亞自己獨立作業效率會最高，但她保證有問題就會請教對方。瑪麗亞說她會關門，讓艾莉絲不受打擾，離開時，瑪麗亞表示員工大約於五點左右領取薪水，保險箱裡已經放了支付員工的現金。

艾莉絲找到一個釘書機，開始將每位員工的加班表單釘上其平日的例行薪水條。她把它們按字母順序排列。完成之後，她再進一步依據個人服務年資與工作內容估算每個人的加班時數，艾莉絲結算完成後，再將這筆金額加總，就能算出公司該提領多少現金給各位員工。這工作其實簡單明瞭，因爲計算方式很清楚，只要她計算不出錯，她認爲自己應該能順利完成工作，但保險箱內得有足夠的紙鈔與銅板。

中午時她短暫用了餐，同時向瑪麗亞確認她不需要任何幫忙，不過他們得給她一疊信封，然後找人打開保險箱，萬一裡面零錢不夠，可能得請人跑腿到銀行或郵局一趟。四點前她已經完成手邊工作，現金也與當日得發出的薪資金額符合。她遞給每位員工一只信封，裡面是他該領到的薪資總和，同時她也準備了一份副本交給辦公室存檔備用。

這就是她站在芭托奇百貨部門時夢想的工作，當辦公室員工進進出出時，她只能告訴顧客棕褐色和咖啡色的絲襪可搭配膚色較白的人，而紅狐狸則適合暗色皮膚的女士，她也曾經在聽課和考試時幻想未來。她知道一旦她和東尼結婚，她便得當家庭主婦，鎮日打掃房子、購物、準備三餐，然後生小孩，照顧他們。她從來沒有向東尼提及自己婚後依然想要繼續工作，就算兼職也無所謂，也許在家工作，幫忙那些需要帳務管理的人。她不認爲在芭托奇百貨上班的婦女們都已經結婚。她猜想，如果東尼與他的弟弟成立建設公司，應該也會需要帳務管理。當她想到這一點時，她才頓時發現自己那天早上又忘了寫信給他，並決定當晚一定得提筆回信。

週日午餐後，天氣依舊舒爽，喬治、南西與吉姆開車停在她家門前。吉姆將後座車門打開，等她入座。他穿著一件白色襯衫，捲起袖子；她注意到他手臂上的黑色毛髮與白淨的皮膚。他塗著髮油；艾莉絲心想，他的確在打扮上花了不少工夫。他們離開小鎮，他安靜地告訴她前一晚酒館的狀況，同時也說自己很幸運，即使他父母已將事業交給他，他們仍然願意在他想出門走走時，替他看管酒館。

喬治說古拉庫爾可能會很多人，他建議他們改往凱須坎出發，可以到那裡欣賞懸崖美景。艾莉絲小時候也常跟著若絲、她的三位哥哥和父母到那裡渡假，但她已經好久沒去了，從來也沒再想起那個地方。當他們駛過布拉克瓦特時，她幾乎能指出她記得的場所，例如大衛太太的酒館，她爸總會在晚上到那裡喝酒；還有吉姆歐尼爾小店。但她克制了自己。她不想讓自己聽起來就像離家許久的異鄉人。此外她想，她可能再也不會像今天這個夏季週日一樣，看到眼前的景致了，但對其他人而言，這根本不算什麼，只不過是一個較爲寧靜的景點罷了。

她確信如果她提起此處的回憶，朋友們就會注意到其間的差異。然而，她只是默默觀察每一棟建築物，在他們開車上山，轉進巴立卡尼加前，艾莉絲憶起往事，例如她與傑克到小村莊冒險，或者杜爾家表兄弟的來訪。這使她安靜不語，也讓她自覺與車內愉悅自在的氣氛更爲疏離。車子繼續沿著風沙飛揚的小巷，朝凱須坎前進。

車子停好後，喬治和南西率先走向懸崖，讓吉姆和艾莉絲走在後面。吉姆拿著他自己的游泳用具，也幫她拿了手提袋，裡面是她的泳衣和毛巾。他們走在小巷時，半路在庫倫先生家停留，因爲吉姆過去的老師雷德蒙先生戴著一頂草帽坐在門前乘涼。他顯然正在渡假。

「這可能是我們唯一僅剩的夏天了，老師，」吉姆說。

「所以我們最好充分利用它，」雷德蒙先生回答。艾莉絲注意到他口齒不清。

當他們繼續往下走時，吉姆壓低聲音說雷德蒙先生是他自己唯一欣賞的老師，可惜他中風了。

「他的兒子呢？」艾莉絲問。

「依蒙？唸書吧，我想，他最愛讀書了。」

他們來到了小巷底，朝懸崖邊緣往下看，眼前是一片平靜無波的大海。沙灘與海水的交界則呈暗黃色。一群海鳥排成一列在海面低飛，海浪無聲湧進，然後又悄悄後退。海面上隱約有一道薄霧，除此之外，天空湛藍無雲。

喬治得走到懸崖遠處最後一道沙灘；他等著南西跳下去後，然後緊緊擁住她。吉姆也這麼做，艾莉絲發現當他擁住她時，他將她抱得好緊，彷彿他們兩人早已習慣這麼做。她顫抖地想到東尼萬一現在看到她，會有什麼反應。

他們在沙地鋪了墊子，吉姆脫掉他的鞋襪測試水溫，他回來時表示海水比上一次溫暖多了，所以他準備更衣游泳。喬治說自己也要跟吉姆下水。兩人說好最後下水的人要請大家吃晚餐。南西和艾莉絲穿上了泳裝，但待在岸上。

「他們有時就像小孩，」當她們望著喬治和吉姆在海中嬉鬧時，南西說。「如果他們有球，就會玩上好幾個小時。」

「安妮特呢？」艾莉絲問。

「我知道如果週四我告訴妳吉姆也要一起來，妳絕對不肯出門，而且我也知道妳不肯跟我和喬治三個人出門，所以我說安妮特會來，這是善意的謊言。」南西說。

「吉姆的壞脾氣呢？」

「他緊張時就會對人無禮，」南西說。「他不是故意的，他心很軟。而且，他喜歡妳。」

「從什麼時候開始的？」

「從上週日他看到妳和妳媽一起參加彌撒。」

「妳能幫我一個忙嗎，南西？」

「怎麼了？」

「妳可以跑到海邊告訴吉姆，要他自己下海好嗎？或更好的是，妳去告訴他妳認識有人住在池塘邊，問他爲什麼不找時間跳下去算了。」

她們笑得倒在墊子上。

「妳的婚禮準備得如何？」艾莉絲問。她不想再聽到關於吉姆．法瑞爾的話題了。

「很順利，只除了我未來的婆婆，她每天都宣佈自己對婚禮又有新的想法和建議，或想取消本來應有的安排。我媽認爲她是個勢利的老太婆。」

「的確如此，不是嗎？」

「我會一巴掌把她打醒，」南西說，「但我會等到婚禮結束。」

喬治和吉姆回來後，四個人站起身沿著沙灘行走，男士們先用跑的，想讓身體吹乾。艾莉絲被他們身上又薄又緊的泳褲逗樂了。美國男人是不可能穿著這種泳褲在沙灘上狂奔的，她想。康尼島也不會看到這種對身材毫不在意的男士，他們用奇特步伐在沙灘跑步時，完全無視兩位女士的眼神。

沙灘上沒有別人，艾莉絲這才發現喬治爲何選擇這塊孤立的沙地。他和吉姆，也許南西也參與計畫了這完美的一天，讓她和吉姆就像南西和喬治儼然成爲一對伴侶。當他們走回頭，吉姆開口跟她說話時，她意識到自己喜歡他魁梧隨和的存在，還有他的聲音，彷彿兩人置身在鎭上的街道。他有一雙明亮的藍眼，她心想，而且似乎毫無心機。她很清楚這雙藍眼現在正在她身上游移，裡面充滿對她的濃厚興趣。

想到這一點她微笑了，何不就視時務而行呢？反正她是回來渡假的，而且這沒什麼大不了，但她可不會跟著他入海，彷彿她是他的女朋友。她對自己解釋，這樣到時她才能坦白面對東尼，因爲她什麼也沒做。她和吉姆站著看喬治和南西在淺水灘玩鬧，然後迎向浪花。吉姆建議他們也跟上去，但她搖搖頭走在他前面。等到他追上她時，有那麼一剎那她納悶，假使東尼也隨著朋友帶兩位女孩到康尼島，還與其中一位女孩單獨在海邊漫步呢？不可能，她想，東尼就是不會做出這種事情。但只要他察覺她曾經這樣與人出遊，他一定會心痛不已。此時他們走回沙灘墊，吉姆爲她撫平墊子，他身上依然只有一件泳褲，但他依舊自在微笑地躺在她身旁，享受溫暖的陽光。

「我爸說這部份的海岸侵蝕得很嚴重，」他的口氣像是在完成一段對話。

「我們很多年前曾經住在這裡的一間小屋，時間大約一兩週吧，那是麥克和諾拉買的，我不記得房子到底是誰的，總之我們跟他們租了幾天。每年夏天我們渡假時，都會注意到有點不一樣。」

「我爸說他記得你爸幾年前來過。」

「他們總是從鎭上騎單車來。」

「布魯克林附近有沙灘嗎？」

「哦，有的，」她說，「夏天時的週末擠得人山人海。」

「我想那裡一定什麼人都有，」他彷彿在確認自己的想法。

「各式各樣的都有，」她說。

有一段時間他們沒有交談，艾莉絲坐起來，看見南西浮在水面上，喬治在她身旁划水。吉姆也坐起來看著他們。

他靜靜地開口了。「我們要下水嗎？」

艾莉絲在等的就是他這句話，也打定主意要回絕他。如果他更堅持，她甚至準備說她在布魯克林有一位特別的男士，而不久後她即將回到對方身邊。但吉姆的語氣卻是出奇謙遜，語氣彷彿很害怕受傷。她想知道他是不是在演戲，他看著她的神情是如此脆弱，有那麼一秒鐘，她無法拿定主意：她意識到萬一她拒絕他，他可能會如被擊潰的士兵般走進水裡；不知爲何，她實在不樂見看到那一幕。

「好吧，」她說。

當他們涉入水中，他瞬間抓住她的手。但隨著一道波浪推進，她離開了他身邊，然後想也不想地游向大海。她沒有回頭看他是否追了上來，而是繼續往前游，她留意到南西和喬治正在接吻，緊緊擁抱，她試圖避開他們，也避開吉姆．法瑞爾。

她很感激吉姆，因爲儘管他是游泳高手，卻不打算追在她身後；他反而開始仰泳，與沙灘平行，讓她獨處。她正在享受海水，回味她早已忘卻的純淨與平靜。當她在水中浮沉，凝視蔚藍的天空，一面踢腳讓自己浮在水面上時，吉姆靠了過來，但他很謹慎不碰到她或離她太近。當他捕捉到她的眼神時，他微笑了。他所做的一切、所說的每一句話以及每一個動作都刻意深思熟慮，他完全不願激怒她，或進行得太快。就是這種貼心的舉動與行爲，使他對她的仰慕傾心不言而喻。

艾莉絲意識到自己不該讓事情進展得那麼快，她早該在他們首度出遊後，告訴南西她的職責在於回家陪伴媽媽，或陪媽媽出門，而且她也不該再與南西、喬治和吉姆出遊。此時艾莉絲考慮將她的祕密告訴南西，但不需要全盤托出，只是讓南西知道自己回布魯克林後，就準備跟人訂婚了。但她知道自己最好什麼也不做。反正她也快回去了。

當她跟吉姆從水裡上來時，喬治已經準備好相機了。南西在一旁看著他們兩個，吉姆站在艾莉絲後面，用手臂摟著她。艾莉絲能感覺吉姆身體散發的熱度，喬治照了許多相片，然後吉姆也爲喬治和南西照相。不久，他們就看到有一位從北邊走過來的遊客，他是基廷人。他們等喬治教對方如何使用相機，請他替他們四人照相。吉姆的動作彷彿漫不經心，但艾莉絲認爲他的所作所爲都是刻意的，因爲她再一次感覺他在她身後的身軀。他很小心不要像喬治靠近南西那樣離艾莉絲太近。她從未感覺他的鼠蹊部靠著她。她相信他決定不冒這個險，而且這樣做也有點過份了。拍完照後，她回到沙灘墊更衣，然後躺在陽光下等著其他人準備回家。

回恩尼斯科西的路上，他們決定到考敦酒店吃烤肉，喬治知道那裡開到九點，吃完晚餐後再去跳舞。喬治取笑南西一定會花很長時間準備，但南西堅稱她和艾莉絲在大海游泳後，都得把頭髮洗乾淨。

「那就洗快一點，」喬治說。

「快不了的，」南西回答。

吉姆看向艾莉絲，笑了笑。

「老天，他們都還沒結婚，就吵成這樣了。」

「因爲理由很充分啊，」南西說。

「她說得沒錯，」艾莉絲說。

吉姆伸手親密地捏捏她的手。「我相信妳們都是對的，」他讓自己口氣帶著諷刺和自嘲，免得聽起來像是在討好艾莉絲。

他們約好七點半見面。艾莉絲的媽媽在她洗頭髮時，翻找了艾莉絲所有的洋裝和鞋子。她還準備好熨斗和燙衣板，免得挑出來的洋裝出現折痕。艾莉絲頭上包著毛巾出現時，她發現媽媽挑了一件有花朵圖案的藍色洋裝，這是東尼最愛的洋裝，另外還有一雙藍色的皮鞋。艾莉絲幾乎想告訴媽媽她不能穿這件，但她知道此時此刻說任何話只會導致不必要的緊張，所以她同意穿上它。媽媽似乎一點也不討厭自己即將被拋下獨自渡過夜晚這件事，反而很高興艾莉絲打扮得漂漂亮亮，甚至在艾莉絲爲頭髮上捲，打開若絲的吹風機時，替艾莉絲熨洋裝。

喬治和吉姆認識考敦酒店的小老闆，他們都是橄欖球隊的隊友。店家爲他們特別安排了一張桌子，上面擺了蠟燭與葡萄酒，等會還會送上香檳酒單。艾莉絲注意到其他賓客的眼神，或許認爲他們是餐廳的貴賓。喬治和吉姆上身是獵裝外套，打了領帶，套了法蘭絨長褲。當南西詳細研究菜單點餐時，艾莉絲注意到好友全新的一面：她比之前更優雅了，她認眞對待嚴肅的侍者，幾年前，南西可能會對這種假惺惺的侍者翻白眼，或者對他隨便說上幾句客套話。艾莉絲心想，很快地，南西就要變成喬治·雪瑞登夫人，這在鎮上可算是一件了不起的大事。南西已經開始稱職扮演自己未來的角色了。

稍晚在酒店酒館，喬治、吉姆與旅館的主人高談闊論討論剛結束的橄欖球季，三人看來世故又英俊。奇怪的是，艾莉絲心想，喬治和吉姆竟然沒有與他們那群朋友的姊妹約會。她知道鎮上每個人都很驚訝喬治與南西交往，更不用說南西的兄弟這輩子從來沒玩過橄欖球，大家都認爲這是因爲南西年輕貌美、家教又好。艾莉絲記得兩年前吉姆·法瑞爾公開對她無禮那一晚，當時的她以爲那是因爲她來自鎮上的普通家庭，家無恆產。當她與南西坐著看男士們聊天時，艾莉絲知道自己從美國回來後，身上帶著某種接近魅力的特質，讓她變得與過去完全不同了。

她沒料到會在舞廳看到這麼多恩尼斯科西的同鄉，很多人似乎都知道南西和喬治即將成婚，當他們在舞池走動時，常有人上前恭賀。艾莉絲注意到吉姆與人點頭有種特定的動作，彷彿只是讓對方知道他認得他們。那動作並非不友善，卻也不想讓人與他接近。在她眼裡，吉姆比總是笑嘻嘻的喬治嚴肅得多，她想知道這是否因爲他經營酒館的緣故，他雖然會跟每個人打交道，卻也企圖與人們保持一定的距離。

她整晚都與吉姆一起跳舞，只除了短暫交換舞伴時，與喬治跳一支舞。她知道鎮上的人都在觀察她，在她背後指指點點，特別是當音樂節奏加快時，大家都看得出來她和吉姆搭配得天衣無縫，當燈光暗下，音樂速度放慢，他們也緊貼著彼此跳舞。

跳完舞走到戶外，夜晚依舊溫暖。艾莉絲與吉姆讓喬治和南西走在他們前面，告訴兩人他們會很快趕上。一整天吉姆的表現無懈可擊：他不會讓她感到無趣，也未曾惹惱她，或甚至靠她太近；有時他非常體貼風趣，甚至好笑滑稽，但在需要時也能安靜有禮。在舞池那群醉漢與老人之間，吉姆顯得鶴立雞群，因爲他們看起來簡直像是直接開著拖拉機到考敦的。吉姆帥氣優雅又聰明，而且，有他爲伴讓今晚的她非常自豪。他們在一間別墅和露臺間，找到了一處私密空間開始親吻，吉姆緩緩移動；他捧著她的頭，在半明半暗的夜色下凝視她，接著熱情親吻她。他舌頭在她嘴內的滋味讓她放鬆將自己交給他，一股刺激興奮湧上她心頭。

回恩尼斯科西的路上，他們試圖掩飾兩人剛才做了什麼，但最終還是放棄了，這讓南西和喬治一路取笑他們，直到返家。

週一艾莉絲收到戴維斯辦公室的口信，她想大概是他們準備付錢給她，感謝她那天的幫忙。當她抵達辦公室時，她發現瑪麗亞又在等她。

「布朗先生想見妳。」瑪麗亞說，「我先看他現在有沒有顧客。」

布朗先生是若絲的老闆，也是磨坊老闆之一。艾莉絲知道他是蘇格蘭人，也常看見他開著一輛閃閃發亮的大轎車。她注意到瑪麗亞提到他的名字時聲音充滿敬畏。過了一會兒，瑪麗亞回來了，她說布朗先生想立刻與艾莉絲會面。她帶著艾莉絲沿著走廊走進一個房間。布朗先生就坐在長辦公桌後的眞皮高椅上。

「雷西小姐，」他站起來隔著辦公桌與艾莉絲握手。「可憐的若絲過世時，我寫信給妳母親致哀，當時我們全都震驚悲傷，我一直在想那時我應該打電話給她的。他們告訴我妳剛從美國回來，瑪麗亞還說妳有帳務管理員的合格證書。那算是美國的帳務管理體系嗎？」

艾莉絲解釋她不認爲兩國體系有很大的差異。

「我想也是，」布朗先生說。「總之，瑪麗亞對妳上週處理薪資的效率讚不絕口，但我們一點也不驚訝，畢竟妳是若絲的妹妹。若絲效率奇高，我們非常想念她。」

「若絲是我最好的典範，」艾莉絲說。

「在旺季結束之前，」布朗先生繼續，「我們很難確定辦公室職務該如何調整，但我們確實需要聘請一位帳務管理員，熟悉我們發放薪資的過程。但眼前我們很需要妳繼續替我們兼職，計算我們的薪資，以後怎麼發展我們可以再談。」

「我很快就要回美國了，」艾莉絲說。

「嗯，是的，當然是如此，」布朗先生說。「但直到妳確定之前，我們再談一次吧。」

艾莉絲正準備開口說她已經確定了，但既然布朗先生的口氣他已經不打算進行進一步的討論，她很清楚他並不期待她現在答覆他。她站起身，布朗先生也站了起來，陪她走到門口，請她代爲問候媽媽，接著他讓瑪麗亞接手，瑪麗亞遞給她一只裝了現金的信封。

當晚艾莉絲已經答應要到南西家幫忙檢視婚禮早餐會的賓客名單，處理座位事宜。她狐疑地重述自己與布朗先生的會面。

「兩年前，」艾莉絲說，「他連見都不想見我。我知道若絲曾經問過他辦公室有無空缺，他只是回答，沒有，就這兩個字。」

「哎，現在不一樣了啊。」

「而且兩年前，吉姆·法瑞爾似乎覺得他應該在雅典娜忽視我的存在，即使喬治已經開口請他找我跳舞。」

「妳變了，」南西說。「妳看起來不一樣了。妳的一切都不同了，原本認識妳的人不會這麼覺得，但對鎭上其他只跟妳有過一面之緣的人是這樣。」

「哪裡變了？」

「妳似乎更成熟，更認眞。加上妳的美國式打扮更是與眾不同。妳看起來有種特殊的氣質。吉姆一直求我們找更多的藉口，邀妳一起出門。」

稍晚，當艾莉絲與媽媽在睡前喝茶時，媽媽說她認識法瑞爾夫婦，不過她已經好久沒踏進那間酒館了。

「它的外觀並不起眼，」她說，「但那是城裡最好的房子之一。樓上的兩個房間全都有兩扇門，我記得多年前人們總是討論它的房間有多大。我還聽說吉姆的父母要搬去葛蘭布恩，他媽媽娘家就在那裡，因爲她姑媽留了一棟房子給她。法瑞爾先生很愛馬，也很會賽馬，他打算回到那裡養馬，至少我是這麼聽說的。酒館要留給吉姆經營。」

「他會很想念他們的，」艾莉絲說。「因爲他想出門時，他們才會幫他看店。」

「哦，我想他們應該是慢慢交棒吧。」媽媽回答。

回到樓上，艾莉絲發現發現有兩封東尼的信放在床上，她一看到它們就立刻想起自己還沒依計畫寫信給他。她看了看那兩封信，看著他的筆跡，她站在關上門的臥室，開始納悶爲什麼如今關於東尼的一切感覺如此遙遠。不只如此，她在布魯克林的人生彷彿已經蒸發，不再鮮明——例如她在吉霍太太家的小房間，她的考試，或者是從布魯克林學院回家的電車、舞廳，那間東尼與他父母及三個弟弟居住的小公寓，或是芭托奇百貨。這一切原本歷歷在目，但她現在卻得費盡力氣才能回憶它們的細節。

她把信放在抽屜，決定她第二天晚上從都柏林回來時再回信。她會告訴東尼南西婚禮的籌備工作，她和媽媽買的新衣服。她甚至會告訴他自己與布朗先生的會面，以及她如何告知對方她即將返回布魯克林。她的回信語氣將表現得彷彿自己尚未收到他的這兩封信，她不準備將它們拆開，她要等到自己寫了回信再說。

想到自己終將離開家鄉——這熟悉溫馨又充滿慰藉的環境——然後回到布魯克林，而且短期內將不再回來，艾莉絲害怕了。當她坐在床邊，脫掉她的鞋，雙手交疊腦後，躺在床上時，她很清楚自己回來後，每一天都刻意不去想自己即將離開，以及她回到美國後即將面臨的人事物。

有時她的思緒會尖銳地提醒她，但大部分時候它則完全沒現身。她現在用力回憶，才能提醒自己的確已嫁給東尼，她將面臨布魯克林的悶熱、芭托奇百貨的無趣，重回吉霍太太家的小房間。這種人生宛若錐心折磨，美國有陌生的人、陌生的口音與陌生的街道。她試著想將東尼視爲讓人喜愛安心的存在，但她發現自己充其量只能把他當成一位無論她喜歡與否，都得與他共度餘生的夥伴；她也很清楚，他再怎麼樣都不允許她忘記這種夥伴關係的本質，以及他有多麼需要她回到他身邊。

婚禮前幾天，有一天她到戴維斯磨坊辦公室工作半天，然後吉姆．法瑞爾接了她，兩人開車到韋斯福用餐，接著看了場電影。在回家的路上，他問她何時準備回到布魯克林。她已經收到船公司來信，對方建議她可以直接打電話預約回程日期，但她還沒與他們聯絡。

「我還得打電話給船公司，不過可能是下下週吧。」

「妳一定會很想念這裡的，」他說。

「很難把我媽一個人丟下，」她回答。

好一陣子他都沒開口，直到他們途經歐立葛。

「我爸媽不久就要搬到鄉下了。我媽娘家在葛蘭布恩，她姑媽留了一棟房子給她，那裡正在整理。」

艾莉絲沒有說媽媽已經告訴她了。她不想讓吉姆知道她們私底下討論他的生活。
「以後我就自己一個人住在酒館樓上。」
她本來想開玩笑問他會不會烹飪，但意識到這問題可能會讓他多想。
「妳一定要找一天來喝茶，」他說。「我爸媽很想見妳。」
「謝謝你，」她說。
「等婚禮過後再約吧。」

她們約好讓吉姆開車帶艾莉絲、媽媽、安妮特與安妮特的妹妹卡梅爾，從婚禮會場恩尼斯科西大教堂前往位於韋斯福的婚宴餐廳。當天早上艾莉絲和媽媽很早就醒了，媽媽端了一杯茶到房間，告訴她天氣不太好，希望不會下起大雨。前一晚母女倆已經仔細地將衣服準備好，艾莉絲的衣服是在都柏林的雅納百貨買的，由於裙子和袖子都太長，還需要修改。她決定用一件白色棉質上衣搭配這件亮紅色的洋裝，再配上美國帶回來的配件——紅色系的絲襪、一雙紅色皮鞋以及一只白色手提袋。媽媽則準備穿一件在史懷崔買的格紋灰色套裝。媽媽很沮喪自己得穿平底鞋，因爲她現在只要天氣太熱或走得太遠，腳就會開始腫脹。她還會穿上一件原來屬於若絲的灰色絲質襯衫，媽媽說她很喜歡這一件，不只因爲它是若絲的最愛，也因爲穿著它參加南西婚禮，一定會讓若絲很開心。

大家還約好萬一眞的下雨了，吉姆會開車帶她們去大教堂，但如果出太陽了，大家就在教堂見面。艾莉絲已經寫好要寄給東尼的信，也打開其中一封信，他說他最近才跟了兩個弟弟到長島看他們那塊土地，也把它平均分為五份。東尼說，現在大家都在謠傳政府很快就會鋪設水電管路，而且費用很低廉。艾莉絲折好那封信，把它與東尼的其他信放在一起，另外還有他們去凱須坎照的相片。艾莉絲站著看自己與吉姆的合照，兩人非常開心：他一隻手繞著她脖子，對鏡頭咧嘴而笑，而她把頭抬得高高的，彷彿無憂無慮。她不知道該怎麼處理這些照片。

媽媽觀察天氣時，艾莉絲知道媽媽很希望下雨，如果吉姆．法瑞爾能開車來帶她與艾莉絲到教堂，媽媽肯定樂得開懷。由於今天鎮上有婚禮，鄰居們無不打開大門看清楚艾莉絲與媽媽如何盛裝打扮，也會祝她們玩得開心。當然，艾莉絲心想，一定有鄰居發現她與吉姆．法瑞爾固定出遊，也跟媽媽一樣把吉姆當成金龜婿，畢竟這位年輕人在鎮上有自己的事業。自從艾莉絲回家後，吉姆．法瑞爾來接她們肯定將成為媽媽人生的另一大高潮。

當第一滴雨打上窗戶玻璃，媽媽臉上出現毫不掩飾的滿意神情。

「我們不要冒險出門吧，」媽媽說。「我看走到市集廣場我們就全身濕透了。我擔心妳的白色襯衫會被染紅。」

接下來的半小時媽媽守在窗邊，就怕雨勢減弱，也擔心吉姆．法瑞爾提早抵達。艾莉絲坐在廚房，但她已經確信自己在吉姆來之前就準備就緒。媽媽一度走進廚房說吉姆一來就要請他進起居室坐坐，但艾莉絲堅持一旦吉姆開車出現，她們就得準備離開。最後她終於走到窗邊陪媽媽往外看。

吉姆一到，他便迅速打開車門，拿著一把傘現身。艾莉絲和媽媽緊張地走到門廊。媽媽打開門。

「別擔心時間，」吉姆說。「我直接就把妳們載到大教堂門前，然後我再去停車。我想我們時間還很充裕。」

「本來想讓你喝杯茶，」媽媽說。

「但喝茶眞的是沒時間了，」吉姆微笑了。他身穿淺色西裝、一件藍色襯衫與條紋藍色領帶搭配淺棕色的皮鞋。

「我想這雨再下一陣就沒有了，」媽媽走上車時一面說。艾莉絲看到隔壁的瑪格勞頓出現了，而且正對她們揮手。她站在門口等吉姆撐傘走回來，她沒有對瑪格揮手，或是讓瑪格有機會開口。艾莉絲關上大門上了車，看見另外兩位鄰居也探頭出來，心知肚明這會讓媽媽有多高興，因爲街頭巷尾就要開始傳送艾莉絲與媽媽如何打扮得光鮮亮麗，而且讓吉姆．法瑞爾開車載走了。

「吉姆眞是個完美的紳士，」媽媽在她們走進大教堂時說道。艾莉絲注意到媽媽步伐緩慢，充滿了自豪和尊嚴，而且也不東張西望，顯然充分了解有人正看著她與艾莉絲走入教堂，更不用說吉姆．法瑞爾也與她們同行。

然而，這一切都比不上披著美麗白紗的南西，挽著她父親的手臂緩緩走上教堂走道，迎向正在祭壇等待她的喬治。彌撒開始，眾人坐定後，坐在吉姆身邊的艾莉絲發現自己依然暗自沉浸在清晨時分，她躺在床上時的許多幻想。她猜想萬一吉姆向她求婚，她會怎麼做。這想法眞的很荒唐可笑；他們還不夠熟識彼此，所以根本不可能。此外，她也認爲她應該盡量不鼓勵他提出這種問題，因爲她除了一口拒絕他之外，什麼話也不能說。

然而她實在忍不住猜測，如果她寫信告訴東尼，說他們的婚姻是一大錯誤，會有什麼後果？跟人離婚很簡單嗎？她可能告訴吉姆她在布魯克林做了這種事嗎？這個小鎮居民唯一認識的離婚者，大概就是伊莉莎白泰勒或其他電影明星了。也許跟吉姆解釋自己「幾乎」跟人結婚還比較簡單，但他從未離開小鎮。他的純眞有禮，讓他很容易相處，然而她心想，這也成了某種侷限，特別是對於那些他從未聽聞或不可思議的事情。因爲離婚的確是遠超出他的人生經驗。眼前最好的做法，她認爲，就是把這類思想拋到腦後，但這很難做到，特別是婚禮儀式正在進行，她很難不夢想自己在家鄉的婚禮，不幻想自己站在祭壇前的那一天，她的哥哥都能回鄉參加婚禮，而媽媽也知道艾莉絲只會住在離家不遠的一棟大房子。

當她領完聖餐回座，艾莉絲試著祈禱，發現自己正在回應她準備在禱詞中提出的疑問。她的答案就是沒有答案，她怎麼做都不對。她想像東尼和吉姆對峙的畫面，或至少是兩人見面的情景，他們都很愛笑，熱情、友善，也都隨和待人，吉姆沒有東尼那麼積極，也沒那麼風趣，對事物的好奇心比較欠缺，但他更自持內斂，也對自己的定位更有把握。她想到坐在身邊的媽媽，若絲過世帶來的絕望震驚已經隨著艾莉絲的返鄉稍微平復。此時艾莉絲將他們三個人——東尼、吉姆與媽媽——視爲她可能會傷害的對象，這三個無辜的人原本被坦誠明亮的光線圍繞，而她就是籠罩他們的那道黑暗又不確定的陰影。

當南西與喬治一同踏上紅毯時，艾莉絲心想，她甘願放棄所有，只爲了加入那甜美、確定又純眞的那一方，這樣她才能開始她眞正的人生，無須自覺愚蠢或罪惡。艾莉絲知道自己無論如何都避不開自己所作所爲的後果。她隨著吉姆與媽媽走上紅毯，加入教堂外恭賀的人群，天氣好轉了，此時此刻的艾莉絲確信她並不愛東尼，他似乎屬於她早已從中清醒的一段夢境，而自從她清醒後，東尼便失去了意義或形式；他不過是白天黑夜交替的剎那間，一道不起眼的黑影。

當賓客在大教堂外合照時，太陽露臉了，許多旁觀者也駐足看著新郎新娘坐進一輛貼滿彩帶的大房車，朝韋斯福出發。

婚宴時，艾莉絲一面與旁邊的吉姆．法瑞爾說話，她的另一邊則坐著喬治從英國回來的弟弟。媽媽認眞憐愛地望著她，艾莉絲想起來也自覺有趣，媽媽似乎每送一口食物到嘴裡，就要檢查確認艾莉絲與吉姆坐在一起，想確保他倆相處愉快。艾莉絲發現喬治．雪瑞登的母親看起來就像個老公爵夫人，除了一頂超大洋帽、一些舊珠寶和難以撼動的尊嚴外，什麼也不剩了。

貴賓發言後，新郎與新娘照完相，接著是新娘與娘家親友照相，新郎也與自家親人合照，艾莉絲的媽媽突然跑來找她，對她低聲說她自己和兩個歐布萊家的女孩已經找人搭便車回恩尼斯科西。媽媽的口氣是幾乎是太開心了，彷彿早已有所預謀。艾莉絲知道吉姆．法瑞爾應該相信媽媽已經算計好這一切，她根本無法說服他自己根本沒有參與計畫。當她與吉姆望著車子開走，向那對新婚夫婦道別時，南西的媽媽湊了過來，艾莉絲覺得她應該是喝了太多雪莉酒、紅酒與香檳了。

「我說，吉姆啊，」她說，「現場很多人都認為，下一次的大場面就輪你啦。等到南西回家後，她會提供妳很多建議的，艾莉絲。」

她開始咯咯笑了起來，艾莉絲覺得很尷尬，她趕緊環顧四周，確定沒有人在看。此時她發現吉姆．法瑞爾冷冷瞪著拜恩太太。

「我們一點也沒想到，」拜恩太太繼續，「我家南西可以嫁進雪瑞登家族，我聽說法瑞爾夫婦也要搬去葛蘭布恩了，艾莉絲。」

拜恩太太做出甜美的神情，卻不難看出她在含沙射影；艾莉絲不確定自己能否趕緊找藉口溜到化妝室，這樣就不用再聽下去，但如此一來，她想，就會把吉姆單獨丟給拜恩太太了。

「吉姆和我答應我媽要讓她知道車子停在哪裡，」艾莉絲迅速回答，然後拉著吉姆西裝袖子。

「哦！『我和吉姆』!!」拜恩太太尖聲呼喚，聽起來眞像週六晚上喝得爛醉的鄉下人。「你們聽見了嗎？『吉姆和我』!!哇！就快了，我們快等到大喜之日，妳媽會非常開心的，艾莉絲。那一天她拿結婚禮物到我家時，就告訴我她一定會很高興，的確是這樣的，對不對啊？」

「我們眞的得走了，拜恩太太，」艾莉絲說。「抱歉了。」

當他們走離她後，艾莉絲轉向吉姆然後瞇起雙眼搖搖頭。

「可怕的岳母！」她說。

她想這算是小小背叛了拜恩太太，但至少吉姆不會以爲她跟拜恩太太有任何牽扯。

吉姆擠出冷冷的微笑。「我們能走了嗎？」他問。

「好，」她回答，「我媽很清楚回恩尼斯科西的車停在哪裡，所以我們不用再留在這裡了。」她試法裝出難以忽視又全權控制的語氣。

他們開出塔爾博特酒店停車場，沿著碼頭過了橋。艾莉絲當下決定自己不再多想媽媽到底跟拜恩太太說了些什麼，或是剛才拜恩太太所說的字字句句。如果吉姆介意剛才對方說的一切，所以現在才如此沉默，繃緊下顎，那就隨他去吧。她決定除非他開口，否則她也不打算說話，也不願故意分散他的注意力，或逗他開心。

他們轉向古拉庫爾後，他終於開口了。「我媽請我告訴妳高爾夫俱樂部準備頒發一個紀念獎給若絲。日期會選在女隊長節，因爲若絲對剛搬來鎮上的人總是非常友善。」

「沒錯，她對剛搬來的人總是很好，這是眞的。」

「他們準備在下週頒獎，我媽希望妳能到我家喝茶，然後我們再一起出發到俱樂部領獎。」

「那很好，」艾莉絲說。她原本準備開口說媽媽應該會很高興聽到這項消息，但她認爲他們當天已經聽夠了她媽媽說的話了。

他停了車，兩人朝海邊走去。雖然天氣依舊溫暖，但海面上似乎起了一層濃霧。他們往北走向巴立卡尼加。她現在與吉姆在一起，感覺輕鬆多了，因爲他們已經離開婚禮現場，而且她很高興他沒有再提起拜恩太太說的話，似乎也不太在意。

他們過了巴立沃後，在沙丘上找到一處可以舒服歇腳的地點。吉姆先坐下來，然後替她挪好可以坐的空間，讓她背靠著他休息。他將手臂圈住她。

沙灘上沒有別人，他們望著輕輕拍打岸邊的浪花，沒有交談。

「妳喜歡那場婚禮嗎？」他終於問。

「我喜歡，」她說。

「我也是，」他說。「每次我看到大家有兄弟姐妹，總是覺得很好玩，因爲我是唯一的小孩。我想失去了妳姊姊一定讓妳很難過。今天，看到喬治跟他的兄弟喬治以及南西與她的姐妹們時，讓我有種奇怪的感覺。」

「當獨生子很辛苦嗎？」

「現在比較不一樣了，我想，」吉姆說，「我的父母年紀越來越大，卻只有我可以陪伴他們。還有其他的不同點吧，我很不擅長與人相處。我可以跟酒館的顧客閒扯，我知道該怎麼做。但一提到朋友，我實在不怎麼擅長。我總覺得人們不喜歡我，或者不知道他們該怎麼看待我。」

「你有很多朋友啊。」

「不盡然，」他說，「而且一旦他們有了女朋友，就更困難了。我老是不知道該怎麼跟女孩說話。妳記得我剛見到妳的那一晚嗎？」

「你是說雅典娜那一天？」

「是啊，」他說，「那天進場前，本來跟我多少算是在約會的愛莉森．潘德．賈思跟我分手了，雖然我一直知道這件事遲早會發生，但她在我們出發到舞廳前才告訴我。然後我又知道喬治迷上了南西，而且南西在場，所以我知道喬治會從頭到尾陪著南西。接著他就帶妳過來了。我在鎮上看過妳，也很喜歡妳，妳很客氣又友善。我當時心想——又來了，要是我請她跳舞，一定不知道該怎麼開口，但我認爲自己還是應該問妳。因爲我不喜歡一個人呆呆站在原地，結果，我還是沒法開口邀妳跳舞。」

「你應該開口的，」她說。

「後來我聽說妳離開了，我想這就是我的命運。」

「我記得那晚的你，」她說。「我還以爲你不喜歡我們，我和南西。」

「結果，妳回愛爾蘭了，」他自顧自地說，「我看到了妳，妳好美，我當時心情被南西的妹妹弄得很糟，我也知道自己一定要再見到妳。」

他將她拉近他，雙手撫摸她的乳房。她能聽見他沉重的呼吸聲。

「我們能談談妳未來的打算嗎？」

「當然可以，」她回答。

「如果妳一定要回美國，也許我們可以在妳離開前訂婚。」

「或許我們很快就可以好好談談這件事。」

「我是想說，這一次我不要再失去妳了，我不知道該怎麼解釋，可是……」

她轉過身，他們開始親吻，他們一直留在原地，直到濃霧瀰漫，夜幕低垂，兩人走回車上，回到恩尼斯科西。

幾天後，艾莉絲收到吉姆媽媽的正式邀請函，請她週四到他家喝茶，同時也告知高爾夫球俱樂部計畫紀念若絲的活動。艾莉絲將信給媽媽看，問媽媽想不想一同前往，但媽媽婉拒了，說那場合太過悲傷，但她很高興艾莉絲可以與法瑞爾一家出席，代表她參加盛會。

隨後的週末雨下個不停。吉姆在週六來找她，兩人到了羅仕拿，並在史川德酒店用晚餐。他們對甜點舉棋不定時，她忍不住想對他吐露眞相，請他提供建議或忠告。她覺得他很親切，也非常聰明睿智，但在某些方面他算是保守的。他喜歡自己在鎭上的地位，他擁有一間高雅的酒館，這些對他極爲重要，更不用說他來自一個受人敬重的家族。他的人生從未脫序，她這麼想，而且他也不可能會這麼做。他對自己與這個世界的未來計畫，並不包括與一位已婚婦女有所牽扯，更糟糕的是，這女子根本還沒有告訴他或任何人自己已經結婚了。

她在酒店柔和的光線下望著他親切的臉，決定自己什麼也不告訴他。他們開車回恩尼斯科西。艾莉絲回到家打開抽屜，望著東尼寄來的那幾封信，有些甚至尚未拆封，她知道自己不會有時間對他解釋，也無法想像東尼對她的瞞騙會有什麼反應。她眞的該回布魯克林了。

高爾夫球俱樂部頒獎的前一天，艾莉絲獨自在午後前往墓園，看看若絲的墓地。天空下著細雨，因此她撐了傘。艾莉絲一抵達墓園，便注意到雖然當時才七月，但冷風颼颼刺骨。在灰濛濛的天光下，若絲的墓地看上去越淒涼孤單，四下沒有樹木，讓人感覺毫無生機，唯有一排排墓碑與交錯的小徑，以及躺在地底沉默的亡者。艾莉絲看見一些墓碑上刻有她同學父母或祖父母的姓名，以及幾位她依稀記得的鎮上居民，他們全都離開了，永遠待在這小鎮的郊外荒地。此時此刻，生者還會記得這裡大部分的亡者，但隨著季節更迭，他們終將成爲人們慢慢褪色的回憶。

她站在若絲的墳地旁，想要祈禱或對她低語。艾莉絲很傷心，她心想，也許這就夠了吧——到這裡探望若絲，讓若絲的靈魂知道自己多麼被人懷念。艾莉絲哭不出來，卻不知道該說什麼。她在墳前佇立良久，然後就離開了，當她遠離墓園時，心底湧起最尖銳沉痛的悲傷。

艾莉絲走近大街時，決定今天自己要走到鎮上，不要沿著後巷街回家。或許人們的臉龐、車水馬龍的街道與忙碌混亂的商店，會療癒她內心啃囓蝕骨的哀痛，或許還有她對若絲的內疚，因爲她再也無法好好與姊姊說話，爲她祈禱。

她經過大教堂，準備走上市集廣場時，有人叫著她的名字。當她回頭時，發現替凱莉小姐工作的瑪麗正對她大喊，要她過馬路。

「有什麼事嗎？」她問。

「凱莉小姐想要見妳。」瑪麗幾乎喘不過氣，看上去嚇壞了。「她說我一定要確定帶妳回去，立刻。」

「現在？」艾莉絲問，大笑出聲。

「現在。」瑪麗重複。

凱莉小姐等在門口。

「瑪麗，」她說，「我們上樓一分鐘，如果有任何人找我，就告訴他們該下來時我就會下來。」

「是的，小姐。」

凱莉小姐打開建築物側門，讓艾莉絲走進去。艾莉絲關上身後的門，凱莉小姐引她走上一道黑暗的樓梯進了起居室，那裡雖然俯瞰大街，卻與樓梯間一樣昏暗，而且，艾莉絲想，它的傢俱也太多了。凱莉小姐指著一張上面擺滿報紙的椅子。

「把那些放在地板上，然後坐下。」

凱莉小姐坐上她對面一張褪色的皮革扶椅。

「妳都好嗎？」她問。

「很好，謝謝，凱莉小姐。」

「我也是這麼聽說的。我昨天還想到妳，還納悶自己能不能見到妳，因爲昨天我才跟住在美國的梅姬連絡。」

「梅姬．吉霍？」艾莉絲問。

「妳都叫她吉霍太太，但她是我的表妹。她結婚前的姓氏是康西丁，而我的母親，願她靈魂安息，也是康西丁家族的人，所以我們是近親。」

「她從來沒有提過，」艾莉絲說。

「哦，康西丁家族是很親密的，」凱莉小姐說。「我的母親也是如此。」

凱莉小姐口氣反反覆覆，艾莉絲認爲她是故意如此。她想知道凱莉小姐是否眞的如她所說是吉霍太太的表姐。

「眞的嗎？」艾莉絲冷冷地問。

「當然妳一到那裡，她就跟我敘述了妳在那裡的生活。這裡也沒啥大事發生，梅姬又是那種妳得自己跟她聯絡的人。所以我一年會打兩次電話給她。我也不會多談，因爲電話費很貴。但是只要我有跟她聯絡，她也會很開心。結果妳回家了，這可是一件大事，我還聽說妳一直往古拉庫爾跑，還打扮得漂漂亮亮出現在考敦跳舞，又剛好有一位顧客告訴我那天他在凱須坎海邊替妳們大家拍了照。他說你們這群年輕人可愛極了。」

凱莉小姐似乎很自得其樂；艾莉絲不知道怎樣才能讓她閉嘴。

「所以我打電話給梅姬，告訴她這些新聞，還有妳跑去幫忙戴維斯辦公室的事情。」

「是嗎，凱莉小姐？」

艾莉絲很清楚凱莉小姐已經準備好要對她說的每一個字。艾莉絲已經幾乎不記得在凱須坎爲他們照相的那位先生，但他竟然是凱莉小姐的顧客，還跟她討論起他們，甚至連人在布魯克林的吉霍太太都知道這件事，想到這裡，艾莉絲突然害怕起來。

「梅姬自己也有一些消息要分享，她也就打電話給我了，」凱莉小姐說。「所以呢……」

「她說了什麼呢，凱莉小姐？」

「哦，我想妳也知道她說了些什麼。」

「有趣嗎？」

艾莉絲試圖讓自己的語氣跟凱莉小姐一樣輕蔑。

「哦！妳別想騙我！」凱莉小姐說。「妳唬得了多數的人，但妳騙不了我。」

艾莉絲說，「我很確定自己不想愚弄任何人。」

「是嗎，雷西小姐？妳現在還是用這個姓氏吧？」

「妳這是什麼意思？」

「她什麼都告訴我了，我那顧客也說了，這個世界眞小。」

艾莉絲從凱莉小姐幸災樂禍的表情知道自己沒有把她的驚慌失措掩飾得很好。她全身傳過一股冷顫，她想知道東尼是否曾找上吉霍太太，告訴她他倆的祕密婚禮。她立刻知道這不太可能。比較可能的是，那天在紐約市政廳的隊伍中有人認出了她或東尼，或看見了他們的名字，然後把消息傳給吉霍太太或她的眼線之一。

她站了起來。「妳話都說完了嗎，凱莉小姐？」

「是的，但我會再打電話給梅姬，告訴她我見到妳了。妳媽媽好嗎？」

「她很好，凱莉小姐。」

艾莉絲依然顫抖。

「拜恩家婚禮那天，我看見妳跟吉姆．法瑞爾上了車。妳媽看起來很好。我有一陣子沒見到她了，但我覺得她看起來氣色好極了。」

「她會很高興聽到妳這麼說的，」艾莉絲說。

「哦，那是當然，」凱莉小姐回答。

「就這樣了嗎？凱莉小姐？」

「是的，」凱莉小姐說，她站起身對艾莉絲冷冷一笑，「還有別忘了妳的傘。」

艾莉絲一走上街，就在手提包翻找船公司寫給她的信，上面有預訂座位的電話號碼。她在市集廣場的葛佛瑞文具行買了一些信紙和信封，然後沿著城堡街和城堡山走到郵局。她在櫃檯給了櫃員她想打的電話號碼，他們請她在角落電話亭等候。電話響起後她拿起話筒，將自己的名字和詳細資訊給了船公司職員，他找到她的檔案後，告訴她從科夫到紐約最快的船班就是週五，也就是後天，如果可以的話，他會馬上替她訂一張三等艙的船票，不額外收費。她同意之後，他給了她船班時間以及預計抵達美國的日期，她便掛上電話了。

付完電話費後，她請櫃檯職員給她航空信封，她買了四個信封，然後走到小小的寫字亭寫了四封信。她寫給福樂德神父、吉霍太太與方提妮小姐，對他們簡單道歉自己延遲返回的決定，也告訴他們自己的回程日期。至於東尼，她寫信告訴他她愛他，也很想念他，希望下週就能跟他在一起了。她也給了東尼船班名稱以及抵達時間的詳細資訊。她簽了名，然後封好其他三人的信封，她又把自己寫給東尼的信再看一次，原本打算將它撕碎，再跟櫃檯要一張信紙，但終究她決定將信封好，把它與其他三封信一起交給櫃檯職員。

走上法瑞爾丘時，她發現傘忘在郵局了，但她沒有再回頭。

媽媽在廚房整理清洗。艾莉絲進屋時她轉過身。

「妳出門後，我就想自己應該跟著妳去。那裡眞是一個孤獨的老地方。」

「墓園嗎？」艾莉絲問，在廚房的桌旁坐了下來。

「妳不是去那裡嗎？」

「是啊，媽咪。」

她想她現在應該要開口了，但她發現自己辦不到；那些字就是無法脫口而出，她用力深呼吸好幾次。媽媽再次轉過身，看著她。

「妳還好嗎？妳不開心嗎？」

「媽咪，有件事我回家時就早該告訴妳了，但我卻等到現在。我回家前已經在布魯克林結婚了。我結婚了。我早該在回家那一刻就告訴妳的。」

媽媽伸手拿了一條毛巾，開始擦擦手，然後慢慢將毛巾折得整整齊齊，緩緩走向餐桌。

「他是美國人？」

「是的，媽咪。他是布魯克林人。」

媽媽嘆了口氣，伸出手緊緊抓住桌沿，彷彿自己需要支撐。她慢慢點頭。

「艾莉，如果妳結婚了，妳應該和妳的丈夫在一起。」

「我知道。」

艾莉絲開始趴在桌上痛哭。過了一段時間後，仍然啜泣的她抬起頭，發現媽媽完全沒有移動。

「他人很好嗎，艾莉？」

她點了點頭。「很好，」她說。

「如果妳嫁給了他，那他一定很好，至少我這麼認爲，」媽媽說。

她母親的聲音溫柔低沉，令人安心，但艾莉絲從媽媽的眼神看得出來她有多努力克制自己不要完全表達她的想法。

「我得回去了，」艾莉絲說，「明天早上我就要走了。」

「妳這段時間一直瞞著我？」媽媽問。

「對不起，媽咪。」

艾莉絲又哭了起來。

「妳不需要跟他結婚嗎？還是妳惹了什麼麻煩？」媽媽問。

「沒有。」

「告訴我，如果妳沒嫁給他，妳還會回來嗎？」

「我不知道，」艾莉絲說。

「妳明天早上就要搭火車了?」媽媽問。

「是的,先到羅仕拿,然後到科克。」

「我會去叫喬登西早上過來接妳。我會要他八點過來,讓妳有時間搭車。」媽媽頓了一下,艾莉絲注意到她臉上閃過疲憊的神情。「然後我就要上床睡覺了,因爲我累了,所以我早上不會看到妳了。現在我先跟妳說再見了。」

「但現在還早,」艾莉絲說。

「我寧可現在道別,而且只說一次再見就好。」媽媽聲音強硬起來。

媽媽朝她走過來,艾莉絲站起身,媽媽擁抱了她。

「艾莉,不要哭了,如果妳決定嫁給這個人,那他一定是個善良的好人,也一定很特別。我說他有這些優點,對不對?」

「他是的,媽咪。」

「那就跟妳很匹配啊,因爲妳也是這種人。我會很想念妳的。但他一定也很想妳。」

當媽媽朝門口走去,站在門廊時,艾莉絲還在等她說些別的。然而,媽媽只是凝望她,什麼也沒說。

「妳回去後會寫信告訴我他的事情?」媽媽終於開口問道,「妳會把所有的消息都告訴我嗎?」

「我一回去就會盡快寫信給妳,」艾莉絲說。

「如果我再多說話,我會哭出來。所以我現在就去喬登西那裡替妳安排車子。」媽媽走出廚房的步伐緩慢，卻又充滿尊嚴。

艾莉絲靜靜坐在廚房。她不確定媽媽是否早就知道她在布魯克林有了男友。畢竟她從未提起艾莉絲寫給若絲的信，但它們一定藏在某處，因爲媽媽早已仔細整理若絲的遺物。艾莉絲自問，媽媽是否早有心理準備，知道艾莉絲某一天會宣佈自己因爲男友得盡快回布魯克林？此時的她幾乎希望媽媽大發雷霆，或甚至表達她的失望。但媽媽的反應卻讓艾莉絲完全不願默默收拾行李，而讓媽媽在隔壁臥室傾聽她準備離家的動靜。

她還認爲自己該立刻見吉姆·法瑞爾一面，但後來艾莉絲想到此時，他應該在吧檯後忙碌。她想像自己走進酒館想與他談談，或者等他找到父母看管酒館，讓他們出門，隨後她告訴他自己即將離開的畫面。她能體會他即將受到的傷害，但她無法確定他到底能怎麼做，難道他會告訴她，他會等她完成離婚手續，設法說服她留下？或他會質問她爲何給他希望和機會？她知道現在找他毫無意義。

艾莉絲會寫一張字條告訴他自己必須回美國，將它貼在他家大門，也許當晚或明早他就會發現。但萬一他晚上就看見字條，他一定會立刻衝來找她。她後來決定自己出門到火車站時，再將字條留在他家門口。她只會寫很抱歉自己得離開了，她會告訴他等到她回布魯克林後，她會寫信告訴他原因。

艾莉絲聽到媽媽回來的聲響，此時她正緩步上樓回到房間，她想跟在媽媽後面，請她陪她打包行李，跟她說說話也好。但媽媽剛才是這麼斷然堅持只說一次再見，艾莉絲知道此時要媽媽的祝福或甚至對她有任何請求，也是徒然。

她在房間寫紙條給吉姆·法瑞爾，將它放在一邊，然後從床底下拉出她兩只行李箱，把它們放在床上，開始放進她的衣服。她知道當她打開衣櫃門，將衣服從衣架取下時，媽媽是聽得見一切的。她也能想像媽媽聽著自己在房間走動，心情會有多麼緊繃。當艾莉絲打開裝有東尼來信的抽屜時，行李箱幾乎快放滿了。她將信塞到行李箱側邊。她準備在跨大西洋的航程途中，好好讀過那些信。她拿起那天在凱須坎拍的相片——一張是她與喬治、南西及吉姆的合照，另一張是她與吉姆天真地對著鏡頭微笑的照片——她突然有衝動想撕了它們，丟到樓下的垃圾桶。後來她想到更好的辦法，她將所有的衣服從行李箱拿出來，然後把相片面朝下擺放在行李箱底部，再鋪上衣服。未來的某一天，她想，她會看著它們，然後回憶這一段往事，她也清楚，它很快就會變成她另一場奇特恍惚的夢境了。

她關上行李箱，將它搬到樓下放在門廊。外面天色依舊明亮，當她坐在廚房餐桌吃點東西時，最後一道餘暉灑進了窗戶。

隨後的幾小時內，她好幾次想要端著托盤，上面放好茶、餅乾或三明治去找媽媽；媽媽的房門仍然緊閉，一點聲響也沒有。她知道如果她敲門，或開了門，媽媽會斬釘截鐵告訴她自己不想被打擾。後來，當艾莉絲決定上床睡覺後，她行經過絲的房門，她原本想走進去，最後看一眼姊姊過世的房間，但是，儘管她在門前停留了一秒鐘，同時目光低垂致意，她終究沒有將門打開。

由於艾莉絲前晚沒有拉上窗簾，她是被晨光喚醒的。時間還早，外面除了鳥叫聲，四下一片靜默。她知道媽媽也醒了，也正在傾聽每一個聲音。艾莉絲悄悄動作，小心翼翼穿上乾淨的衣服，下樓將自己的梳洗用具放進行李箱。她檢查她該帶的東西——錢、護照、船公司的信以及給吉姆．法瑞爾的字條。然後她坐在前廊等喬登西的車。

當車子抵達，她確保自己在喬敲門前就開了門。她將手指放到嘴唇上示意安靜。他將行李箱放進後車廂，她則把家門鑰匙留在門廊小桌。當他們驅車離開時，她請喬在椽木街的法瑞爾酒館暫停，然後她下車將字條塞進大門的信箱口。

隨著火車南行，她想像吉姆．法瑞爾的母親下樓拿早報，吉姆會在帳單和廣告信函中發現她的字條。她想像著他打開它，考慮自己該怎麼做。那天早上某個時刻，她想他一定會到她位於法瑞耳街的家，她媽媽會開門凝視吉姆．法瑞爾，她的肩膀勇敢挺直，下顎抽緊，而眼底的神情是一種難以形容的哀傷，但卻充滿了無比的勇氣與驕傲。

「她已經回布魯克林了，」媽媽會這麼說。火車跨越麥可美大橋，朝韋斯福前進時，艾莉絲想像自己的未來，當媽媽的那句話對那男人意義漸漸流失後，同一句話卻對艾莉絲越顯刻骨銘心。想到這一點，艾莉絲幾乎微笑了，然後她閉上雙眼，再也不多想了。

【導讀】

暗處的女人

在奠定文壇重量級地位的《大師》出版之後，愛爾蘭作家柯姆．托賓不隨常規地交出《布魯克林》，篇幅格局小巧，主角更是個來自作者家鄉小鎮，芳華不過二十的平凡女子。作者繼續沿用亨利．詹姆斯「第三人稱限知敘事」的現代小說技法，跟隨艾莉絲的視角從愛爾蘭移動到美國，卻不多描述美國壯麗，專注從她乍到異鄉的日常生活，如何工作、進修、娛樂、與人相處，探入她的內心世界。相比多數辛酸的移民故事，艾莉絲尚算順利，掩卷甚至感到些許溫暖。托賓重視的不是經營精采的過程，而是關注於人，因這些可信的內心活動證明人的存在。作者更透過兩段愛情的經歷和取捨，去思考什麼是「家」？當艾莉絲走至光亮處，一步步邁向成人的過程中，對於愛與責任，封閉與自由的抉擇，也產生更深刻的領悟。

相較於《大師》書寫眞實人物亨利．詹姆斯，言行上僅能亦步亦趨地跟著史實微幅震動，本書的愛爾蘭少女艾莉絲則是全然虛構人物。看來鬆綁，卻並非沒有困難，亨利．詹姆斯在《大師》中可以博辯滔滔地談論劇場、文學、藝術，艾莉絲擅長的恐怕只有商用會計，而且是五〇年代的水準。考驗作家人物塑造功力。

比如寫一封信。書中艾莉絲的哥哥傑克在葬禮後來信，希望她能回家去照顧孤單的母親。（P.189）兄長傑克同樣是離開家鄉在倫敦的銀行工作，一封反覆寫著「我不知道怎麼形容」的信，卻讓艾莉絲讀得淚流滿面。拙於文字卻富於情感，道出雷西一家人的性格與互動。

比如「大笑」。艾莉絲來到美國後，托賓使用淡淡微笑、笑了一笑、幾乎大笑卻忍住等字眼來形容。讀者第一次讀到她在美國有笑容，是當她見到夜間部教師羅森布倫先生時。艾莉絲笑不出來，或者說孤單無助，托賓不直接寫「不開心」。相反地，全書開場艾莉絲就和母親姐姐三人因爲看電影的事情大笑，她在愛爾蘭經常大笑。若有時間反覆閱讀，這些細膩的安排族繁不及備載。

托賓最喜歡的作家除了亨利・詹姆斯外，他也深受王爾德、喬伊斯和葉慈等前輩的影響。喬伊斯說他這輩子最討厭的作家就是狄更斯和司各特爵士。就創作觀念而言，兩界涇渭分明，一筆劃開。托賓一直寫小鎮、寫平凡人，寫「一個人」如何去看，如何去做，或者不做，例如人之所以選擇「沈默」的心理變化。

常人多沈默。這種欲言又止、難以捉摸，在旁人的小說裡是個性缺陷，在托賓筆下則是刻劃人性極爲重要的關鍵時刻。托賓寫人情的幽微處，坦言十分欣賞廿世紀小說家如海明威的寫法，感受不直接道出（name the feeling）。不寫大的征逐，寫小與不明，如蠅頭小楷，讀者要讀得仔細，才能察覺人物「別有」用心。

讀托賓的書不妨設想，人物爲何如此行爲，甚至設身處地想像人物不做、不說、不接受，更直接地說是「不開心」。《布魯克林》全書都籠罩在憂傷的氣氛中，卻不失優雅。艾莉絲爲何不大方接受東尼，或者拒絕吉姆？在托賓筆下的亨利．詹姆斯所以抑鬱，來自於他不愛女人，他又不能愛男人。艾莉絲剛來到美國時，無法理解義大利家庭出身的東尼，等她回到愛爾蘭遇見吉姆時，卻是還君明珠雙淚垂。生命充滿可能，只嘆身不由己。

由是觀之，書名不僅是指地圖上的布魯克林，與其說是目的地，不如說它是心理上「異鄉」的巨大象徵。來自布魯克林的人都是異鄉人，人一旦離開家鄉，就是永遠異鄉人。艾莉絲如同托賓多數人物，是待在暗處的人物。不在眾目睽睽下，方能獨處。艾莉絲並非無知或卑微。恰好相反地，長（藏）在姊姊身後的次女，一直籠罩在身處異鄉而孤獨的清冷空氣中，直到自己邁向成熟才漸漸洩出絲絲密陽。

就算沒有離鄉背井移民或外地工作的經驗，即使只是換新的工作職場，都能在閱讀中認同艾莉絲，或為之感到共鳴，也能明白她的行事抉擇。重要的是，讀者需要慢讀，這也是托賓書寫日常生活凡人小事的理由。少有凡人能遇上「遠大前程」。

文末再度提醒，托賓持續以出色的作品，將「心理寫實小說」發揚光大，它們不以情節討巧，著重在「傳記」甚至日記所不及關照之處，就是人無時無刻不在進行的思考，其中某些影響人生甚鉅。如此在閱讀過程中，便能與主角一對一安靜細膩地分享看法。托賓寫作如治軍嚴謹，將日常生活淬鍊成藝術。因此，閱讀托賓的書應該放慢節奏，千萬不要趕進度，世間萬物不是非黑即白，細讀方能發掘無盡弦外之音。

這是一本描寫因為離家而思考「家」的文學小說，電影專注在愛情的抉擇上。不過愛情之外，作者對於思鄉病提出見解，雖然故事背景在六十年前，托賓認為當今全球移動或移民情況更頻繁，他透過書寫傳達：人的思鄉病只是暫時，而不是永久的，對家鄉的思念終會痊癒，但異鄉人的孤獨將會永遠存在，並且體認到往後將永久需要與沈默共處。／完

【附錄】

托賓面對面：《布魯克林》從小說到電影

講座：《布魯克林》從小說到電影
主持：嘉世強　口譯：蘇文君　文字整理：陳芊霖
日期：二〇一五年十二月十七日　場地提供——光點華山
改編電影【愛在他鄉】由美商二十世紀福斯影片公司發行

托賓：今天來到台灣和大家一起在戲院看這部電影是一個特別奇妙的經驗。我覺得在寫作方面很有趣的一點就是，我必須在形塑角色上花非常多功夫，過程中我可能還不知道角色會如何發展，有很多的不確定性，如今看到最初一個小小的點子被發展到大銀幕上，看到演員以及整個製作團隊，我覺得是一件非常神奇的事情，我自己也非常喜歡這部電影，我認爲它非常忠於原作，尤其是女主角莎雪．羅南，她的臉部表情非常的生動，其中有一幕描述她在舞廳的時候，她知道之後就要去美國了，這個部分的細節我也許可以花上三、四十頁寫成小說，但是電影只要幾秒鐘就可以呈現出來。

當年寫小說時，這是一個非常忠於愛爾蘭的故事，當時很多愛爾蘭人移民到美國去，寫的時候並不覺得它會發展成一個美國的故事，今天走在紐約街頭或者過了大橋到達布魯克林，我們可以觀察到非常多不同的種族和國家的人，比如長島便有很多愛爾蘭裔人。很多不同國家的人到了美國，就像是在電影裡的畫面一樣，他們提著一只行李箱便上了船，有時候可能遇到更糟或是更可怕的狀況，我們就是這樣看著美國，好像是一個非常強大的國家，其實相當程度上因為很多來自不同地方的人進到美國後，才讓這個地方變得這麼豐富。

■托賓的家鄉，恩尼斯科西是一個怎麼樣的小鎮？

托賓：恩尼斯科西鎮人口數大約只有六千。我的父親以及兩個姊妹都是老師，你知道老師其實很容易被大家認識，「啊～這個小孩我教過、那個小孩我教過……」彼此都知道，我的爺爺奶奶也在這個小鎮出生，而且住了很久。小鎮裡有延續長久的血統，自成小世界，我們一直住在這裡。電影當中的女主角，來自這個小鎮的她遇到了兩個狀況，首先，她有兩個男生可以選擇；另一個層面是她也可以選擇留在這個小鎮，和她母親在一起過她熟知的生活，等於一邊是選擇自己熟悉的事物，另外一邊是想要冒險與突破。我們從片中女主角的服裝可以看到她的變化，從一開始還在小鎮時穿的服裝，看起來非常陰沈沒有生氣，相較於她從美國返鄉時身穿一套非常漂亮的鵝黃色的衣服，顯示離開家鄉後她明顯提升自信心，我們在小鎮生活中不常看到這種大變身，雖然劇中吉姆也說，其實留在小鎮裡她生活也可以過得很好。小鎮生活不是說大家只會互相八卦，也會互相關心，所以她若是選擇留下來，一切都不用再摸索，她可以安於現況，另一方面，我們也能從她的眼神中看出她非常想要突破的野心，加上她已經與另一個人發展了關係，因此她必須做出選擇。

■ 這部電影的中文片名叫做《愛在他鄉》，改編劇本是尼克・宏比，繼《名媛教育》、《那時候，我只剩下勇敢》所改編的新片，想請問原著作者對於尼克・宏比的改編，他自己的看法如何？

托賓：我在紐約的時候，有個女生問我《布魯克林》的版權給不給賣？那時候我心想，小姐妳那位啊？她回我說：『我是《名媛教育》的製片人。』我就回她：『如果妳是《名媛教育》的製片，如果妳要我的版權，妳可以請尼克・宏比來寫劇本嗎？如果尼克願意的話，我願意讓他改。』尼克・宏比除了是編劇之外，也會寫小說，所以我知道他了解我小說內容的精髓，我相信他可以直接從我的故事當中找出核心要點放到劇本裡面，我非常信任也非常的景仰他，而且我覺得我們這次的合作非常完美。一開始我們並沒有互動，沒通EMAIL也沒有電話，我連他電話號碼也不知道，我完全沒有干預他，就讓他自由發揮，不會像其他的小說家遇到劇本改編的話，可能會一直問：欸，你這邊加了什麼？你那邊加了什麼？這個東西有沒有放進去？爲什麼沒有放進去？我不會像其他人這樣。後來到了劇本第二次修稿的時候，他才打電話問我一些小細節，基本上是愛爾蘭用語與英語用語的小小差異，所以現在我們兩人還是相處得非常愉快。

■ 電影有著浪漫的愛情電影元素，東尼是一個很愛女主角的義大利男孩，艾莉絲卻似乎有些保留，請問在原著中艾莉絲是如何看待東尼？

托賓：這個問題很簡單，我先說我自己的經驗好了，我一眼就可以認出愛爾蘭人，尤其是小鎮來的，只要跟你是同一個國家的人，通常可以很快速地從他的言談舉止當中看出對方是什麼樣的人。但是今天，你來到異鄉，遇到這麼迷人的男子一直對著妳微笑，妳一定會想，該不會已經結婚了吧？微笑的背後藏著什麼可怕的秘密嗎？畢竟我們沒有共同的朋友，我也不認識他啊。所以女主角其實一直在觀察他，一直在研究東尼背後到底有沒有藏些什麼秘密。片中一幕是艾莉絲到東尼家去作客，這對她來說是很重要的一步，她想透過觀察他的家庭去找出他這個人到底是不是言行一致，是不是他所說的那個樣子。另一方面，東尼的進度就很快，才沒有認識多久，就跟她聊到以後生小孩子的事情，所以女主角一直有所保留，一直在等一個徵兆，看看東尼是不是眞的表裡如一。

■ 東尼是一名義大利人，為什麼特別喜歡愛爾蘭女孩？為什麼會有這樣的安排？

托賓：當年寫書的時候，我曾經看過一本書叫作『Ordinary History In Brooklyn』，一本描述六〇年代住在布魯克林的人的書，我讀到其中一段，一個義大利人說：『義大利男人都想交愛爾蘭女朋友』，就這麼小一句話，當然愛爾蘭人從來沒聽過這件事情，心想如果愛爾蘭女生知道的話，應該全部都不想待在愛爾蘭了（笑）。另外一點是第二次世界大戰過後，待在美國的人都有一個共同目標，大家都想變成美國人，都想要有一個強國的樣子，不想當愛爾蘭人，不想當挪威人，或其他國家的人。而且，男女主角的宗教背景一樣，都是天主教徒，他們可以直接在教堂結婚，女方又是白人，而且一九五〇年代時，種族意識沒有像現在這麼多元，如果對象是黑人白人比較麻煩，另外兩人都講英文，生下的後代就會眞正完全地美國化，表現出美國人的樣子，總而言之就是這一小句話，讓我決定將東尼這個角色設定爲義大利人，當然後來還有讀一些與義大利有關，像是關於食物和其他小細節的書。

■電影中另外一個角色吉姆，在電影中的後半段出現，由知名愛爾蘭男星多姆納爾．葛里森飾演，顯然是個份量很重的角色，在原著小說中，吉姆又是一個怎樣的男性？

托賓：東尼與吉姆這兩個角色恰是反比，東尼比較外放熱情，吉姆則是很內斂，你可以看出他未來是一個好老公、好丈夫，他對自己的現況也很滿足，他會很專心去傾聽艾莉絲所說的話，而且講話也講得比較慢比較細心。東尼表現出來就是比較刺激的感覺。艾莉絲一直在觀察兩個男主角，在她眼中可以看得出來吉姆也非常想要得到她，艾莉絲也認知道自己的吸引力，她從美國回來後，散發出一股風采，一股自信和篤定的感覺，就連美國那股新鮮和刺激感覺也都帶在身上了。剛才雖然說到吉姆是一個非常滿足於現況的人，但他也想要在生活當中追尋一些刺激和新鮮感，女主角正好把這一切帶回小鎮了，所以兩個男主角雖然是天差地遠，卻都爲艾莉絲癡狂，除了他們兩個之外，其實可以看得出來，小鎮上每個人都覺得艾莉絲變得好漂亮，覺得她好有魅力，人人都想跟她更親近一點，我自己也想這樣，我也想當個人人都愛的人，但是有的人天生就有這樣的魅力，有的人就是沒有。

■很多人說艾莉絲很幸運，東尼這麼喜歡他，兩人也走在一起了，但是當她回到家鄉遇到吉姆之後，收到東尼的信竟然不急著回了。原著中也有這一段描寫，請問當時艾莉絲為什麼不急著回東尼的信，當時她的心理狀態如何？

托賓：我們可以想像一下，如果你度假之後回到家，回到家後就會覺得我回到家了，有種很安心的感覺，甚至會忘記自己在假期中遇到的一些刺激新鮮的事情。無論是電影或原著中，東尼都曾跟艾莉絲說：『家就是家，家再怎麼樣就是妳的家鄉。』突然間，回到家鄉的艾莉絲就暗吃一驚，自己剛不久才從布魯克林回來，怎麼布魯克林就變得非常的遙遠，就連東尼也感覺遙不可及了。這個距離讓她產生了變化，甚至讓她變回她離開家鄉前的那個樣子，所以在小說當中我想利用這個張力去探索離開家鄉，在其他地方渡過一段生活，然後再回到家鄉的感覺。這是一種很難以理解的情感，對於家鄉的憧憬或者情懷。一般人在離家的前幾個月會很想家，但是離開家幾年之後，你也許習慣了新的地方，完全忘記自己你以前還會想家，不要說是完全忘了家鄉的味道，但是起碼不會像以前一樣那麼渴望回到家，我就是想要寫出這樣的衝突，藉由兩種情感的衝突，來製造出戲劇張力。

■ 小說的結局比較曖昧，是一個開放性結尾，相對於電影這樣的結局的安排，不曉得作者看法如何？

托賓：小說和電影兩者是非常不同的型態，他們的觀眾族群也不一樣，小說是讓讀者透過文字任自己的想像力奔馳，而且寫小說有趣的地方，就在於你可以留白，留下很多你特別不想講解的東西，讓讀者自己去想像故事的發展。其實在寫作的時候，除了去想像每個角色以外，我還會想像讀者是怎麼樣去填補這些空白，所以我並不需要特別在小說當中經營結局，書中最後一幕，女主角搭上火車，因爲她已經告訴她媽媽，她要回去紐約，最後還有種露出微笑的感覺，讀完小說後你可能會自己想像說：『恩，東尼一定會在那邊等著她，我已經知道他們之後會幹嘛。』所以這就是讀者可以自己去想像的一個東西，但是電影的表達就必須比較清晰，比較直接一點。

（以下為觀眾提問）

■ 謝謝托賓在這裡，我很享受剛剛的電影，我也剛讀完《諾拉．韋布斯特》，這些書都讓我有很大的共鳴，我想到我的祖父母也是在上世紀初從愛爾蘭移民到美國，我自己更是大約二十年前來到台灣，想請問這樣的共鳴是怎樣產生的？我們從不同國家移民到另外一個國家，對於愛爾蘭或者全世界來說，這樣的離散主義，你會如何解釋這樣的共鳴呢？

托賓：其實愛爾蘭滿多的中國移民，另外也有波蘭以及奈及利亞人等等。我一邊觀察，一邊突然在想，對波蘭人來說回家的感覺應該就是一起過耶誕節吧，或者假設一名波蘭人在愛爾蘭過世了，他們一定想把自己的屍體運回波蘭，回到家就是這種感覺。不過，我也認識一個中國人，他的祖母過世了，他沒有辦法回家，因爲他沒有錢，所以他不能到場，從這樣的角度來看，這種不能陪伴家人的感受，會覺得自己在兩個國家都不像眞實存在，好像幽魂一樣，我的心在這裡，但卻是在另一個地方。我即便在都柏林時都會有這種感受，所以我在小說中要談的不只是到了美國的愛爾蘭人，我也是在探討這麼多世代以來，我們看到這麼多的移民潮，一面是冒險，一面是新鮮，但另外一面其實還有內心裡面深深的憂慮。

■ **謝謝托賓帶給我們這麼好的故事，很想知道為什麼故事要設定在一九五〇年代？另外想請教托賓二選一的話，會選吉姆還是東尼？**

托賓：一九五〇年代算是比較安靜的年代，我想要設定在一九六〇年代以前，在扭扭舞或是搖滾樂出現以前，當時還沒有披頭四這樣的樂團，選擇這樣一個安靜的年代，我就可以專心在形塑女主角的變化，而非受到其他東西的影響。當時二次大戰剛結束不久，你想想看如果貓王那時候出來的話，艾莉絲的室友一定會在餐桌上瘋狂地談論他，不會再講其他的東西，對女孩會形成非常大的影響。至於我是支持東尼還是吉姆，兩個我都想要做做看，但如果我去度假的話我會想和東尼一起，回家之後有吉姆等著我，這樣是不是很棒。（笑）

■ **我覺得原著非常細膩，對於感情的描寫非常細膩，這個部分很難變成影像，你看了電影之後，有沒有哪些部分你覺得編劇和導演有完整呈現出你想要的那個感覺，抑或是那些部分你覺得有可以改進的地方？**

托賓：如果一開始就是寫劇本的話那就很簡單了，這個故事就是描述一個女的離開家以後遇到了一個男人，回到家以後又遇到了另一個男人，如此簡單的愛情故事。但是在小說當中我們可以看到很多內心的東西，改編成電影後則需要透過演員跟編劇及導演的合作，才可以呈現出來，所以說如果一開始就當成劇本來寫，我沒有辦法寫出這麼多細節，不會有這麼完整的角色形象。比如一點很重要，我在書中設定艾莉絲是次女，她姊姊就是老大，家中其他的女生都是照顧她的人，雖然我們在電影當中也看到她是次女的身份，倘若我一開始就把小說當成劇本來寫的話，可能就沒有辦法做到了。

我想編劇尼克・宏比有認眞想過，到底要講一個女生內心的故事，還是要把美國的意象呈現出來。譬如說移民美國的故事裡，經常會看到一個東西就是自由女神像，不過電影裡面沒有出現，顯然他考量到如果要呈現出美國的話，就可能失去這個角色細膩和敏感的內心世界。不過尼克．宏比也很厲害，他掌握得非常好，比如小說當中有個橋段，寫到黑人女顧客第一次去百貨公司消費，這樣的情節背後就有很敏感的議題，當時剛好是黑人民權運動將要興起的時候。不過我完全可以理解他最後爲何沒有在電影裡安排這段，因爲整個電影的重點在於呈現艾莉絲的內心層面，我對於尼克．宏比如此的取捨與詮釋出內心覺得非常ＯＫ。

■小說中艾莉絲有三個哥哥，但電影當中沒有出現，其中一個哥哥寫了一封非常動人的信，雖然有點唐突，但對艾莉絲而言影響很大，甚至讓她願意回到愛爾蘭去幫助她的母親，請問這個寫信的安排有何用意？另外我讀了一篇影評，這個影評人對於艾莉絲這個角色不是很滿意，他覺得她很被動，不夠果決，很想賞她巴掌，請問對此您的看法如何，又為何塑造像凱莉小姐這樣邪惡的角色？

托賓：小說當中，艾莉絲離開愛爾蘭前要先到英國，才轉船去美國，在小說中一定要如此安排，一定要花時間去雕琢，因爲我必須藉此樹立女主角的形象，要讓大家感覺到她是一個很迷人的角色，跟大家都處得來，她跟她哥感情也很好，不過在電影當中呈現書信的效果通常不好，通常透過旁白，可是這樣會佔掉很多時間。我想編劇尼克．宏比是希望趕快將女主角送往布魯克林，艾莉絲就可以用表情去經營並流露出她和別人之間的關係，讓人發覺她是一個很好的女孩。那另外我也試著回答評論提到艾莉絲的問題，其實我想創造出一個活在陰影之中的角色，我所想要寫的人物，並不像你提到的書評那樣，是一個很直接、很果斷甚至想去賞人巴掌那樣的角色，女主角是一個非常害羞、內斂、有禮貌的人，她不是那種會站上世界舞台去發出聲音的那種人，我這個角色的設定有參考亨利．詹姆斯的一本小說，叫做《Washington Square》，當中的女主角性格也並不外放，不會讓你一眼就覺得有趣的人，所以你一旦設定了這樣的角色個性，你就可以慢慢去雕琢，去潤飾說這樣的一個角色的內在生活是怎樣的，他要怎樣去呈現出那樣的情感，才會讓讀者覺得這個人很重要，我不認爲世界上所有的人都可以這麼直接的當女主角，我想要找出這種寂靜的力量，不會像那個評論者一樣果斷，他可能想要看到跟自己很像的人吧，很篤定而且一不爽就會想去賞人巴掌。至於我自己，我想我應該不會想去賞這個評論者巴掌。

■ **謝謝托賓先生來到現場，我有點緊張，我想問的是您本人比較私人的問題，因為您是一個公開出櫃的作家，我想請問您這樣的身份對您的人生以及事業有沒有任何的阻礙，如果有阻礙您又是怎麼克服的呢？那您是怎麼決定您要公開出櫃的？**

托賓：我是在一個非常保守的天主教家庭長大的，當時的愛爾蘭社會完全沒有ＧＡＹ，就算有他們也不敢講，沒有人知道誰是，或許當時這群ＧＡＹ就隨著移民潮移往英國，或者移民到布魯克林。我個人出櫃的過程是比較漸進式的，慢慢發生的，因爲當時我朋友知道我是ＧＡＹ的時候，我很年輕大概十七歲左右，後來我認識的人漸漸知道，加上我有一段時間在西班牙的巴賽隆納生活，那段時候我非常的狂放、非常的自在，當然我還不算是個作家，我可以私人方式讓我的朋友和家人知道，但是就像你所說的，公開出櫃這個字眼其實很重，對我的職業生涯來說，我經過相當長的時間才樹立起今天的公眾形象。如果是異性戀，他們不需要表明說：『我是異性戀』，大家都會認爲異性戀是理所當然，不需要特別聲明。那時候我心裡有種感受，我就是同性戀啊！我幹嘛要跟大家講，我有需要做這樣的事情嗎？結果有人跟我說，你幹嘛不講？我說，這是我的私生活，我不需要跟大家稟報，可是他後來告訴我其實這件事情跟大家都有關，因爲如果你把這個當成秘密，當作是一個隱私的話，你保持沈默，這個沈默就會漸漸把你呑噬掉，呑噬掉這整個社會，讓這整個社會看不到這一面，不過你可以想像，要當一個真正公開出櫃的作家有多麼困難，尤其是在愛爾蘭這樣一個大家都很愛八卦的地方，大家都愛對人指指點點、議論紛紛。

■很高興可以見到托賓先生，我今天想要提問的問題是關於移民的，在小說和電影當都可以看到移民潮，這個對愛爾蘭來說是非常急迫的，因為愛爾蘭大量的輸出年輕的人口以及勞力，我想請問移民到底是一件好事還是壞事，要怎麼樣來看待它？

托賓：我們現在要離開一個地方是很簡單的，我們要旅行很容易很便宜，不過在四〇、五〇年代，一個離開中國去美國求生計的人，不會去想自己要不要回家這個問題，因爲光是離開自己的國家去另一個國家就要花費很多錢。不過在此我想插入一個個人觀點，或許大家不會同意，那就是我很反對護照。我覺得我們根本不應該使用護照啊，我們可以愛去那裡就去那裡，不需要護照來限制我們，幹嘛要用這個東西？到底是誰發明了護照，是孔子還是拿破崙我不知道？不過這是比較不實際的一個層面。我明天就要回都柏林了，我就會知道自己回到了家鄉，如果你今天跟我說，我離開都柏林之後就不能再回來的話，那會是一個很大的打擊，會很難以接受，我想這是一種歸屬感的感覺，這是一個很奇特的感覺，因爲你回到你熟悉的地方，看到你所熟悉的街道和人，這些你所熟悉的東西是只有你自己可以掌握的。通常會有這樣感覺的時候，比如你第一次離開家鄉之後再回來的那個感覺，影響力眞的很大，就算你之後再離開家鄉，那一股影響力還是會存在，尤其我們現在可以看到歐洲那邊大量的移民潮，數量相當龐大，我覺得我的小說只是從很小很私人的點去探討移民這個大問題，我想電影當中呈現的也是，至於我自己只是上百萬人中的一個小故事。

■這個電影一～十分，你會給它打幾分？

柯姆・托賓：當然是一百分啊！

■女星莎雪・羅南以本片二度提名金球獎，並且是問鼎奧斯卡影后的熱門人選。請問托賓是否有向她傳達祝賀之意，托賓對於她的演出有什麼看法，雙方是否有見面交流，對她的評價如何？

托賓：我在拍片時有看過她，因爲我就站在她前面，我在通過海關的那幕戲，有小小的客串一下。那幕戲從不同的角度拍了十多次，拍攝當時我們就閒聊起來，我後來發現她父母親其實都是愛爾蘭人，她在美國出生，不過後來全家又搬回愛爾蘭，所以這部電影或是小說也是有她自己生命故事的樣子。莎雪・羅南當年就是因爲拍攝電影，第一次離開家鄉，第一次自己在外面住，我們還聊到當她回到愛爾蘭，和父母一起去的電影院和我住的地方非常近，我們看到過一樣的人。電影在倫敦上映後，我們又再見面敘舊，我覺得她是一個很棒的人，她非常努力地工作，她年紀很小時就開始演電影，她是個很有活力的人，我那時就跟她說，那我以後就當妳最喜歡的那個叔叔好了，我可以當妳最愛的那個叔叔嗎？她覺得這樣很好。另外一點對我和對她來說都很重要，這是她第一次演出一個愛爾蘭人的角色，她之前演過很多電影，演過英國人、演過美國人，也在《歡迎來到布達佩斯大飯店》中演過德國人，這是她第一次回到家鄉演出能夠反映她自己生活的一個故事，所以這個電影也是她自己的故事，對於這點，我替她感到非常光榮。我舉個例子，如果說英格麗・褒曼，在她演藝生涯的後期才演了一個瑞典人的角色，我覺得這就比較可惜，我覺得莎雪・羅南可以在這麼年輕的時候就演出一個愛爾蘭人，我爲她感到無比驕傲。

AAA0150

布魯克林（電影【愛在他鄉】原著小說豪華書衣版）

作者—柯姆．托賓
譯者—陳佳琳
主編—嘉世強
編輯—鄭雅菁
責任企畫—張燕宜、石瑷寧
封面設計—陳文德
內文排版—時報出版美術製作部
董事長—趙政岷
總經理
總編輯—余宜芳
出版者—時報文化出版企業股份有限公司
10803 台北市和平西路三段二四〇號四樓
發行專線—（〇二）二三〇六—六八四二
讀者服務專線—〇八〇〇—二三一—七〇五
（〇二）二三〇四—七一〇三
讀者服務傳真—（〇二）二三〇四—六八五八
郵撥—一九三四四七二四時報文化出版公司
信箱—台北郵政七九～九九信箱
時報悅讀網—http://www.readingtimes.com.tw
電子郵件信箱—liter@readingtimes.com.tw
法律顧問—理律法律事務所 陳長文律師、李念祖律師
印刷—勁達印刷有限公司
初版一刷—二〇一五年九月二十五日
二版一刷—二〇一五年十二月三十一日
定價—新台幣三〇〇元

國家圖書館出版品預行編目（CIP）資料

布魯克林 / 柯姆．托賓 (Colm Tóibín) 著 ; 陳佳琳譯 . -- 初版 . -- 臺北市 : 時報文化 , 2015.12
面 ; 公分 . -- (大師名作坊 ; 150)
譯自 : Brooklyn

471-296-662-0609(平裝)

884.157 104015243

471-296-662-0609
Printed in Taiwan